ENIGMA

DE LA MÊME AUTEURE :

Criminal Loft, Bragelonne, 2016
Majestic Murder, Bragelonne, 2018
Sinestra, Ring, 2018 ; Le Livre de poche, 2023
L'Empereur blanc, Fayard, 2021

Armelle Carbonel

Enigma

Les Enfants du Val

Thriller

Fayard Noir

Les personnages de ce livre sont imaginaires,
de même que leurs vicissitudes personnelles. Les éléments
historiques et les faits divers cités, ainsi que les noms
des personnes, de marques ou d'entreprises,
ont pour seul but de donner de la vraisemblance au récit,
sans aucune volonté de dénigrement
ni préjudice pour le détenteur.

Conception graphique : © Alistair Marca & Adrien Toledano
Motifs : © Arcangel / Jill Battaglia

ISBN : 978-2-213-72190-3

Dépôt légal : mai 2023

Où les monstres voient…

« Tous levèrent la tête
vers le mouroir isolé.
Perché dans les hauteurs,
le Val Sinestra déchirait
les lambeaux de brume flottant
comme des étendards funestes.
Il n'y avait qu'un moyen
de lui échapper,
chacun le savait.
Mais aucun d'eux n'était prêt. »

Val Sinestra,
1942

1

Une chose hideuse s'est logée en moi.

Lutter ne servirait qu'à accroître la pourriture qui m'infecte.

C'est ainsi que débute le premier chapitre d'une épopée sous influence, et j'ai l'assurance que cette mise en bouche te plaira. Inutile de prétendre le contraire, tu ne recules jamais devant un bon festin.

Dès le premier regard, j'ai su qu'elle serait la prochaine.

Vois-tu, mettre en confiance mon petit sucre d'orge fut un jeu d'enfant. J'aurais pu la dévorer sur-le-champ sans y mettre les formes, mais qu'aurait-elle appris en retour? Rien qui vaille mes incessants détours. Il me faut l'attendrir, créer une distance salutaire afin de mieux l'apprivoiser sans qu'aucun puisse rien soupçonner.

Seule la vision fantasmée de ce qui nous attend tempère mon impatience.

Bientôt, je façonnerai les courbes majestueuses de ma jolie friandise, pétrie dans un moule de chair pâle et malléable. Je m'abîmerai dans la contemplation de son innocence en éprouvant le besoin viscéral d'en déchirer les moindres recoins.

Conduire à la folie est ce que je fais de mieux. Un art que la vie m'a enseigné en déformant méticuleusement mon esprit jusqu'à le rendre méconnaissable.

Sa candeur s'évanouira lorsque je dévoilerai mes intentions. C'est inévitable. Personne n'aspire à devenir un objet de tortures.

Toutefois, je ne saurais résister très longtemps. Les préliminaires n'ont déjà que trop duré…

Elle s'enfuira, et je lui accorderai une bonne longueur d'avance.

Puis viendra la traque.

Elle jappera comme une bête apeurée détalant entre les branchages qui laboureront ses cuisses et souilleront d'une bruine écarlate les tapis d'aiguilles et de feuilles mortes.

Elle traînera dans son sillage un parfum de terreur comme une poignée de cailloux semés dans l'intention d'être retrouvée.

Le cri d'un busard cendré ajoutera une note sinistre à notre symphonie dramatique. Le tableau se précisera. Elle, rampant pour se cacher derrière un tronc d'arbre à peine plus large qu'elle. Moi, humant l'air saturé par les effluves grisants de ce papillon écorché qui n'aura plus d'ailes pour s'envoler.

Je tendrai alors une main gantée vers ses joues baignées de larmes. Son menton se soulèvera et me défiera. Elle livrera son ultime combat contre l'aliénation.

Elles le font toutes.

En remerciement de tous ces moments délicieux que nous partagerons, je la gratifierai d'un sourire sincère, mais ses yeux resteront rivés aux deux cavités découpées dans la toile de jute plaquée sur mon visage. Alors, je murmurerai son prénom, encore et encore, jusqu'à ce que mes lèvres en perdent la saveur.

2

En lisière de forêt sommeille un étang au bord duquel une masure flamboie à la lueur d'un feu allumé pour la nuit. Une chaleur rassurante émane de la cheminée où les plus jeunes de la fratrie se pressent afin d'assister à la veillée. Les mains calées sous le menton, ils restent suspendus aux lèvres de leur mère, qu'une voix caverneuse transforme en véritable conteuse. L'histoire, tous la connaissent depuis le berceau, et les plus ingénieux ne sont pas sans savoir qu'elle constitue une mise en garde. Cette fable, plus triste qu'un saule en pleurs, ne les effraie pas pour autant. Les versions se succèdent, mais aucune ne ressemble aux autres, si bien que la réalité des faits se noie finalement sous un enrobage d'incertitudes. Ce soir, elle raconte que leur petit village de Beaumont-la-Ronce a connu son lot de souffrances et de perversions.

« Au centre culmine le domaine de la Haute-Barde, où trône le plus majestueux et le plus effrayant des édifices. Par le passé, cet imposant bâtiment aurait été le théâtre de terribles évènements. Ses vocations successives n'ont jamais cessé d'alimenter les rumeurs : orphelinat, camp d'internement, maison de retraite pour femmes, ses murs auraient été témoins de la douleur humaine dans ce qu'elle renferme de plus cruelle. »

Le plus jeune des garçons bute sur la compréhension des mots, mais n'en demeure pas moins attentif. Maman parle soudain comme une maîtresse d'école, ce qui l'intrigue plus encore que l'histoire elle-même.

« Si les pierres pouvaient parler, elles chuchoteraient des mots fous jusqu'à vous faire perdre la raison », ajoute-t-elle avec emphase, dans le seul but d'éloigner sa progéniture des dangers de la bâtisse en ruine. Les marches pourries pourraient engloutir leurs pas ; la toiture s'effondrer sur leur jeunesse et creuser leur tombe dans un même élan. La femme a beau parfaire son discours, la tentation d'approcher la mort est trop grande quand on ignore encore la valeur d'une vie.

Lizzie étudie le contenu d'un sachet de friandises. Elle pioche un morceau de réglisse, visualise les torsades comme un repère familier et porte le bonbon à sa bouche sous l'œil amusé de son frère aîné. Si la complicité entre ces deux-là n'est plus à démontrer, nul ne saurait ignorer que leur lien se renforce davantage chaque jour.

« C'est bientôt *l'heure fantôme* », lui souffle-t-il au creux de l'oreille.

Les yeux ronds, la fillette vérifie l'affichage du vieux radio-réveil posé sur le guéridon du couloir. Les chiffres rouges scintillent dans l'obscurité. 20 h 58.

« Tu sais ce que ça signifie », insiste son frère.

Elle hoche la tête. Son cerveau traite l'information et l'associe aux dessins qu'il crée parfois pour l'aider à « voir » les histoires de maman.

On prétend que, un soir d'octobre 1950, tous les résidents de l'orphelinat se seraient volatilisés en abandonnant derrière eux les traces d'un massacre sans précédent. À l'époque, l'affaire des disparus défraya la chronique, mais, faute de pistes exploitables, les autorités compétentes classèrent le dossier. Les agents dépêchés sur place constatèrent cependant un élément troublant : les quatre horloges sur chaque face du clocher s'étaient arrêtées en même temps. Leurs cadrans indiquaient 21 h 00.

L'heure fantôme.

Maman tape trois fois dans ses mains.

Lizzie ne l'a pas vue approcher. Deux minutes se sont écoulées en une fraction de pensée. Les paumes jointes, maman l'observe tendrement pour lui signifier que le couvre-feu a sonné. Ce n'est pas un vrai couvre-feu, pas celui de la guerre, plutôt celui du souvenir. Un rituel superstitieux respecté par tous à l'approche de la commémoration du drame. Lizzie se demande quel ennemi invisible les habitants redoutent-ils encore après tant d'années ? La veille, elle avait surpris un voisin en pleine discussion sur la nécessité de quitter les lieux avant que *le mal remonte à la surface*. Sa voix trahissait une crainte teintée de tristesse. La fillette avait déjà perçu ces intonations dans la bouche de sa mère quand celle-ci s'entretenait avec le pédiatre. Généralement, après ça, maman prétextait une envie pressante. Ses yeux ressortaient rouges et gonflés de ce bref isolement. Craignait-elle aussi que le mal dont souffrait Lizzie remonte à la surface ?

Plus tard dans la soirée, la fillette s'enroule dans sa couverture bien chaude, qui tiendra les cauchemars à distance. Ses frères et sœurs dorment déjà profondément, et maman a depuis longtemps étouffé les braises, quand le craquement caractéristique du plancher la remplit d'effroi. Le contact calleux d'une paume sur son épaule ancre son malaise. Elle gémit doucement, comme si l'empreinte de cette main entrait dans sa peau.

« Chut ! Calme-toi. C'est moi. »

Son aîné se penche et l'embrasse affectueusement sur le front. Le cœur battant, Lizzie évite son regard, comme pour lui interdire l'accès à ses émotions.

Il chuchote :

« Allons-y cette nuit. »

Lizzie prend lentement la mesure de ses paroles. Son injonction exprime un pacte conclu dans le seul but de braver les interdits. Hésitante, elle songe à se raviser. Si maman l'apprenait, la confiance serait rompue. La muraille protectrice qu'elle s'évertuait à ériger autour de sa fille s'effondrerait comme un château de cartes.

Pourtant, Lizzie accepte de le suivre.

On lui reproche si souvent d'avoir l'esprit lent et le geste maladroit qu'elle se sent parfois coupable d'être mal née. Sans jugement, Antoine, son grand frère, a toujours accueilli sa différence comme un atout. À ses côtés, elle se sentirait presque normale, protégée par cette bulle imaginaire qu'aucun ne comprenait. Ce serait sans compter les railleries et les bousculades dans la cour de récré. Les autres la traitent d'attardée. On la pince dans les rangs si parfaitement alignés. On la mord parfois. On lui fait mal de tant de façons qu'elle mérite sûrement les coups qu'elle reçoit. C'était cela, *sa* réalité. Alors, à cet instant, rien ne paraît plus important à ses yeux que de prouver à son frère qu'elle est digne d'être aimée.

Sans bruit, elle glisse hors de son lit. Enfile un manteau d'hiver par-dessus sa chemise de nuit. Elle agit par automatisme parce que les nuits d'octobre sont toujours associées au froid.

« Tu oublies le plus important », murmure Antoine.

Lizzie attrape sa poupée. Main dans la main, ils contournent l'autre dormeuse qui partage la chambre et s'approchent de la fenêtre. Derrière les vitres ondulent les flots noirs de l'étang. Antoine repousse doucement les battants après leur passage.

Dehors, la nuit se charge de promesses incertaines et de cris indistincts. Le bruissement des feuilles accompagne leur lente ascension à travers les arbres tordus qui surplombent la maison. L'automne a déroulé son tapis orangé sur les chemins escarpés sinuant vers l'enceinte de l'orphelinat abandonné. Armés de patience et de désobéissance, ils s'aventurent dans les profondeurs boisées où peu d'entre eux osent encore se hasarder.

« Tu as peur, Lizzie ? »

Elle fait signe que non. Et ce n'est même pas le commencement d'un mensonge. Les premiers doutes levés, l'attrait du frisson reprend ses droits et se loge délicieusement sous la peau.

Déjouant les caprices de la nature, ils progressent à l'instinct, guidés en cela par la pâleur de la lune. Le sol accidenté avale leurs pas dans un bruit de succion désagréable qui aurait pu les stopper. Mais leur connivence l'emporte. Contre l'amour fraternel, il n'existe aucune arme assez coupante. Pas même celles brandies par les bosquets épineux.

« On y est presque », dit le garçon.

Et derrière ses mots se cache toute l'intensité d'une expédition défendue.

Au détour d'un sentier, une branche craque, là, juste dans leur dos. Lizzie se retourne et fouille les ténèbres qui avalent toute forme de vie. Les sons dansent au rythme du vent, dont le souffle gémit de sombres avertissements.

Les variations sensorielles lui font mal au-dedans. Comment associer l'invisible à ces bruits désarmants ?

La fillette reprend son chemin et allonge la foulée pour atteindre le talus recouvert d'un enchevêtrement de ronces, mais leurs morsures n'entament pas sa détermination. Elle grimpe jusqu'au grillage et s'y cramponne en laissant le vide hostile en contrebas. Son frère la hisse à la courte échelle.

Lizzie occulte les dangers énumérés par sa mère à propos de l'orphelinat abandonné. Au-delà des barricades en fer barbelé s'érige un monstre de pierre que son insouciance entend bien explorer. Tout ce qu'elle voit à travers la façade éventrée, c'est un refuge où cacher sa différence, un palais solitaire qui lui ressemble : pas tout à fait dans la norme, mais pas encore détruit par la malveillance de l'homme.

Et, faut-il être folle pour le croire, dans la nuit noire, les ailes de l'abri centenaire offrent l'étrange illusion de vouloir l'enlacer.

3

Dès son arrivée, elle est frappée par le silence qui plane sur les rues du village. Ses habitants semblent avoir déserté Beaumont-la-Ronce en abandonnant des jouets d'enfants sur des pelouses fatiguées et des bacs à fleurs fanées sur des rebords de fenêtres. Seul le frémissement d'un rideau ou le fumet d'un fourneau contredit ses impressions.

Si Barbara met un point d'honneur à faire preuve de discrétion, elle imagine bien que sa traversée en 2 CV Charleston ne passe pas inaperçue. Son intention de filmer l'ancien orphelinat pour les besoins d'un reportage a dû alimenter bon nombre de discussions enflammées. D'après l'actuel propriétaire du domaine de la Haute-Barde, l'annonce de sa venue a soulevé un chant unanime de protestations, avant d'être finalement tolérée comme un mal utile au devoir de mémoire. Elle comprend la réticence des autochtones à l'encontre de son projet et suppose que la démolition programmée du bâtiment n'est pas étrangère à ce revirement d'opinion. Dans quelques mois, le chantier d'un complexe hôtelier aura remplacé ce vaste mouroir en enterrant son histoire sous des tonnes de gravats. Et au fond, personne n'aime assister au spectacle de la destruction, sans garder intact le souvenir des vieilles superstitions. C'est humain. Un instinct hérité d'un paradoxe, entre peur de l'inconnu et fascination pour le *merveilleux*.

Elle a fait de sa passion un métier. Son succès tient à sa capacité de traduire le langage des pierres mortes par des ambiances saisissantes. Pourtant, rien ne prédestinait la jeune étudiante en journalisme à se spécialiser dans le reportage indépendant principalement axé sur le patrimoine oublié. Une collision frontale l'avait littéralement précipitée sur cette voie considérée sans issue. Chronologiquement parlant, il s'agissait d'une rencontre fortuite sur les bancs de l'école. Le genre de rencontre qu'on épouse, avec laquelle on cherche à se reproduire, pour sceller ensuite un divorce sans cris ni reliefs. Un parcours de vie assez banal durant lequel Alexander, son ex-mari, avait réveillé son adoration pour les lieux abandonnés. Avant de reprendre le large vers son pays d'origine. Celui de l'Oncle Sam.

Vogue, vogue, mon chéri, comme si la distance pouvait isoler le passé dans une bulle hermétique…

Il avait mis les voiles. Dans un silence absolu. Elle n'avait pas tenté de le retenir. À quoi bon ? Statistiquement, les vicissitudes d'un mariage conduisaient un couple sur quatre à rompre ses vœux. Obtenir la jouissance de leur pavillon en banlieue parisienne avalisait ce traité de paix, et l'épouse éconduite s'était contentée de cette entente cordiale.

Mais aucun formalisme administratif ne briserait le dernier trait d'union entre eux. Et de loin le plus douloureux. *Emma*.

Tel un écho à ce triste constat, le crachin s'invite dans le paysage désolé. Barbara actionne les essuie-glaces. *Si seulement ils pouvaient aussi balayer les idées noires*, pense-t-elle en fixant le pare-brise, au-delà duquel défile son bilan désastreux. Les souvenirs heureux ont pris la poudre d'escampette, alors, pour remonter la pente de ses émotions, elle s'accroche à la perspective de capter l'essence des lieux pour ce qu'ils sont – des monuments aux morts – parce qu'ils donnent un sens à sa vie criblée de vides. Pourtant, qui, aujourd'hui, hormis de rares passionnés, se soucie encore d'immortaliser des édifices en ruine, sans exploiter systématiquement le filon lucratif du paranormal ? Elle résiste à la mouvance branchée des traqueurs d'entités, mais, depuis quelque temps, les financements s'appauvrissent et les maisons de production se détournent d'un marché autrefois florissant.

Quatre ans plus tôt, Barbara avait songé à abandonner son concept rétrograde, sans finalement s'y résoudre.

Encore moins après avoir retrouvé les traces des Enfants du Val, se dit-elle, charmée par la sonorité poétique empruntée à l'œuvre de Rimbaud.

Elle était venue pour *eux*. Dans le seul but de leur consacrer l'intégralité d'un reportage dont le fil conducteur se basait sur un mystère. Le projet « ENIGMA » avait ainsi germé au milieu d'un vaste champ d'incertitudes.

Ce volet s'inscrivait dans la continuité d'une histoire qui avait débuté sur un tournage au cœur des forêts suisses, où Barbara avait appris l'effroyable destin de trois enfants, victimes de l'hérésie d'un savant fou durant la Seconde Guerre mondiale. Sa propre existence avait alors basculé du jour au lendemain, sans crier gare et sans un mot d'excuse pour l'obsession qui, depuis, chevillée à son cœur, grignotait sa raison.

Encore aujourd'hui, plutôt que se défaire de cette insidieuse folie, elle s'y accroche à tout prix. On dit que le vague à l'âme agit comme une drogue. Elle peut en témoigner, une fois consommé, il empoisonne l'esprit jusqu'à la dépendance.

Une bouée de sauvetage sacrément submersive, reconnaît-elle, parfaitement lucide quant à son état dépressif.

Machinalement, Barbara fait craquer ses doigts pour évacuer le souvenir du Val Sinestra et de ses Grisons, en vain. La douleur comprime sa poitrine et ravive l'horreur. On ne quitte jamais un tel endroit, à moins que *lui* le décide.

Soudain, aussi mal en point que sa conductrice, le moteur de la 2 CV s'essouffle et crachote. Enfoncer de concert les pédales de frein et d'accélérateur ne fait pas bon ménage. Barbara redémarre et emprunte une route secondaire pour quitter le centre du village. Elle ne veut pas importuner les habitants et se sent illégitime sur ces terres dont elle vient déterrer les secrets. Pourtant, elle est bien là, armée de questions et d'un besoin impérieux de réponses. Sa conduite approximative trouble la quiétude du monde feutré qui l'entoure. Elle s'en excuse en silence et poursuit son chemin.

Les entrelacs de bitume bordés de champs en friche sont tels que son imagination les concevait : éthérés par une brume persistante. La scénographie parfaite pour camper une atmosphère mélancolique. *Voire horrifique*. Non, ce genre-là n'est définitivement pas sa came. Grandir au rythme des programmes déconseillés aux moins de seize ans contribue nécessairement à dessiner les traits d'une personnalité. Le signalement des programmes n'existait pas à l'époque, mais regarder en douce tous les épisodes de *La Poupée sanglante* l'avait vaccinée contre le trop-plein d'hémoglobine. Sa sensibilité s'était doucement orientée vers l'épouvante suggérée, la tension exacerbée. Rien de franchement brutal. Sa violence à *elle* s'avérait plus subtile. Plus sournoise. Et le caractère admirable des lieux abandonnés adoucissait encore cette tendance.

Barbara abaisse le pare-soleil. Le miroir de courtoisie expose les méfaits de ses récentes insomnies. Lui qui ne ment jamais semble particulièrement bavard aujourd'hui. Ce traître dénonce impudemment son addiction à la mélancolie. Elle le relève d'un coup sec. Sa vue brouillée par la fatigue accuse le choc d'un millier d'étoiles. Ces derniers temps, l'approche du tournage a englouti ses nuits comme un ogre dévorant sa conscience avec l'intention de n'en laisser que des miettes. *Pari ô combien réussi pour lui !* se dit-elle en s'autorisant un brin d'ironie.

Un coup d'œil à l'écran de son smartphone lui indique que ses collaborateurs l'attendent déjà au point de rendez-vous. Ils ne sont que deux, mais comptent parmi les meilleurs. Pour pallier les coupes budgétaires inhérentes aux crises successives, l'équipe technique s'est réduite au strict minimum. Elle ne s'en plaint pas. Au contraire. En cas d'échec, l'intimité de leur projet resterait préservée.

Trois appels en absence. Autant de SMS : *« T'es à la bourre, BB »*, *« Mais p…, t'es où ? »*, *« On commence sans toi »*. Plutôt laconique, Warren ne lésine jamais sur l'emploi des émoticônes quand il s'agit d'exprimer son humeur. Et quand il ponctue ses phrases avec ses initiales, cela traduit généralement un haut degré d'agacement. BB pour Barbara Blair. Ou pour Barbara *Bordeline* – au fond, ça collait bien à sa psyché du moment. Ce côté bourru confère un certain équilibre à leur trio. Elle suppose que David, le dernier symbole de l'équation, aurait fait preuve d'un peu plus d'élégance pour traduire son inquiétude.

Barbara inspire profondément.

Tout ira bien, se rassure-t-elle, avant de reconnaître qu'*il est trop tard pour ça*.

Comme dans un rêve, le spectre colossal d'un bâtiment abandonné se découpe au loin dans l'intervalle des arbres alignés en rangs serrés. Barbara ralentit. Avisant une arche en pierre brisée, elle enfonce la pédale de frein et se range sur le bas-côté. À bout de souffle, la 2 CV Charleston s'immobilise. La conductrice ouvre la portière et s'engage dans une ornière. La boue s'accroche à ses rangers tandis qu'elle remonte l'accotement instable.

Magnifique est le premier mot qui lui vient à l'esprit lorsqu'elle découvre l'ogive en ruine. Deux plaques d'origine résistent à l'assaut des plantes grimpantes qui s'enroulent autour des colonnes en pierre. Gravé dans le marbre s'inscrit, de part et d'autre : « ORPHELINAT » et « L'AVENIR DU PROLÉTARIAT ».

Nous y voilà.

Une chaîne cadenassée interdit le passage vers une allée de graviers ombragée par la voûte des arbres. La mention « Propriété privée – Défense d'entrer » ne la dissuade en rien d'avancer jusqu'à la grille.

« Vous cherchez quelqu'un, mademoiselle ? »

Une vieille femme a surgi dans son dos, serrant au creux d'un poing tremblant un bouquet de roses dont les pétales jaunes s'étiolent sous la bruine. Dans cet équilibre fragile, le pommeau d'une canne se rétracte sous l'autre manche de son manteau.

Sa question anodine déstabilise Barbara. Tout comme la réponse qu'elle formule en elle-même.

Qui je cherche ? Trois anciens pensionnaires certainement morts et enterrés depuis longtemps. Les auriez-vous croisés ?

« Je cherche l'entrée principale du domaine.

— Ça l'était autrefois. Mais il existe un autre accès. La Haute-Barde couvre plusieurs milliers d'hectares, jeune fille ! Je suppose que vous êtes attendue par notre châtelain ? Monsieur Marlois n'autoriserait personne à marcher sur ses terres sans un accord préalable. »

La description du propriétaire de l'orphelinat s'avère fidèle au bonhomme que lui a dépeint Warren lors de sa virée en repérage, un mois plus tôt. Aux dires de son caméraman, l'homme en question traquait les intrus, flash-ball en main, quitte à en faire usage. Un fou, probablement. Mais un fou coopérant.

« Pour arriver à bon port, prenez à droite et roulez jusqu'au dernier croisement. Impossible de manquer l'accès, sinon vous plongeriez dans l'étang !

— Eh bien, j'aimerais autant éviter. Merci, madame…

— Appelez-moi Magda. Vous venez pour tourner un film, n'est-ce pas ? Tout le monde en parle, ajoute-t-elle avec un sourire entendu.

— Un reportage, rectifie Barbara.

— Ici ? À l'orphelinat ? Étrange, ce n'est plus qu'un ventre vide, vous savez… »

L'image induite par ces mots fait mouche dans l'esprit de la jeune femme.

« Vous seriez surprise d'apprendre à quel point les lieux parlent après leur mort.

— J'aimerais en dire autant des vivants, confie la vieille dame en rosissant. Feu mon époux, volubile par nature, me disputerait sûrement de longer la voie jusqu'au cimetière pour aller fleurir sa tombe… »

Barbara considère la frêle silhouette campée sur cette route de campagne. Les épaules voûtées sous un épais manteau blanc, une écharpe nouée sous le menton pour la protéger de l'humidité, Magda se fond dans le décor désuet comme si elle menaçait de prendre racine. Sa peau forme un réseau de sillons complexes que la sénescence se chargera d'entretenir. Pourtant, derrière ses paupières tombantes miroite un regard sans âge.

« Vous connaissez bien cet endroit ? interroge la réalisatrice en reportant son attention au-delà des grilles.

— Plutôt, oui. Ma mère y exerçait en tant qu'infirmière en chef. C'était au milieu du siècle dernier.

Elle m'emmenait souvent... Enfin, avant le massacre. Sans doute en avez-vous entendu parler ?

Le cœur de Barbara bondit dans sa poitrine. Elle ne croit plus aux miracles. Il y a bien longtemps que le Grand Barbu a cessé d'exister autrement qu'en idole poussiéreuse. Le destin ? Un joyeux bordel qu'on fourre dans la tête des gens désespérés. Stop. Elle réfléchira plus tard au bonimenteur qu'elle doit remercier.

« La nuit de l'Heure fantôme ? C'est précisément la période sur laquelle je souhaite concentrer mon reportage.

— Attendez ! s'écrie Magda. Vous n'êtes pas ce genre d'individus qui déguisent la vérité en s'autoproclamant chasseurs de fantômes, au moins ? »

Barbara laisse échapper un rire franc. La sensation explose dans sa bouche comme la saveur d'un mets qu'elle redécouvre. Dans l'équipe, la seule personne répondant à cette description tient une perche la majeure partie du temps. Elle évite donc de mentionner l'attrait de son ingénieur du son pour les phénomènes de voix électroniques qu'il assure enregistrer sur chaque lieu de tournage. Si David avait pu transformer le concept éthique de la production, il aurait certainement conçu le genre de fabrique à sensationnel décrié par la vieille femme. Tant que ses initiatives personnelles n'interféraient pas avec leurs enquêtes, Barbara laissait le champ libre à ses convictions.

« Rassurez-vous, Magda. Je me contente de restaurer la mémoire des lieux.

— C'est un beau métier. »

Un métier résolument exigeant, nécessitant persévérance et dévotion, parfois même jusqu'au sacrifice de soi, aimerait-elle ajouter.

Saisir les opportunités étant la clef de voûte du succès, la réalisatrice tente sa chance :

« Vous habitez donc Beaumont-la-Ronce depuis longtemps ?

— Pas exactement. J'en suis partie à un tournant de ma vie. Il faut savoir couper le cordon de ses origines, n'est-ce pas ? Mais la vieillesse forme une boucle qui nous ramène inévitablement à notre point de départ... Alors, par la force des choses, je suis rentrée au bercail... Pardon, je vous ennuie avec mes bavardages !

— Pas du tout.

— Vous êtes adorable.

— Pas tant que ça... Pour être honnête, votre histoire m'intéresse. Accepteriez-vous de témoigner dans le cadre de mon reportage ? demande-t-elle sans ambages.

— Seigneur, non ! Il y a eu tant de malheurs, vous savez...

— Permettez-moi d'insister. »

Barbara crève d'envie de la supplier à genoux. Ses investigations sur l'histoire de l'orphelinat n'avaient abouti qu'à des rumeurs jamais étayées. Les archives rassemblaient des bribes d'informations insuffisantes à la densité qu'elle escomptait donner à son projet. Internet n'offrait pas davantage de résultats, et la coopération des habitants déjà interrogés semblait compromise. Baser son enquête sur des faits véridiques impliquait de tenir à l'écart toute forme d'interprétation personnelle. Barbara se devait d'éliminer ses propres spéculations.

Elle a besoin d'éléments tangibles.

Elle a besoin de Magda.

« Prenez le temps d'y réfléchir, s'il vous plaît. Vous savez où me trouver, si toutefois vous changiez d'avis… »

Barbara laisse mourir sa phrase. Le regard troublé de Magda génère en elle un poignant sentiment de culpabilité. Ses cils ourlés de larmes reflètent avec pudeur une tristesse infinie. De quel droit bousculer le quotidien routinier d'une vieille dame pour servir ses propres intérêts ? À quel moment ses principes ont-ils dérapé au point qu'elle devienne un monstre d'égoïsme ?

« Je peux vous conduire quelque part ? demande-t-elle comme pour se racheter d'une impardonnable erreur.

— C'est inutile, Barbara. Le cimetière est à deux pas », répond Magda en désignant l'orée d'un bois.

La réalisatrice fronce les sourcils.

« Comment connaissez-vous mon prénom ?

— Tout le monde le connaît, jeune fille ! L'annonce de votre venue a fait grand bruit. Certains grincheux vous appellent “l'étrangère”. Bien peu de mes congénères auraient fait le rapprochement étymologique sans l'intervention de quelques érudits[1] ! À l'image de ce cher monsieur Marlois… Personnellement, je n'aime pas ce

1. Le prénom Barbara est issu du latin *barbarae* qui signifie « l'étranger ».

surnom. Je préfère de loin vous considérer comme l'une des nôtres. »

Magda a lâché le patronyme de l'ancien maire comme on se brûle les lèvres à trop en dire. Barbara n'insiste pas. Elle se forgera sa propre opinion avant de porter un jugement sur ce dernier.

Un nuage de pétales s'écrase sur le sol détrempé. Pour une raison qui lui échappe, Barbara se penche et les ramasse jusqu'au dernier. Une façon, peut-être, de conserver encore un peu le mirage *Magda*, dont le spectre bancal s'évapore déjà dans les taillis épais.

Sans savoir encore à quel saint se vouer – hasard ou synchronicité ? –, Barbara reprend la route noyée sous un déluge de pluie.

4

« À la question, pourquoi ai-je décidé de devenir propriétaire des lieux ? Je réponds : à aucun moment je ne l'ai souhaité. »

Enfoncé dans un fauteuil patiné, le châtelain les observe à tour de rôle. Le labrador couché à ses pieds porte le même regard indécis sur les trois humains entrés sur son territoire. Assis côte à côte, ces intrus sirotent un café amer en écoutant le bonhomme retracer l'évolution de son village, puis dérouler l'historique de son acquisition. Ancien maire de Beaumont-la-Ronce et ex-président de la communauté de communes, monsieur Marlois explique sa position favorable dans la fusion, actée deux ans auparavant, entre Beaumont-la-Ronce et le hameau de Louestault – un rapprochement administratif sans conséquence sur leur identité propre. L'homme dégage une autorité naturelle, inhérente à ses précédentes fonctions. Même l'agencement du mobilier cossu s'harmonise parfaitement avec son profil sévère et ordonné.

Barbara est arrivée un peu plus tôt en balbutiant quelques mots d'excuse pour justifier son retard – aussitôt couverts par un débit de paroles ininterrompu. Du coin de l'œil, elle observe ses collaborateurs et guette un bâillement trahissant le caractère soporifique de ce long monologue. Le buste penché vers l'avant, David affiche un réel intérêt au bavardage de leur hôte. En revanche, la nature insondable de Warren efface toute expression de son visage.

« Il y a vingt-cinq ans, reprend le châtelain, j'ai acheté le bas du domaine situé près de l'étang à un entrepreneur dont les affaires périclitaient. À tel point qu'il m'a fallu signer le compromis avec lui et l'acte de vente avec le mandataire judiciaire en charge de sa liquidation ! L'ancien orphelinat ne figurait pas au contrat. Une erreur du cadastre, m'a-t-on appris, plus tard… Il est donc tombé dans l'escarcelle de la banque, mais, croyez-en mon expérience, il appartient surtout à ces jeunes vauriens qui dégradent généreusement le bâtiment ! Les rares locataires en contrebas se sont plaints des nuisances liées au vagabondage incessant. Si bien que j'ai dû contacter la banque pour qu'elle se décide enfin à sécuriser l'endroit. Vous savez ce que ces voleurs m'ont répondu ? *Reprenez le truc, on vous fait un prix parce qu'on ne sait pas quoi en faire*. Ce jour-là, j'aurais mieux fait d'aller chasser. »

Compréhensif, Warren hoche la tête. Cette histoire, il l'a déjà entendue à deux reprises. La première, lors d'une visite de repérage. La seconde, lorsque Barbara l'a mandaté pour faire signer une autorisation d'occupation en bonne et due forme.

« Depuis, je n'hésite pas à canarder moi-même les indésirables à l'aide d'un flash-ball. C'est strictement interdit, évidemment. Mais la méthode est dissuasive. N'est-ce pas, Chopper ? »

À l'énoncé de son nom, le labrador gémit doucement.

« Ces pratiques me valent quelques démêlés avec les autorités locales, mais, fort heureusement, ma qualité d'ancien élu apaise le dialogue entre nous... »

Warren se renverse dans le canapé, cale son dos entre deux coussins brodés, puis étend devant lui ses longues jambes. Les bras croisés, il se positionne en interlocuteur privilégié.

« Il faut avouer que vous bénéficiez d'un véritable mirador... D'après ce que j'ai pu observer, toutes les fenêtres de cette maison quadrillent une parcelle de la propriété, et seule la route qui mène à l'étang vous sépare de l'orphelinat. Je suppose qu'elle n'est pas très fréquentée par les touristes à cette période de l'année ?

— Beaumont-la-Ronce ne figure pas parmi les destinations les plus prisées, j'en conviens.

— Non, c'est certain. Mais comment expliquez-vous la désertion des Beaumontois eux-mêmes ? Mon collègue pourra le confirmer, nous n'avons croisé personne dans les rues, et la plupart des maisons ont les volets baissés. »

Curieuse d'entendre la réponse du propriétaire, Barbara tait provisoirement sa rencontre avec Magda.

« Certains auront profité des vacances de la Toussaint pour aller s'oxygéner ailleurs, et les moins fainéants sont au boulot, qu'en sais-je ?

— Ça n'a donc rien à voir avec la commémoration du massacre présumé ? »

Étonné, le châtelain hausse un sourcil. Son talent d'orateur s'émousse.

« Ils n'ont pas tous "déserté", comme vous dites. Encore moins pour les raisons que vous évoquez. Les poupées le prouvent, non ? »

Les poupées ? Larguée, Barbara interroge ses comparses du regard. Les lèvres de Warren remuent silencieusement pour lui signifier qu'elle comprendra plus tard.

« Vous niez les évènements qui se seraient déroulés à l'orphelinat au milieu du siècle dernier ? » questionne soudain David.

Un rictus condescendant agite la lèvre inférieure de son vis-à-vis.

« Absolument pas. Je regrette simplement qu'ils génèrent encore aujourd'hui un attroupement nocif sur ma propriété. »

L'ingénieur du son encaisse le ton péremptoire.

« Nos intentions sont dignes de votre confiance, et notre démarche se veut respectueuse, intervient Barbara. Comme je vous l'ai dit lors de notre premier entretien téléphonique, mon reportage a pour unique but d'immortaliser l'édifice avant sa destruction par un promoteur. »

Une expression de soulagement échappe à l'ancien maire, qui se lève pour détacher un trousseau de son emplacement sur le mur boisé. Effrayé par le tintement des clefs, le chien se réfugie hors de la pièce.

« Oui… Bientôt, ils raseront cette monstrueuse créature. Et les problèmes disparaîtront avec elle. »

Le châtelain tend le sésame en direction de Warren comme s'il lui décernait le titre du meilleur ambassadeur.

« L'orphelinat est à vous pour trois semaines. La structure est saine. On ne peut pas en dire autant de la toiture. Le bâtiment se détériore à vue d'œil. Quant aux escaliers... évitez de passer au travers, ma responsabilité civile ne couvrirait pas les frais.

— Vous ne nous accompagnez pas ? s'inquiète David.

— Pour quoi faire ? Craignez-vous de vous perdre en traversant la route ? »

La tension monte d'un cran dans le salon feutré. Agacée par son arrogance, Barbara s'abstient d'une réplique mordante en grimaçant. L'enjeu est trop grand pour risquer de compromettre le tournage. *Son fil d'Ariane.*

Le châtelain semble avoir perçu un changement dans l'air, car son ton se radoucit aussitôt :

« Les pavillons annexes sont prêts à vous accueillir. Vous bénéficierez de l'eau courante et de l'électricité. J'ai pris soin de garnir le garde-manger et de déposer du pain frais. Mais il faudra songer à réapprovisionner. Pour le reste, je ne peux que vous conseiller de rester prudents.

— Nous vous contacterons en cas de problème.

— Impossible. Voyez-vous, je quitte la Haute-Barde dès ce soir, pour une affaire qui requiert toute mon attention. Je serai donc injoignable durant la durée de votre séjour. La gendarmerie de Neuvy-le-Roi est avertie de votre présence. Simple mesure de précaution. Au cas où... »

... *les choses tourneraient mal*, poursuit mentalement Barbara.

5

Warren ouvre la marche jusqu'aux véhicules stationnés à l'entrée du domaine. La carrure imposante du gardien des clefs paraît s'amenuiser à mesure qu'il se rapproche de l'orphelinat abandonné. La pluie a cessé, mais l'alternance des nuages renforce cette illusion d'optique qui tend à l'écraser.

Au loin, quatre horloges sont comme suspendues au plafond bas du ciel, leurs aiguilles respectivement pointées à angle droit sur le 9 et le 12. Un instant d'éternité sur l'échelle du temps. Plus bas, un bout d'étang étouffé par la végétation adoucit le paysage par la quiétude de ses flots.

La nuit n'est pas encore tombée lorsqu'ils s'engouffrent dans l'enceinte de la propriété. Ils coupent les moteurs à mi-parcours du sentier rocailleux sinuant jusqu'au bâtiment. La fourgonnette esquintée de Warren dépare au milieu de cette nature préservée. David descend du côté passager, claque la portière et rompt le charme d'un silence quasi surnaturel. Abasourdi par la splendeur décadente de l'endroit, il lance une œillade complice à Barbara, garée derrière eux.

Érigé en souverain, l'édifice embrasse la nature environnante en déployant deux ailes soudées au bloc principal. L'humanité se croit si puissante qu'il paraît inconcevable pour le commun des mortels d'être écrasé par une création façonnée de sa main. Pourtant, Barbara se sent insignifiante, réduite à la taille d'un microbe colonisant un organisme centenaire. Fascinée, elle progresse entre deux rangées d'arbres qu'elle remarque à peine. Warren et David ont emprunté un chemin parallèle, et leurs voix ne sont que des murmures happés par la brise. Entre elle et l'édifice, il n'y a plus qu'un dolmen construit sur une langue de terre. Le vestige, en partie effondré, crève le sol sans affecter la cohérence effrayante de l'ensemble.

L'étrange configuration formée par les dalles calcaires répond en tout point à la description de la « Pierre-Levée ». Sur le Net, les légendes pullulent au sujet de ce monument classé. La majorité clame l'intervention du Diable, qui vaut à la structure ce goût d'inachevé.

Distraite par ces théories discutables, Barbara continue d'avancer à travers un brouillard mental. Elle sonde à présent le serpent de terre molle qui ondule sous ses pas. S'étonne soudain de l'éclat conféré par une rangée de cailloux. Intriguée, elle se penche pour en saisir un et découvre un cordon tressé d'où pendent des breloques. Une ribambelle de licornes parfaitement semblables. Le fermoir cassé pend mollement entre ses doigts. Ce trésor manque forcément à quelqu'un. *Quelqu'une.* Alors, elle le repose délicatement là où elle l'a trouvé, se disant que sa jeune propriétaire reviendra peut-être le chercher.

Les yeux baissés, Barbara poursuit sa route.

Tout ce qu'elle touche du regard lui rappelle Emma : l'hymne à la joie que sont ses rires lorsqu'elle cavale dans la boue au mépris d'une paire de souliers neufs ; les lettres qu'elle s'amuse à tracer pour inscrire *maman* dans la gadoue ; les bracelets qu'elle enfile à ses poignets ; ceux qu'elle perd ; ceux qu'elle retrouve. Et ceux qu'elle ne portera jamais. Ces derniers sont les pires fardeaux d'une mère. Ils condamnent à crever d'amour sans aucune remise de peine. Saleté de perpétuité.

Comme un rappel brutal à la réalité, quelque chose percute son front.

Barbara lâche un hoquet stupéfait. Recule d'un pas. Relève la tête. Et s'écarte d'un bond.

Un œil de verre plante son regard mort dans le sien. Non, pas un… des dizaines ! Enfoncés dans des crânes de nourrissons, ou anormalement absents. Une palette d'orbites vides, de regards borgnes, d'ersatz humains amputés d'un membre, de cous brisés selon un angle improbable. Un comité d'accueil digne d'une arrière-boutique de l'horreur.

« L'arbre aux poupées, lâche Warren en se précipitant vers elle. J'aurais vraiment aimé que tu sois là pour assister au couplet du propriétaire à propos de ce totem. C'était franchement pathétique.

— Qui les a accrochées là ?

— Ce sont des offrandes, explique David en les rejoignant au pas de course. Le village se soumet chaque année au même rituel. Les habitants s'introduisent illégalement sur la propriété et suspendent des poupées pour célébrer la mémoire des orphelins disparus. De toute évidence, l'une des branches a cédé...

— Charmante attention », souligne Barbara sans se départir d'un sentiment de malaise.

David saisit sa main et l'enveloppe d'une chaleur rassurante.

« Ça va, toi ? »

Elle le tranquillise d'un signe de tête tout en fouillant son sac. La plaquette métallique de Lysanxia est bien là. *Ses bonbons bleu plénitude* auront toujours le dernier mot sur ses angoisses.

« On devrait décharger le matériel avant la tombée de la nuit, suggère Warren.

— Et si on entrait ce soir ?

— Ne te fais pas d'illusions, Dav' ! Pas question de déroger au protocole de sécurité pour satisfaire ton appétence morbide en matière de revenants. Il faudra patienter jusqu'au lever du jour pour ça... En attendant, le matériel dormira au chaud dans nos quartiers privatifs. »

Affligé, l'ingénieur du son éprouve le besoin de combattre les préjugés de son acolyte.

« Capturer des PVE[1] n'a rien d'une activité morbide. Il existe une dimension invisible. Que tu le veuilles ou non.

— Attention, sujet brûlant..., prévient Warren.

— Ton système de pensée est trop limité pour l'accepter.

— Ma patience aussi, Dav'. »

Une confrontation amicale mille fois rabâchée. Ici, au Val, ailleurs, partout. Depuis des années.

---

1. Phénomène de voix électronique.

« En parlant de revenants…, intervient Barbara. Avant de vous rejoindre, j'ai croisé une vieille dame prénommée Magda qui aurait fréquenté l'institution à l'époque des disparitions. Je l'ignorais, mais il y a un autre accès depuis la route. Cette femme a débarqué au moment où je m'apprêtais à forcer les limites du domaine. J'espère l'avoir convaincue de témoigner. Alors, par pitié, si elle se pointe, ne gâchez pas tout avec vos débats stériles.

— Aucun de nous ne laisserait passer une telle opportunité, je te le garantis. N'est-ce pas, David ?

— Non, bien sûr. On peut y aller maintenant ? Ça caille. »

6

Une pluie fine les escorte jusqu'aux pavillons perpendiculaires à l'orphelinat. Comme annoncé par le châtelain, les habitations jumelles offrent un confort suffisant pour séjourner durant leurs trois semaines de tournage. Chaque dépendance se compose d'un étage pourvu de deux chambres et d'une salle de bains récemment rénovée. Le rez-de-chaussée s'étend sur une seule pièce, meublée d'un petit canapé, d'une table basse en osier et d'un coin cuisine fonctionnel. Barbara choisit le pavillon réservé au personnel soignant à l'époque où l'institution était encore en activité. À peine ouvre-t-elle la porte que l'odeur agressive des moisissures la saisit à la gorge. Les murs dissimulent encore la misère cachée derrière de fraîches couches de peinture, mais les illusions ne durent qu'un temps. Les champignons finiront par proliférer jusqu'à tout recouvrir. *C'est ainsi pour les lieux comme pour les humains*, pense-t-elle.

Équipement à l'épaule, les garçons ont investi la seconde bâtisse sans opposer d'objections. Ce qu'elle abritait jadis, elle ne s'en souvient pas. En partie la faute aux bonbons bleu plénitude, ces endormeurs de conscience.

Magda serait sûrement en mesure de pallier mes pertes de mémoire.

Mais Magda n'est pas là. Peut-être ne la reverra-t-elle jamais ? Pauvre femme. Barbara avait tout remué. Les souvenirs, les pétales et quoi d'autre encore ? Elle préfère troquer son pessimisme contre une douche brûlante.

La cabine est étroite, le jet paresseux, mais le contact de l'eau sur sa peau n'en demeure pas moins délicieux. Rassérénée, elle attrape une serviette qu'elle noue autour de sa poitrine. Campée devant un miroir couvert de buée, elle fixe le visage de cette *étrangère* estompée par les vapeurs d'eau. Avec l'âge, ses joues ont un peu forci. Leur teint crayeux lui donne un air las. Des liserés blancs se mêlent aux boucles sombres mourant sur ses épaules. Et, pour parachever son œuvre, le temps a creusé deux sillons reliant la base du nez à la naissance des lèvres. Inutile de lutter. Les années l'ont déjà rattrapée. Elle finira par l'accepter.

Ce qui l'effraie davantage tient dans son regard inexpressif. Ce puits sans fond qui se détache dans la brume.

Barbara réprime un nouvel accès de mélancolie. Elle s'ébroue, enchaîne les moues grotesques et force l'autodérision à son paroxysme jusqu'à ce que ses grimaces lui arrachent un *vrai* sourire. Elle complète le rituel en absorbant sa dose d'anxiolytique. La technique suggérée par sa thérapeute fonctionne plutôt bien aujourd'hui. C'est un bon début. Elle le sait, mettre de la distance avec ses émotions représente une bataille gagnée dans un combat quotidien.

Un peu plus tard dans la soirée, David toque à la porte pour l'inviter à célébrer le début du tournage autour d'un verre de vin. Barbara décline poliment. Le cœur y est, mais pas la joie.

Tout ira bien, cette fois.

Esquiver le dîner s'avère cependant impossible. Son estomac crie famine. Depuis quand n'a-t-elle rien avalé ? Là encore, elle ne se souvient pas. Depuis sa dernière crise de larmes ? Elle remonte à la veille. Pas de quoi s'affoler. D'autant que son métabolisme a pris la fâcheuse habitude de stocker le moindre bout de gras.

C'est à ce moment-là que les hormones entrent en scène, admet-elle en considérant les transformations que la quarantaine opère sur son corps. Elle se ment à elle-même. Ce corps lui fait horreur depuis bien plus longtemps, mais l'excuse de l'âge possède un côté rassurant.

Barbara inspecte le contenu du réfrigérateur et confectionne un sandwich à base de terrine de canard – c'est du moins ce que mentionne l'étiquette de l'artisan. Elle mord la croûte à pleines dents et déambule dans la pièce humide avant de se poster derrière une fenêtre. De son observatoire, elle peut admirer l'œuvre de l'architecte à l'origine des pilastres en céramique qui courent le long de la façade de « l'Avenir du Prolétariat ». La plupart des vitres ont succombé aux actes de vandalisme. La noirceur coulant des ouvertures l'invite à plonger dans les entrailles de l'orphelinat où, d'après l'ancien maire, des junkies établissent régulièrement leur enfer tandis que les Urbexeurs se payent leur dose de frayeurs.

Un mouvement à la périphérie de son regard anime la pénombre qui s'étend tel un linceul sur le monde. Elle avale sa dernière bouchée de pain, met ses mains en coupe contre le carreau. Sa vision s'adapte à la faible luminosité consentie par une lune pleine et souriante.

L'astre s'amuse derrière les nuages filandreux comme une invitation à le rejoindre.

Aux aguets, Barbara scrute les trois étages de pierre exposés au vent. Les anciens rideaux ondulent entre autres déchirures. Les ombres s'amassent derrière des portes entrebâillées sur des secrets bien gardés. David croirait distinguer des âmes tourmentées, mais, en réalité, c'est ainsi que les lieux parlent après leur mort. En révélant avec pudeur les détails de leur anatomie, comme le ferait un amant, nuit après nuit.

Dans le silence absolu, l'alarme de son téléphone se déclenche. 21 h 00. L'heure d'un rendez-vous quotidien qu'elle ne manque jamais.

Barbara branche son ordinateur portable. Le curseur scintille quelques secondes, puis une fenêtre s'ouvre au centre de l'écran pour qu'apparaisse enfin le visage d'un ange.

« Bonsoir, ma puce. »

Le pouce et l'index serrés, Barbara effectue une légère rotation du poignet.

« Oui, Emma. Maman est bien arrivée. »

7

4 ANS PLUS TÔT.

« *On raconte que le murmure des grisons célèbre l'ouverture de la belle saison. Les toits pentus de la vallée s'égayent alors d'une symphonie comme il n'en existe nulle part ailleurs dans le monde.* »

Depuis une heure, la navette les bringuebale sur des routes escarpées. Enfoncés au fond de leurs sièges, Warren et David maudissent silencieusement le trajet au milieu des reliefs accidentés.

Cinq rangs plus haut, Barbara tique un peu. Le guide enchaîne les superlatifs comme s'il leur refourguait un fabuleux séjour au rabais. Sans doute pour atténuer les conditions chaotiques du voyage ? Calée contre la vitre, Emma observe le paysage brûlé de chaleur. Un faisceau de lumière se brise contre son sourire amputé d'une quenotte. Elle ne parle pas. Ne le peut pas. Mais les mots qu'Emma ne formule pas, ses yeux pétillants se chargent de les faire vivre. Tout un monde d'émotions se reflète alors dans son regard bleu océan qui fait flancher le cœur d'une mère.

Ce monde qu'Emma chérit est pétri d'injustices. Elle ne connaît ni le son de sa voix ni *le murmure des grisons qui célèbre la belle saison*. Elle ne les connaîtra jamais et passera sa vie à se forger sa propre réalité. Et pourtant, à ce jeu déloyal, son insouciance s'émancipe dans une merveilleuse galaxie où le silence est roi.

Barbara l'enlace comme si l'oisillon menaçait déjà de quitter le nid. Elle ne l'a pas vue grandir. Ou si vite qu'elle accuse encore le coup pour chaque jour volé par ses absences prolongées. Ces dernières années de tournages ont pris le goût âpre d'une déchirure. Barbara s'absente généralement cinq mois sur douze. Autant de centimètres manqués sur cette impitoyable toise qui tue l'enfance trait après trait. Il y a bien longtemps qu'elle aurait dû rebattre les cartes de ses priorités. Une certitude, sombrer dans le remords ne les lui rendra pas.

Sa propre mère palliait la défection de deux parents trop occupés à honorer leurs agendas surchargés. Jusqu'à ce jour de juin où tout a basculé.

« C'est un cancer, Barbara. »

Sa mère, encore. Combative, toujours.

Le mot était lâché. Le planning des mammographies, déjà bien entamé. À coups de cachets, de PET-scan réguliers, de moral assiégé. Barbara renonçait déjà à son projet, la Suisse attendrait. Son avion décollait dans une semaine. Alexander ne rentrerait du Portugal que fin juillet. Trop peu de temps pour recruter la perle rare capable de s'occuper de leur fille. Trop de culpabilité aussi. Tout s'avérait si compliqué dans la gestion de sa souffrance qu'aucune autre option ne l'avait effleurée.

« Si tu restes pour moi, alors ne le fais pas ! Pourquoi tu n'emmènerais pas Emma ? Ce serait une expérience hors-norme pour vous deux !

Tu lui manques. Elle a besoin de vivre ça avec toi, au moins une fois. »

Reporter son voyage ne détruirait pas la tumeur. S'apitoyer ne servirait qu'à gangrener un mental résolument optimiste. Aucune objection possible. Barbara avait alors calqué son séjour sur le calendrier des vacances, ajusté leur retour en fonction de la rentrée scolaire.

Et devant le bonheur manifeste d'Emma, l'infamie d'abandonner sa propre mère s'effaçait.

Un doigt pointé vers l'horizon de brume, sa fille s'émerveille. Le Val Sinestra crève les sommets forestiers assujettis à son emprise. Onze étages pourvus de contrevents rongés par l'usure se détachent des remparts obscurs de la nature. En un instant, ce monstre magnifique avale toute son attention. Assurément, les chiens ne font pas des chats.

C'est encore plus vrai une heure plus tard, quand la directrice de l'hôtel les accueille sur la terrasse ombragée surplombant d'immenses massifs boisés.

« Avez-vous fait bon voyage ? »

La vérité succombe à un flottement poli qui suggère que « tout est parfait, merci ».

Adrienne Meier se tourne alors vers la fillette, dont la curiosité enfantine est éveillée par la présence insolite d'une poupée dans le lobby.

« Tu peux la prendre, tu sais. »

Elle l'ignore encore. Bien sûr. S'absorbe dans un champ visuel où la porcelaine fendillée lui sourit depuis un fauteuil en osier.

« Emma n'entend pas. »

Sous le regard courroucé de sa fille, Barbara ajoute :

« Mais elle lit sur les lèvres !

— Tu n'es pas une enfant ordinaire. C'est sans doute la raison pour laquelle le Val t'a choisie. D'habitude, nous n'exposons pas Célestine… Mais je crois qu'elle avait hâte de te rencontrer.

— Célestine ? s'étonne Barbara en avisant le jouet convoité par sa fille.

— La poupée d'Anastasia Becker. Une rescapée de guerre, tout comme sa jeune propriétaire. D'après les archives découvertes au sous-sol, elle ne s'en séparait jamais. Jusqu'à ce que Célestine soit emportée par la rivière. Que cette poupée ait refait surface demeure cependant un mystère… Suivez-moi. Je vais tout vous raconter au sujet des enfants du Val. »

8

Une lumière aveuglante tombe à travers les persiennes. Barbara plisse les yeux pour parer l'agression d'un jour nouveau. Sa gorge irritée lui arrache une quinte de toux. La misère cachée derrière les murs est déjà à l'œuvre.

Recroquevillée en chien de fusil, elle met moins d'une minute à se resituer dans le temps et l'espace. *L'aube a déjà glissé sur la Haute-Barde.* La veille, après avoir longuement communiqué avec Emma, elle s'est épuisée à réécrire sa séquence d'ouverture. Pour véhiculer l'émotion auprès du spectateur, chaque mot employé requérait une force considérable. Elle ne se rappelle pas s'être écroulée sur le canapé comme on fusionne incidemment avec le néant. Et pourtant.

Une invasion de poupées s'est emparée de sa nuit en glissant des placards mal fermés de sa conscience. Un cauchemar parmi tant d'autres dans sa collection privée. Aux visions de ces petits corps estropiés se sont accrochés la peur et le regret de ne pouvoir échapper à la fatalité. De n'avoir pas su restaurer la mémoire des enfants du Val. Ce même Val qui – bien qu'éloigné de neuf cents kilomètres

– la conduit aujourd'hui aux portes d'un orphelinat abandonné.

Un voile nuageux assombrit soudain la pièce et recouvre sa peau d'un frisson. Au même moment, un poing frénétique s'abat contre la porte d'entrée. Désorientée, Barbara se dirige vers la source du vacarme en suppliant à haute voix qu'on épargne ses nerfs.

Warren se tient derrière le battant. Ses excuses traversent la mince épaisseur du bois.

« Désolé... Je t'ai réveillée ?

— Quelle heure est-il ?

— Bientôt neuf heures.

— Déjà ? OK... Accorde-moi trente minutes. »

Une demi-heure plus tard, Barbara s'élance à travers les jardins qui encerclent l'orphelinat. La zone d'exploration donne le vertige. Des structures à l'abandon côtoient des arbres dénudés par l'automne ou habillés de poupées cassées, telle cette grange qui s'écroule en partie sur de vieux engins agricoles. Plus bas, d'anciens chais marquent la frontière avec l'étang de la Barde, dont les flots scintillent sous un soleil timide. Pour ancrer fidèlement l'intention de son reportage, filmer les extérieurs s'impose comme une évidence. Ils sont les témoins muets de l'« Heure fantôme ». Ceux qui voient tout, mais se taisent depuis toujours.

Saisie d'un frisson, Barbara pivote sur elle-même. Une langue froide remonte le long de son échine tandis que ses yeux balaient le périmètre autour de la grange. Les zones d'ombre se déplacent au gré du ciel capricieux dans une mise en scène proprement terrifiante. À quoi s'attendait-elle ? À déceler la présence d'un prédateur ou celle d'un spectre surgi des entrailles de la Terre ? *Voyons, Barbara ! L'un et l'autre ne se montrent jamais au grand jour ! Ils frappent généralement par surprise au fond d'une ruelle sordide ou d'une maison isolée.*

La sensation d'être épiée s'estompe lorsqu'elle voit détaler un chat sauvage prisonnier d'un buisson de ronces. C'est à ça que ressemble le monde. Une pelote pleine d'aiguilles qui font mal.

Elle le sait, quelque chose s'est brisé en elle depuis sa rencontre avec le Val Sinestra.

Quatre ans après, la paranoïa colmate toujours les fissures.

Tu croyais quoi ? Qu'un repère de cinglés serait une promenade de santé ? Que tu finirais par oublier ? Qu'ici vaut mieux que là-bas ?

Consciente de sa fragilité, Barbara remonte lentement vers l'orphelinat. Deux silhouettes patientent sous l'auvent abritant l'entrée principale du bâtiment.

« Tout va bien ? s'inquiète David.

— Tu as une mine affreuse », admet Warren.

Pour les rassurer, elle se retient de répondre que c'est à ça que ressemble une femme en perpétuel équilibre au bord de l'abîme. *Elle* a basculé de l'autre côté. Dans une province intime et solitaire. Un territoire interdit. Le sien, désormais.

« J'attends ce moment depuis un sacré bail…, lâche-t-elle. Croyez-moi, c'est épuisant à la longue. Bon sang ! L'un de vous va-t-il se décider à ouvrir ? »

Warren déverrouille la porte.

Barbara s'engouffre à l'intérieur, happée par une explosion de formes bancales et de couleurs fanées. À l'instinct, elle progresse dans le hall ouvert sur plusieurs salles. Le sol craquelé gémit plus fort à chacun de ses pas. Autour d'elle, balayés par le souffle du vent, de grands espaces vides amplifient l'effet de résonance. Elle imagine déjà des plans larges pour sonder la profondeur du réfectoire, dont les fenêtres en partie obstruées filtrent péniblement la lumière du jour ; un cadre plus serré pour isoler une deuxième pièce, derrière les parois de laquelle se dissimulent les branchements des pompes à oxygène – vestiges de la reconversion de l'orphelinat en maison de retraite. Et pour relier les salles entre elles, Barbara envisage des *travellings* conduits sur des dizaines de couloirs aux murs écaillés et aux portes dérobées.

Un scénario approximatif s'affine tandis qu'elle déambule au rez-de-chaussée.

Explorer les moindres recoins afin d'établir une chronologie cohérente des évènements ayant précédé la nuit de l'« *Heure fantôme* »*. Suivre le quotidien des orphelins parmi lesquels se cachaient les enfants du Val. Percer le mystère de leurs disparitions. Et les sauver de l'oubli, peut-être…*

En regagnant le hall central, elle avise un ascenseur prisonnier d'une cage rongée par la rouille. Les câbles, eux, semblent sur le point d'être actionnés, les années ayant étrangement épargné le mécanisme. L'escalier attenant offre une perspective déroutante sur les deux étages supérieurs. Barbara s'apprête à le gravir quand une main agrippe son épaule.

« On a trouvé quelque chose qui devrait t'intéresser. »

Caméra à l'épaule, Warren disparaît dans un renfoncement obscur où stagne une odeur de moisi. Barbara constate qu'une porte, tombée en travers d'une volée de marches bétonnées, bloque l'accès au sous-sol. Elle enjambe l'obstacle et s'engage dans l'étroit passage menant à l'ancienne chaufferie. C'est du moins ce que trahit l'élément central couvert de suie. Une sorte de four dont la trappe ouverte dessine un sourire d'acier.

« Par ici ! »

La voix de David résonne dans le boyau humide. La caméra de Warren projette un faisceau lumineux qui les guide jusqu'au réduit où s'amassent des objets poussiéreux. Une étagère contient péniblement une série de vieux bibelots cassés ; une autre supporte des outils emprisonnés sous un duvet de toiles d'araignées. Mais rien n'interpelle vraiment Barbara dans ce décor lugubre – si ce n'est la solitude qui s'en dégage.

Dans l'antre exigu se déploie une silhouette difforme.

Victimes de la pénombre, les proportions se jouent de la réalité. Elle comprend que cet effet d'optique est en partie dû à l'équipement dans lequel s'est harnaché l'ingénieur du son. Un casque recouvre ses oreilles et plaque en arrière de longues mèches blondes. Son flanc gauche disparaît derrière la console qu'il porte en bandoulière.

Barbara considère l'objet dans ses mains.

David en descelle le couvercle pour libérer la danseuse qui tournicote sur quelques fausses notes.

« Une boîte à musique, observe-t-elle, dubitative.

— Vu son état, j'aurais parié ma collection de cartes postales anciennes qu'elle ne jouerait plus ! En tout cas, son propriétaire tenait vraisemblablement à préserver ceci, dit-il en tendant une série de photos.

— J'ignorais que tu étais cartophile, s'étonne Warren.

— Tu ne me l'as jamais demandé… J'en possède près de cinq cents ! Principalement sur le thème "anniversaire". Le fleuron de ma collection étant bien sûr les cartes antérieures à 1903.

— Qu'ont-elles de si particulier ?

— Leur dos n'est pas divisé en deux parties. Les sections "adresse" et "correspondance" sont apparues en décembre 1903.

— À l'occasion, je serais curieux de voir ça. Tu étais au courant, toi ? »

Barbara ne relève pas. Elle déploie l'éventail de clichés dissimulés dans le compartiment secret d'un double fond. Des visages d'une autre époque scrutent l'objectif sans feindre la moindre émotion. Une ribambelle d'enfants sages forme cette étrange famille immortalisée par l'encre sépia. Aucune datation n'est inscrite au dos. Il n'est pas fait davantage mention des acteurs de ce triste tableau. Une part d'elle-même pressent que les rescapés du Val Sinestra explorent son âme depuis leur prison de papier. Mais comment les distinguer au milieu des rangs uniformisés de blouses blanches et de crânes rasés ? Si Barbara ne les a jamais vus autrement qu'en pensée, elle restait jusque-là convaincue de pouvoir les reconnaître entre mille. Peut-être se les imaginait-elle encore à l'âge où le Val leur avait ôté toute innocence comme on cueille un jeune fruit ? Exaltés, dégoulinants d'insouciance ? Huit années d'exil sur les terres infernales des Grisons avaient certainement gommé leur allure juvénile. Derrière l'illusion de la maturité, à quoi reconnaît-on des gamins brisés ? À l'absence d'étincelle dans le regard ? Au contraste d'un sourire forcé ?

Barbara glisse son butin dans la poche arrière de son jean.

Ses gars n'ont pas perdu de temps. Étonnant. Les soubassements ne figuraient pas sur leur liste des zones prioritaires. Quel que soit le nom qu'on lui donne – miracle, providence, hasard –, elle ressent le besoin de savoir ce qui les a attirés au sous-sol.

« J'ai cru entendre un sifflement provenir d'en bas, confesse David.

— L'appareil a dû amplifier la tonalité du vent, relativise Warren. L'édifice est bourré de courants d'air. »

Pour donner le change, l'ingénieur du son se met à bricoler les réglages de sa console. Son esprit irrationnel aurait tendance à interpréter les signes d'une intervention plus exotique que le vent. Il aimerait parfois qu'on lui accorde davantage de crédit lorsqu'il s'apprête à énoncer une théorie, mais renonce à vouloir convaincre. Son éducation lui a enseigné le silence. Barbara observe ses gestes maladroits et semble en proie au doute, comme si une brèche écorchait son armure cartésienne. *Peut-être attend-elle qu'il livre sa version ?* Parce que, à défaut de sifflement, *la chose* qui l'avait appâté dans ces sous-sols s'apparentait au ricanement d'un enfant. Ou tout du moins un truc approchant.

Avant qu'il ait eu l'occasion d'ouvrir la bouche, la réalisatrice soumet alors l'idée de s'en tenir au plan défini pour l'exploration de l'orphelinat.

Sans protester, David abandonne volontiers le réduit silencieux où gisent les reliques d'un passé révolu.

9

La surface prodigieuse du bâtiment s'étend sur quatre mille mètres carrés de couloirs, de dortoirs vides et de salles obscures.

Lancée dans ce labyrinthe sans issues, Barbara déambule au rez-de-chaussée. Partout où se greffe son regard, les ouvertures demeurent inaccessibles. L'affaissement des parois condamne d'étroits passages, et les fenêtres barricadées empêchent la lumière d'entrer. Elle inspire profondément pour s'approprier l'atmosphère des lieux. Des émotions fuyantes la traversent et s'évaporent aussitôt. Sans verser dans le registre occulte défendu par David, elle demeure convaincue que les lieux possèdent une « âme ». Pas au sens strictement spirituel du terme. Ses propres certitudes l'amènent à penser que les murs emmagasinent les énergies libérées par les vivants qui les ont habités. Puis ces mêmes murs recrachent ce qu'il reste de bonheur et de souffrance, sans distinction. Au point d'influer sur l'état émotionnel de ceux qui les approchent. C'est scientifique. *Rien ne se perd, rien ne se crée, tout se transforme.* Pourquoi en serait-il autrement avec la puissance des sentiments ?

Barbara rejoint David et Warren dans le hall central.

« Allons voir ce que réserve le premier étage. »

En file indienne, ils empruntent des escaliers envahis par la mousse et frôlent des parois suintantes d'humidité. L'édifice transpire l'abandon. La désespérance. Une impression de déjà-vu.

Graduellement, ce monstre gigantesque prend vie sous leurs yeux en appelant tous les sens à se manifester. Une odeur indéfinissable flotte dans l'escalier et les assaille de toutes parts. Les murs fissurés défient l'œil de la caméra, tandis que David s'exhorte à ignorer les craquements émis sous ses semelles compensées. Devant eux, Barbara caresse d'une main les imperfections de la rampe. Et s'ils devaient en débattre, tous trois s'accorderaient sur le fait qu'un goût âpre leur chatouille le palais.

« Cet endroit est déroutant », lâche la réalisatrice en avisant les deux galeries qui divisent l'étage.

D'un côté, une succession de chambres rosâtres délimite l'ancien quartier des filles. De l'autre se trouve celui des garçons. Ses tons bleu pastel s'effacent sous les moisissures et les tags de jeunes artistes, manifestement en mal d'inspiration.

Barbara s'engage instinctivement dans l'antre des filles. De grandes croix blanches, fraîchement peintes, s'alignent sur toute la longueur du couloir. Certainement un hommage maladroit à ceux qui y ont péri – ou une mise en garde grossière à l'intention de ceux qui osent s'aventurer plus loin.

Warren suit sa cheffe comme son ombre. Caméra à l'épaule, il balaie l'ensemble avec une incroyable vélocité. Attentif à tout ce qui l'entoure, David marque un léger temps d'arrêt.

« Matez ça ! » s'exclame-t-il.

En travers d'une porte dégondée, une inscription clame « *Satan is coming. This way*[1]… », assortie d'une flèche pointant vers l'extrémité de la galerie où des sanitaires rudimentaires tombent en ruine.

« On reste ensemble, OK ? »

Warren et David acquiescent en silence avant de s'aventurer plus loin dans l'aile réservée aux jeunes filles. Happé par la curiosité, l'ingénieur du son les distance déjà d'une vingtaine de mètres.

« Vous sentez ? »

Une odeur nauséabonde comprime l'air dans leurs poumons. Une puanteur aussi prégnante qu'un avertissement. En guise de réponse, Warren se pince le nez et rejoint son équipier.

« C'est quoi, ce merdier ?! » s'écrie-t-il en pénétrant dans une pièce aux allures de chambre mortuaire.

Barbara entre à son tour, avalée en un instant par l'obscurité. David reste bloqué sur le seuil. Ses yeux papillonnent de gauche à droite pour saisir l'origine des craquements qui menacent de faire ployer l'édifice. Son expérience de terrain aurait pourtant dû le rendre imperméable aux manifestations naturelles d'un lieu en ruine – en dépit de son *appétence morbide*, il était capable de discernement –, mais le Val Sinestra avait ouvert, en chacun d'eux, une brèche névralgique irréparable.

1. « Satan arrive. C'est par ici… »

La probabilité qu'ils ne soient pas seuls à l'intérieur de l'orphelinat lui glace le sang. Quelqu'un de malintentionné pourrait parfaitement les espionner sans se faire repérer. Après tout, le propriétaire avait bien insisté sur les intrusions répétées, non ? David essaie de se remémorer son long plaidoyer. Avait-il évoqué la dangerosité des visiteurs indésirables ? Pas ouvertement. Mais ça ne garantissait pas pour autant leur sécurité. Et puis, au-delà du facteur humain, l'endroit paraissait infecté d'un mal plus ancien. Comme si l'orphelinat libérait une énergie résiduelle empreinte de malveillance. Un truc *vraiment* mauvais qu'il semblait être seul à percevoir.

« Qu'est-ce qui s'est passé ici ?! » demande Barbara, faisant écho à ses craintes.

David se décide à passer la tête dans l'ouverture. Un matelas posé à même le sol atteste du caractère sordide de rendez-vous clandestins.

« Probablement l'œuvre magistrale d'une bande de satanistes..., présume Warren en considérant un tas de linges maculés de taches brunâtres.

— C'est... du sang ? s'inquiète David.

— Je préfère ne pas savoir. Si c'est le cas, vu la quantité, le type est en train de crever.

— Une messe noire... Les adeptes offrent parfois des animaux en sacrifice. Ou alors des junkies...J'ai lu récemment que les drogués se mutilaient souvent entre deux trips.

— Ils démembrent aussi des fillettes en plastique ? »

Zoom avant.

Disposée sur la literie douteuse, une poupée grimaçante forme un puzzle sectionné en six morceaux distincts. Fichées dans le plancher, les billes oculaires arrachées valident la théorie d'une mise en scène particulièrement démente. Non loin de la tête blonde décapitée, une nuée de mouches complète le panorama en survolant un dôme de matière fécale.

« C'est immonde…, dit Barbara en réprimant un haut-le-cœur.

— En tout cas, la découpe est nette.

— Pitié, Warren ! »

Venant d'un autre que lui, elle n'aurait pas supporté le ton de la plaisanterie. David faisait également exception au regard qu'elle portait sur la nature de l'homme, la jugeant généralement insensible et bestiale.

La pénombre occulte la vision écœurante de l'ensemble, mais, lorsque la lampe intégrée à la caméra révèle la composition, David se rue dans le couloir. Les exhalaisons l'indisposaient déjà, mais l'image du mannequin écartelé crée un électrochoc. L'arrangement malsain sème en lui un trouble identique à celui enduré lors du précédent reportage. La poupée lui rappelle l'horrible jouet d'Ana Becker. Il se souvient du regard émerveillé d'Emma s'attardant sur la porcelaine fêlée, ses doigts lissant la chevelure synthétique pleine de nœuds, puis s'attardant sur le ventre grossièrement rafistolé.

David tente de reprendre son souffle en se concentrant sur les voix de ses amis qui s'échappent de la chambre. Les paroles lui parviennent déformées, comme si une main puissante immergeait son crâne sous un mètre d'eau. David croit comprendre que Warren envisage de nettoyer « tout ce bazar avant que la puanteur rameute les rats ». Puis entendre Barbara répondre : « Ou pire. Avant de choper une saloperie. »

L'instant d'après, elle déboule dans le couloir, le teint rendu livide par un jeu de lumières mortes. Ses lèvres remuent à peine.

« Continuons. »

La végétation envahit l'escalier menant au deuxième palier. Une jungle se faufile par les vitres cassées en produisant une cascade de craquements. David se cramponne à la rampe vert-de-grisée tandis que le duo de tête arpente déjà l'étage. Parvenu en haut des marches, il est frappé par un sentiment d'oppression. L'étau se referme sur sa gorge.

Ces sensations ne sont que le fruit de mon imagination, se persuade-t-il.

Il se hasarde dans un espace agencé à l'identique du premier.

De part et d'autre du palier s'ouvrent deux immenses couloirs sinistres. Dans les profondeurs de celui de gauche, une série de crissements signalent les déplacements de ses acolytes. La console portative capte des bruits étouffés. David n'a aucun mal à les localiser, mais décide cependant de s'engager dans la direction opposée. Il inspecte l'environnement immédiat.

Une porte dégondée indique une formule peinte en rouge : « Ici, 2+2 = 5 ». David a beau retourner l'équation dans tous les sens, il ne trouve aucune suite logique.

En y réfléchissant, le message lui crève finalement les yeux : « Ici, même l'impossible devient possible. Bienvenue en enfer. » Les tarés à l'origine de la mise en scène macabre à l'étage inférieur l'ont visiblement pris au pied de la lettre… D'un revers de main, David essuie la sueur sur son front. Sa pression artérielle augmente. Il aurait bien du mal à décrire ce qu'il ressent. Aucun fait notable ne justifie son emballement. *Excepté la peur de décevoir.* Se laisser déborder par la particularité insondable d'un lieu annonçait un repli sur lui-même qui l'exclurait du groupe.

Un peu plus loin, la nacelle de la cage d'ascenseur semble avoir atteint son niveau le plus haut. C'est totalement aberrant. Le bâtiment compte pourtant trois étages.

Sans plus aucun repère, David se met à tourner en rond sur la plateforme. C'est alors qu'il avise un petit escalier en bois sculpté, situé derrière un pan de mur rongé par le salpêtre. Une flaque d'ombre tombe sur la structure aux moulures travaillées.

Ne craint le mal que celui qui croit en lui, se répète-t-il, avant d'ajouter à haute voix :

« Reprends-toi, David ! »

Il gravit la première marche avec la sensation de se fondre dans un nuage opaque et menaçant. Pour ne rien arranger, l'escalier forme un coude qui n'offre aucune visibilité. Le troisième étage est un puits de noirceur.

N'y va pas.

Il pose son pied sur la deuxième marche au risque de passer au travers. À cet endroit, la température chute sensiblement à cause de la toiture éventrée qui ventile l'édifice par le sommet. N'importe quel cinglé pourrait surgir de l'obscurité. Brandir une lame et le décapiter comme une vulgaire poupée.

Tu débloques. Vas-y. Grimpe !

Il s'arrête net.

Une présence déplace de l'air froid dans son dos. Quand il se retourne, David se sent happé par un vide hostile. Le sourire amusé de Warren s'efface presque aussitôt.

« T'en fais une tête… Y a quoi là-haut ?

— J'en sais rien… Je ne suis pas encore monté. Et de votre côté, vous avez trouvé quelque chose ?

— Principalement des cadavres… de bière. Franchement, je ne sais pas ce qu'elle espérait découvrir soixante-neuf ans après les faits… »

David lui fait signe de la boucler.

Trop tard.

Dans la foulée, Barbara les frôle pour se hisser dans l'escalier. Elle fait mine d'ignorer sa remarque, mais la manière dont elle fusille Warren du regard est sans équivoque.

« On a bientôt terminé, dit-elle. D'après les plans fournis par le propriétaire, le troisième étage abrite des chambres sous combles. Il existe aussi un accès au clocher et ses horloges. Warren, vois s'il est possible de réaliser un travelling en portée. »

Le caméraman acquiesce et s'engage dans l'obscurité, persuadé que son collègue lui emboîtera le pas.

David bloque à la sixième marche, empêché par une barrière mentale qui le paralyse. L'évocation de l'« Heure fantôme », après l'arrêt simultané des quatre horloges incrustées sur chaque face du clocher, aggrave son malaise.

« David ? »

Son prénom résonne dans cet espace infranchissable.

« Tu devrais monter ! Ça vaut le coup d'œil ! »

Au lieu de cela, il recule jusqu'à retrouver la sécurité relative du deuxième étage. De chaque côté, les couloirs sont comme deux bras écartelés sur le point de se détacher d'un tronc. Un mouvement sur sa droite attire soudain son attention. David aurait juré apercevoir une forme de la taille d'un lutin détaler au fond de la galerie est. Il tente de se persuader que son imagination lui joue encore un tour malheureux.

Une hallucination ? Mon cul ! Je sais ce que j'ai vu !

Un rire, à présent.

Ses pensées dégringolent au sous-sol. *Merde*, il aurait dû emporter la boîte à musique en souvenir. Et aussi la clef à molette pour se défendre. Ou le vieux tournevis. On n'est jamais trop prudent. Il s'accorde quelques secondes de répit avant d'agir.

D'un pas décidé, il traverse l'aile délabrée sans même croiser un rongeur susceptible de le ramener à la réalité. Il n'entrevoit que des chambres encombrées de carcasses métalliques, des lits squelettiques aux ressorts rouillés qui s'enroulent sur une promesse de tétanos. À son corps défendant, il atteint l'extrémité du couloir. Ses yeux écarquillés roulent de gauche à droite. Pas d'ectoplasme en lévitation ni de farfadet en jupon. Rien qu'un vide végétal animé de bruissements.

Contre toute attente, il ricane. Un rire démentiel que l'orphelinat répercute en échos.

T'es pas au Val, mon gars ! Aucune entité ne tente d'établir le contact avec toi ! Tes nerfs sont en train de lâcher. Ressaisis-toi !

Il n'y a personne. Ce foutu bordel n'est qu'illusion. Pas de quoi s'emballer.

Pourtant, on aurait dit… non… ce n'est pas elle, impossible…

Alors il baisse les yeux sur le sol damé où des empreintes de pas mordent la poussière, comme la preuve d'une présence bien réelle. L'esprit confus, il marche dans ces traces éphémères que le vent balaiera bientôt. Elles ne mènent nulle part, sinon sous une fenêtre à guillotine colonisée par le lierre grimpant.

Le carrelage craque derrière lui. Le moindre bruit prend soudain des contours terrifiants. Le souffle coupé, David fait volte-face. La honte supplante la peur quand une source chaude étale une sombre auréole sur son entrejambe.

Ton ego a de quoi tomber raide mort ! T'es qu'un froussard qui mouille son pantalon !

« Préviens, la prochaine fois ! lui lance Warren. Arrête de disparaître comme ça. Allez, ramène-toi… On fait une pause. Reprise dans une heure. Rendez-vous dans le hall pour tourner la séquence d'ouverture. »

L'ingénieur du son approuve sans prononcer un mot. Il serait prêt à tout pour quitter les hauteurs de l'orphelinat.

10

David a la trouille. C'est toujours la même chose avec lui. Il s'aventure sur des terrains glissants et s'étonne de se casser la gueule. À croire qu'il aime avoir mal, déplore silencieusement Warren, en comptant profiter de la pause pour s'isoler. *Qu'est-ce qu'il s'imagine ? Que j'aie tout oublié ? Que je ne ressens rien ?* Si c'est le cas, il se trompe. Chacun réagit à sa manière. Certains se mettent à picoler. D'autres à bouffer. Son truc à lui, c'est marcher. *C'était*. Il est peut-être temps de réessayer.

Warren quitte le domaine, s'arrête un instant pour observer le château de la Haute-Barde. *Sacrée propriété.* Puis il emprunte la route en lacet qui descend vers l'étang. Des maisonnettes sortent sporadiquement de terre comme des champignons. Plus bas, le plan d'eau ressemble à une nappe d'huile protégée par la végétation. Pas de massifs forestiers qui s'étendent à perte de vue. Seulement des sentiers ombragés tournant sur eux-mêmes pour revenir à leur point de départ. Warren laisse le clapotis de l'eau derrière lui pour s'engager sous la voûte des arbres. Il erre sans but. Aime se laisser surprendre par les détours imprévisibles qu'offre la nature. Un moyen de conjurer ses cauchemars. Depuis son retour de Suisse, il fait toujours le même rêve. *Il fuit, perdu au milieu des mélèzes frémissant dans la nuit. Il court sans jamais s'arrêter, mais la forêt n'a pas de limites, l'oppresse au point qu'il peine à respirer. Il échappe à quelque chose, mais cette chose est partout à la fois : dans les craquements d'un buisson, le souffle chaud des ténèbres, les cris d'une faune invisible. La nuit est un serpent qui s'enroule autour de lui. Dans sa course effrénée, il sait que le vide peut s'ouvrir à tout moment sous ses pieds… Il va mourir.*

Et se réveille en sursaut.

Warren allonge le pas sur un chemin désert. Les pénombres sont les mêmes partout. Elles ne diffèrent qu'en fonction des monstres qu'on y cache. Comme pour lui donner raison, un roulement métallique enfle soudain dans son dos.

Lui qui pourrait chatouiller les cimes se recroqueville en dedans. *Contrairement à toi, David, mes peurs sont tangibles*, se dit-il.

« C'est apaisant, n'est-ce pas ? »

Warren se retourne et fusille du regard l'homme coincé dans un fauteuil roulant.

« Les couleurs d'automne, le doux chant du vent…, lance celui-ci. On dit que la beauté n'est qu'un piège tendu par la nature à la raison.

— On dit beaucoup de conneries », répond Warren en s'éloignant.

Il rebrousse chemin. La pause est terminée. Et ce type a trouvé un bon moyen d'écourter sa balade en engageant la conversation.

« Voltaire, un peu moins que les autres ! s'écrie l'homme en fauteuil. C'était un plaisir de vous rencontrer ! »

Warren ne partage pas cet avis. Il consulte sa montre. *Et merde*. Il est déjà en retard pour le tournage de la première séquence.

11

Bande audio – Voix off – Intérieur jour.

Les images captées par le cerveau humain sont des armes tranchantes capables de déchirer l'âme en lambeaux de soi. Ce sont des mots qui vous assaillent, des émotions qui vous traversent, une sorte d'interférence capable de modifier votre comportement, vos croyances. Elles cachent des vérités que beaucoup redoutent et dont ils voudraient taire l'existence.

Je m'appelle Barbara Blair et je cultive une passion particulière pour le patrimoine oublié. Les lieux exercent sur moi une forme de fascination proche de la dépendance. Ils me nourrissent de leur histoire, suscitent des sentiments poignants que l'imagination s'engage à mettre en scène.

Aujourd'hui, je vous emmène au cœur d'une énigme dont je me dois de vous exposer la genèse.

Il y a quatre ans, j'ai séjourné au Val Sinestra, situé au cœur des Grisons, en Suisse. Je collectais des témoignages pour une mini-série documentaire destinée à dévoiler les actes odieux commis sur des expatriés durant la Seconde Guerre mondiale. Parmi eux se trouvaient trois jeunes enfants prénommés Ana, Valère et Colette.

((CLAC ! CLAC !

« C'était quoi ?

— Rien. Continue. Ça tourne »))

Au fil de mes découvertes, je me suis sentie envoûtée par leur présence, à tel point que leur sort me hante encore. Depuis, je n'ai eu de cesse de suivre les traces des rescapés du Val Sinestra. Et celles-ci m'ont menée à Beaumont-la-Ronce.

En effet, en 1950, après avoir échappé à l'emprise des Grisons, trois survivants auraient été conduits, ici même, à l'orphelinat de l'Avenir du Prolétariat. Mais le 31 octobre de la même année, tous les pensionnaires ont mystérieusement disparu. Les marques manifestes d'un carnage n'ont cependant jamais permis la résolution de l'enquête. Les premiers agents dépêchés sur place décrivent une scène de crime particulièrement violente. Outre la quantité de sang concentrée dans le hall, les relevés indiquent la présence massive de matière organique d'origine humaine.

Alors, avec l'autorisation de l'actuel propriétaire, mon équipe de tournage et moi-même avons posé nos valises dans les ruines de cette ancienne institution.

Le projet « ENIGMA » tentera de retracer les circonstances ayant mené au possible massacre baptisé l'« Heure fantôme ».

((Crrrrssttt… Crrrrssttt…

« Hé ! Qui êtes-vous ?!))

12

« Comment êtes-vous entrée ? s'étonne David en retirant son casque.

— Par la porte, jeune homme. Comme toute personne civilisée. »

Derrière la caméra, Warren étouffe un rire. Fait rare que Barbara entend bien souligner si l'occasion lui est un jour donné d'écrire ses mémoires.

« Vous avez raison, ne vous laissez pas impressionner, approchez ! Messieurs, je vous présente Magda ! » lance-t-elle en remerciant secrètement l'auteur d'un miracle confirmé.

Une main enfoncée dans la poche de son épais manteau, l'autre serrant le pommeau de sa canne, la vieille femme traîne les pieds sur le sol craquelé. Le regard triste, elle s'abîme dans la contemplation de cet environnement autrefois familier. À mesure qu'elle avance, la désolation creuse le parchemin de ses traits.

« Il n'y a plus rien ici, dit-elle enfin. Pas même de bons souvenirs. »

Barbara saisit délicatement son bras et demande à Warren de récupérer une chaise au pavillon. À cet instant, elle surprend une expression indéfinissable sur le visage de David. *Est-ce de l'excitation ? De la peur ?* Il fixe leur invitée comme s'il était confronté à une apparition fantomatique. Puis sa figure crispée se détend à nouveau. Un sourire renaît même au coin de ses lèvres.

Quelques minutes plus tard, Magda assoit son grand âge au centre du hall. Un rayon de soleil crée une flaque lumineuse autour d'elle, avant de s'éclipser pour la replonger dans l'ombre.

« Je suis heureuse que vous soyez venue, déclare la réalisatrice.

— Quand vous parliez de tournage, j'imaginais autre chose... Des caméramans partout, des projecteurs clinquants et une horde de techniciens affairés dans tous les coins.

— Vous êtes déçue ?

— Au contraire. J'ai toujours préféré l'intimité à l'effervescence d'une foule.

— Ça signifie que vous acceptez de témoigner ? »

Magda contemple les décors de son passé avant de hocher doucement la tête.

« Je ne me suis plus sentie utile depuis des années, et vous semblez avoir désespérément besoin d'aide. Vous m'avez presque suppliée lors de notre rencontre. »

Barbara en convient. S'agenouiller dans la boue pour ramasser des pétales de roses plaidait en faveur d'un acte manqué.

La vieille femme avise l'ouverture bancale donnant accès au réfectoire.

« C'est ici que tout a commencé. »

Pour ne pas troubler ce généreux élan de spontanéité, Barbara fait signe à Warren de poser temporairement la caméra. Elle tempère également l'enthousiasme de David, dont le micro montre déjà de l'impudeur.

À la demande de Magda, Warren l'escorte jusqu'à la salle voisine. Le cœur bondissant, Barbara progresse dans leur sillage.

La vaste pièce dallée d'un damier gigantesque les accueille dans la pénombre de ses barricades. Là où filtre un rai de lumière, de fines particules restent en suspension dans l'air, puis s'évaporent comme des orbes éphémères.

« Là-bas ! lance Magda en pointant un doigt arthritique vers l'extrémité opposée. C'est à cet endroit qu'on l'a retrouvée pendue. »

Le caméraman fronce les sourcils en direction de Barbara. Un doigt mouline à l'horizontale de sa tempe grisonnante comme pour jauger le degré de crédibilité de leur unique témoin.

« Qui s'est pendu, Magda ?

— Je n'ai pas dit qu'elle l'avait fait… Jeanne était infirmière, tout comme ma mère. Un matin, les enfants l'ont trouvée accrochée à cette poutre. La corde avait pratiquement sectionné sa tête ! Au début, personne ne comprenait les raisons de ce geste désespéré. Était-ce un acte volontaire ? Une malédiction ? L'idée même est ridicule, sans un rappel du contexte. C'était à peu près deux semaines après l'arrivée des nouveaux… Beaucoup pensaient qu'ils portaient le malheur en eux. Non sans raison. Les tragédies se sont enchaînées après qu'ils ont foulé le plancher de l'orphelinat. On les disait atteints du “mal Sinestra”. »

À l'évocation du Val, Barbara tressaille, et sa voix, si calme d'ordinaire, se met à chevroter :

« Ces nouveaux, vous rappelez-vous leurs noms ?

— Il m'arrive parfois d'oublier le mien, mais je n'oublierai jamais les leurs : Valère, Ana et Colette. Trois beaux diables déguisés en saints, répétait ma mère.

— Pourquoi votre mère disait-elle cela ?

— Eh bien... Pour commencer, ils refusaient qu'on les sépare, même à l'heure du coucher. Ce qui, à l'époque, dérangeait les mœurs... Plus tard, ils consentirent à faire chambre à part, mais seulement sous la menace d'un renvoi. Si vous voulez mon avis, cela n'eut d'autre effet que de renforcer leurs liens. Le jour, on les surprenait en train de chuchoter comme s'ils fomentaient un mauvais coup. Et parfois, la nuit, on les entendait pleurer. Ces pauvres hères étaient unis, voilà tout... Et nous devinions aisément que leur calvaire passé constituait le ciment de cette amitié hors-norme. Mais au-delà de ces liens prétendument malsains, leur comportement s'avérait perturbant. D'eux trois, Colette était celle qu'on craignait le plus... Sa tignasse rousse ravivait les préjugés moyenâgeux qui l'accusaient de pactiser avec le démon. Pour ne rien arranger, la pauvre était amputée de sa main gauche, ce qui, chez les puritains, laissait peu de doutes quant à cette alliance. Mais ce sont principalement ses actions qui l'ont fait tomber en disgrâce. »

Resté en retrait, David s'agite. À son air désemparé, Warren devine qu'il détecte des signaux de détresse émis par son matériel. Hormis un léger courant d'air, rien ne permet d'expliquer les dérèglements de la console, dont les voyants s'affolent. L'ingénieur du son se met alors à trafiquer les réglages. Sans succès. L'engin semble capter des ondes inaudibles pour l'oreille humaine. Au même instant, prise d'un vertige, la vieille femme vacille et s'agrippe au bras de Warren.

« Vous devriez vous asseoir un moment. David, apporte-lui de l'eau.

— Ne vous donnez pas cette peine. Je dois rentrer, confie Magda d'un ton mal assuré. Chacun célèbre l'"Heure fantôme" à sa manière. Pour ma part, il s'agit de confectionner des tonnes de cookies pour remplir les petits estomacs de Beaumont. Dans deux jours, les habitants fêteront le plus triste anniversaire que la région ait connu. Et ceux qui n'auront pas déserté le village se régaleront au coin du feu. »

Frustrée de devoir écourter l'entretien, Barbara raccompagne Magda jusqu'à la coursive extérieure envahie par les ronces.

« Je peux vous déposer chez vous ?

— Je préfère marcher. En parlant d'anniversaire… Avez-vous des enfants, Barbara ?

— Une fille.

— Quel âge a-t-elle ?

— Bientôt dix ans.

— Dans ce cas, peut-être devriez-vous songer à participer au rituel afin de marquer l'évènement ? C'est ce que font nos bambins, ici. Comme un gage de protection, vous voyez ? Vous pourriez, par exemple, nouer des rubans ou des colliers dans l'arbre aux poupées ? La coquetterie est héréditaire, et je suis certaine que votre petit ange en possède par poignées ! Il n'y a qu'à observer une mère pour cerner la personnalité de son enfant, ajoute Magda en effleurant la perle à l'oreille de Barbara.

— Ma fille n'est pas là.

— Oh, bien sûr… Qui l'emmènerait dans un endroit pareil ? Oubliez cela ! Demain, même heure ? »

La réalisatrice acquiesce et referme doucement la porte. Elle frotte ses mains froides contre ses cuisses. *Les photos ! Quelle idiote !* Troublée par les révélations de Magda, elle n'a pas songé à les lui montrer. Pourtant, la vieille dame serait sans doute parvenue à lever l'anonymat sur ces visages inconnus.

« Tu as confiance en elle ? Parce qu'il est probable qu'elle déraille un peu, non ? » interroge Warren par-dessus son épaule.

Barbara approuve machinalement, mais son esprit s'évade au-delà des murs oppressants.

On les disait atteints du mal Sinestra.

Il suffisait de substituer une seule lettre pour révéler le Val Sinestra tel que le monde l'avait forgé. Quiconque ayant approché l'endroit n'aurait pu contredire Magda.

« Tu l'as entendue parler des enfants, et son témoignage est tout ce que nous avons, répond finalement Barbara. Il faudra s'en contenter. »

*

À la nuit tombée, chacun regagne la chaleur des pavillons en traversant les jardins frémissant sous la brise. Avant qu'ils se séparent, David plante son regard dans celui de sa patronne, bien décidé à partager l'angoisse qui l'habite depuis qu'ils ont franchi le seuil de l'orphelinat. Il est cependant incapable d'argumenter les véritables raisons de son malaise. Et c'est bien là son principal dilemme. Alors il se ravise et s'efface dans l'ombre de son colocataire. Avant de disparaître totalement dans le confort de leur dépendance.

*

Après un dîner frugal en solitaire, Barbara branche son ordinateur. L'écran scintille dans les reflets nocturnes des rideaux tirés. L'image se stabilise au bout de quelques secondes sur une adorable frimousse.

« Bonsoir, ma puce. »

Elle pointe un index vers sa poitrine, le lève à la base du menton avant de l'orienter vers l'écran.

« Tu me manques aussi, Emma. »

13

4 ANS PLUS TÔT.

Depuis quatre jours, sa mère travaille dur et disparaît de longues heures dans des couloirs bourrés de courants d'air. Elle n'a pas le droit d'assister au tournage. Il paraît que c'est un truc pour les grands. Si ça rend maman heureuse, c'est suffisant.

Ce matin, Emma s'est mis en tête d'explorer toutes les cachettes du Val. Il y en a tellement ! Si seulement Minouche voyait ça ! Mais elle n'est pas là, parce qu'elle a un cancer. Emma sait que c'est grave. Que les cancers transforment les gens en anges. Elle ne veut pas que sa grand-mère devienne un ange ! Avec des gestes maladroits, David dit qu'il ne faut pas en avoir peur. Qu'une fois au paradis ils reviennent visiter les vivants. Elle ne comprend pas pourquoi les anges feraient ça, puisque personne ne les voit. Alors David rigole. Elle ne trouve pas ça drôle. Emma n'en démord pas, grand-mère ne mourra pas.

La femme qui les a accueillis le premier jour la rassure. Le cancer du sein se guérit bien de nos jours. Emma la croit de toutes ses forces. Les siens commencent à pousser, mais elle les déteste déjà. Ils tendent ses débardeurs, attirent le regard des garçons plus âgés. Et maintenant, elle sait qu'ils peuvent tuer.

La directrice en avance deux gros, ronds comme des pommes, qu'elle ne cherche pas à dissimuler. Son prénom est placardé sur son chemisier bombé : *Adrienne*. Il évoque celui d'une reine. Jugeant l'ennui inacceptable dans son établissement, Adrienne, donc, a remonté de la cave un coffret rempli de jouets. Ils sont plus vieux que Minouche et en moins bon état. À part l'odeur de renfermé qui s'accroche à ses doigts, ça ne dérange pas Emma.

Elle abandonne Célestine sur un vieux piano à queue qui prend la poussière dans le grand salon. Un employé de l'hôtel écrit sur un bout de papier que « l'instrument ne joue plus depuis longtemps ». Elle use d'un langage universel qui signifie qu'elle s'en fiche. Hausse les épaules. Ce signe-là, tout le monde le comprend. De toute façon, la seule musique qu'elle entend est celle des vibrations.

Pour s'occuper, Emma s'amuse à disperser les vieux objets partout dans l'hôtel, le but étant bien sûr de se souvenir où elle les a cachés. Elle se limite aux zones autorisées – d'ailleurs, elle n'avait pas l'intention de descendre dans les souterrains ni de traîner dans les offices. Elle planque une carte décolorée de *Popeye* sous le tapis du restaurant, un ours élimé dans une armoire à linge, un bilboquet dans un vase de l'entrée.

Où est le sac de billes, déjà ?

En plus de la divertir, son jeu de piste n'est pas sans intérêt. Il lui permet également d'observer. Les adultes ont cette drôle d'habitude de répéter sans cesse leur journée. Ils prennent leurs repas à heures régulières, vaquent à leurs occupations durant un laps de temps déterminé et affichent souvent un faux air satisfait.

Par exemple, l'employé du soir sourit toujours, même devant un client mécontent. L'hôtesse d'accueil, qui prend sa place au petit matin, lève à peine les yeux du comptoir. Excepté quand Warren passe devant sa rampe argentée. *Il a un ticket*, comme dirait maman. Ça n'a pas l'air d'être un ticket gagnant... Apparemment, Warren lui préfère un carnet noir qu'il griffonne tout le temps, comme les enquêteurs à la télé.

Durant ses pauses, David déambule au bras de son micro avec la mine sombre d'un revenant. Elle le suit discrètement. Pas assez, cependant. Il enchaîne sursauts et grimaces effrayantes, comme un pantin mécanique traqué par une chose invisible qui n'a probablement rien d'un ange. Dissimulée derrière un rideau de velours ou happée par un couloir, Emma s'esclaffe en silence.

Zut ! Et le clown en tissu ? Derrière l'escalier ?!

Elle ne se souvient plus.

Quand elle se lasse de chercher, Emma profite de la chaleur des Grisons. Elle court à travers des étendues sauvages cernées par des forêts de pins. Un territoire interdit, « envahi de grands prédateurs », lui a-t-on assuré à grand renfort de gestes maladroits. Pour être bien certain qu'elle respecte la consigne, Warren a détaillé la manière dont les ours dévorent leurs proies. *Vivante*s. Ses mains à lui, rompues à la langue des signes, ont raconté des trucs dégoûtants.

La nuit suivante, elle ne dort pas, de crainte que leurs griffes ne déchirent son sommeil et son ventre. De lacérations en mutilations, son esprit s'enfonce dans un cauchemar éveillé.

Jusqu'au petit matin brûlant.

Elle quitte la chambre empreinte de ses terreurs d'enfant et balade son air hagard dans les couloirs silencieux. Les visions terrifiantes de la nuit s'estompent derrière celles d'un monde en mouvement peuplé de vacanciers insouciants.

Quand elle réclame sa maman, on lui explique que – pauvre petite – l'équipe travaille au sous-sol.

Emma bâtit déjà sa journée sur l'ennui jusqu'à ce que l'employé de nuit, tout sourire, la mette au défi de cueillir un sabot de Vénus. Juste avant sa relève, il illustre son propos en dessinant l'orchidée sur un bout de papier. Drôle de fleur. On dirait un bonhomme coiffé d'une grosse tête colorée. Malheureusement, ce qu'Emma ramène fièrement de ses expéditions solitaires a la vigueur d'un pissenlit et la beauté d'une ronce. Elle ne se décourage pas pour autant. Il reste encore tant de zones à explorer.

Et la boîte à musique ? Ah oui ! Ça y est, je sais !

Le soir venu, elle s'endort dans la chambre verte qu'on lui a attribuée. Celle d'une ancienne résidente prénommée Colette. C'était une petite fille, avant. Maman en parle souvent. Emma a du mal à s'endormir à cause des ours et de la nuit qui respire dans une noirceur absolue. Son souffle collé à sa peau la réveille en plein cauchemar, et elle prie pour que ce ne soit pas l'haleine d'un ange ni celle d'un animal sauvage.

Au secours !

Elle hurle intérieurement quand, subitement, sa grand-mère se penche sur elle. Sa peau a l'air plus jeune, comme si un fer à repasser avait lissé ses traits.

Non ! Tu n'as pas le droit d'être morte, Minouche !

Pire qu'un coup de griffes déchiquetant ses entrailles, l'amour la broie tout entière. Elle se recroqueville dans ses draps froids, lutte contre l'envie de pleurer, quand la lumière d'une lampe retranche les ombres aux quatre coins de la pièce. Elle crache sa conscience prématurée de la mort au visage de l'ange, inconsolable enfant que la vie effraie. En contrepartie, deux bras protecteurs l'enlacent et la bercent jusqu'à ce que ses larmes ne soient plus que des sillons arides.

Alors seulement, elle reconnaît le parfum de sa mère qui flotte sur leur étreinte.

Emma finira par s'habituer aux mauvais rêves, aux courants d'air, aux portes qui claquent sans bruit, aux ombres fuyant ce labyrinthe que maman aime tant.

Mais jamais elle ne s'habituera à la présence des ours.

Encore moins à l'idée des anges.

14

Une chose hideuse s'est logée en moi.

Mais ça, tu le sais déjà. Tu as contribué à l'y mettre.

Ma mise en bouche t'a-t-elle ouvert l'appétit ? Inutile de prétendre le contraire, je sais que tu t'en délectes autant que moi. Passons donc à l'étape suivante : une entrée tout en nuances qui t'aidera à patienter jusqu'au plat de résistance.

Dès le premier regard, j'ai su qu'elle serait la prochaine.

Mais, à ce stade, il serait prématuré de divulguer mes sombres talents.

Vois-tu, il y a tant à savourer en amont d'un acte de sauvagerie !

Trop occupé par ailleurs, je me contente de humer l'odeur entêtante de mon petit sucre d'orge qui se dépose partout où elle passe. L'abondante végétation étouffant le paysage recèle bien des trésors. Et elle fait désormais partie du décor. Je l'ai regardée courir à travers bois pour aller s'abriter dans ce terrier centenaire. Elle ignore que dans ses profondeurs suinte encore la pestilence d'anciens massacres que les vents lèchent comme des goules affamées.

Pour elle, ce n'est qu'un jeu. Une partie de cache-cache.

Si elle regardait de plus près, elle découvrirait des fragments d'ongles plantés dans les parois, témoins des supplices endurés.

Tout compte fait, je déciderai peut-être de perpétuer la tradition dans ces entrailles suffocantes, plutôt que de l'attirer dans une forêt sans âme. Niché au fond d'une cave, un papillon pâle et sans ailes incite fatalement à la barbarie, n'est-ce pas ?

D'aussi loin que porte le vent, je devine son souffle délicat et savoure la symphonie de son rire chaste. J'imagine ses longs cheveux emmêlés tombant sur son visage tel un bouclier qui la rendrait hors d'atteinte.

Pour contrer l'obscurité du sous-sol, je m'équiperai d'une lampe torche. Il serait regrettable de trancher à l'aveuglette.

Tout ce temps à parfaire mon approche finira par enfermer mon papillon dans un fantasme que je ne suis en mesure de partager qu'avec toi. Les pulsions sont des maux intimes retranchés derrière un masque de société. Fatalement, le masque tombe et révèle nos vraies natures. J'en suis l'incarnation même.

Incapable de supporter la cruauté de mes enseignements, ma créature tentera d'y échapper. Il suffira alors d'ouvrir la boîte à musique pour adoucir mon calvaire à lui enseigner la douleur.

Elle apprendra vite, j'en suis sûr.

Et si, malgré tous ces efforts, elle oppose encore une résistance, je brandirai l'instrument de notre jouissance. La lame effilée cherchera à taquiner les chairs molles de mon petit sucre d'orge sans trop vouloir l'abîmer.

Je tuerai la vertu par le vice.

Et si, pour convoquer le silence, je dois étouffer ses gémissements, je m'y plierai à regret, tout en murmurant son prénom, encore et encore, jusqu'à ce que mes lèvres en perdent la saveur.

Et si, et si…

À force de suppositions, mes mains s'engourdissent et mon cerveau bouillonne…

Je suis sous l'influence d'un mal plus fort que ma raison. Lutter ne servirait qu'à accroître la pourriture alors autant la laisser prendre possession de mes derniers lambeaux d'humanité.

Finie, la partie de cache-cache.

Il est temps pour moi de l'attraper.

15

Au petit matin, Lizzie avait filé en douce de la maison pour échapper à la surveillance de la fratrie. Personne ne s'en inquiéterait avant plusieurs heures. Ses longues balades solitaires autour de l'étang passaient pour une habitude étrange, conforme aux anomalies de son esprit. Maman travaillant tard à l'usine, le champ libre se limiterait à un tour de cadran.

Après leur escapade nocturne, son grand frère lui avait fait promettre de ne plus revenir. Elle avait tenu deux jours avant de désobéir. Comment exprimer avec des mots simples toute la complexité d'une attirance pour un lieu abandonné ?

Pas de courte échelle cette fois. Elle était seule.

Une fois le grillage franchi, elle avait trouvé une issue par laquelle s'introduire discrètement dans le bâtiment, mais l'invasion de trois étrangers avait perturbé sa quiétude. Lizzie s'était alors faufilée dans un renfoncement qui sentait le moisi. Depuis sa cachette, elle avait entendu leurs voix résonner à travers les murs. *Qu'est-ce que ces gens faisaient là ?* Quand elle et son frère étaient venus accrocher sa poupée dans l'arbre – comme l'exigeait le rituel –, il n'y avait aucune voiture stationnée dans l'allée, pas même une présence alentour.

Maman avait entendu de la bouche du voisin – qui lui-même l'avait appris d'une employée de la mairie – qu'un tournage se préparait à la Haute-Barde. Étaient-ce eux, les gens de la télé ? La femme avait l'air aussi triste qu'un jour sans pain. Celui qui portait un drôle de casque sur les oreilles affichait une mine vaguement effrayée. Quant à l'homme à la caméra, Lizzie était certaine de l'avoir déjà croisé. C'était le 7 septembre. Elle s'en souvenait parce qu'elle était allée cueillir les dernières fleurs de l'été pour garnir la table dressée par sa mère à l'occasion de la Sainte-Reine. Autour d'un repas de fête, tous avaient célébré le prénom de sa jeune sœur. Ce jour-là, l'homme l'avait abordée pour demander son chemin. Difficile d'oublier un géant quand on en voit un ! Sa mémoire olfactive s'était activée tel un radar. Les effluves aigres de la sueur mêlés aux fragrances d'un parfum boisé se dégageaient de lui, comme une présence indélogeable. Et maintenant, troublant sa retraite, l'homme était de retour, accompagné de deux inconnus.

Elle avait bien failli se faire prendre ! D'abord au sous-sol, puis dans les couloirs du deuxième étage. Quand une toile d'araignée était venue la chatouiller, son rire l'avait trahie. Par chance, l'arrivée de la vieille femme avait rapidement relayé sa maladresse au rang des oubliettes.

Curieuse, Lizzie s'était alors assise en haut des marches pour assister à cet étrange rassemblement. Dans le hall, celle qu'on appelait « la veuve » – parce qu'on la croisait plus souvent aux abords du cimetière qu'au marché du dimanche – avait raconté des choses terribles à propos d'une pendue. De toutes les versions qu'inventait maman autour du feu, celle de l'infirmière morte était absente. Ça signifiait qu'elle devrait coller un nouveau dessin dans son carnet d'images – et avouer sa désobéissance à son frère.

Lizzie ne comprenait pas pourquoi cet endroit paisible inspirait tant d'effroi dans un monde où la méchanceté éclatait à tous les coins de rue. Même les gens de la télé le craignaient ! Il n'y avait qu'à tendre l'oreille pour entendre leur peur.

En dépit de ses propos inquiétants, Lizzie aimait bien la veuve. Elle offrait toujours des friandises sur le chemin de l'école où la vieillesse l'égarait parfois. Elle portait le deuil quand on mettait quelqu'un en terre – ce qui, heureusement, arrivait rarement. Elle ne se plaignait jamais, ni ne pleurait. Excepté aujourd'hui. Une larme couvait au creux de sa voix.

Lizzie percevait ces choses-là.

Tout entre par tes yeux, affirmait maman. *Le toucher, l'image et le son*. Une seule voie d'accès à la compréhension. Elle n'osait pas la contredire. Pourtant, certaines émotions la frappaient parfois de plein fouet sans autre canal que le cœur.

Plus tard, la dame de la télé avait raccompagné la veuve jusqu'au perron. Après quelques mots échangés, la vieille femme avait cheminé lentement, aidée de sa canne, le dos courbé et les yeux baissés. Puis elle avait disparu derrière l'arbre aux poupées.

Les trois adultes avaient discuté un long moment, après ça.

Lizzie s'était glissée au deuxième étage pour se recroqueviller au fond d'un placard. Les espaces clos apaisaient les mécanismes de son cerveau. Elle avait bien conscience d'enfreindre les règles en s'introduisant dans l'orphelinat. Si maman l'apprenait, elle serait folle d'inquiétude et la priverait de sorties durant toute la durée des vacances. Bien sûr, en cas de pépin, Lizzie pouvait compter sur le soutien de son grand frère – mieux valait cependant qu'il ignore la nature de ses escapades.

Enfermée entre des planches en bois dignes d'un cercueil, elle avait attendu longtemps. Leurs discussions s'étaient éternisées, à tel point qu'elle avait fini par s'assoupir.

*

Lorsqu'elle rouvre les yeux, la nuit a englouti son refuge. Les oiseaux ont cessé de chanter, et le vent siffle à travers les fissures dans un cri de cœur meurtri.

Lizzie s'extirpe de l'abri précaire quand un torrent d'angoisse se déverse en elle. L'environnement a changé, modifiant ses maigres repères. *Rien n'est à sa place !* Elle se frappe la tête du plat de la main et s'agite dans le vide abyssal d'un soudain mal-être. Pour parer la crise, elle visualise chaque détail comme on le lui a appris.

La fenêtre est toujours là. En plus noir.

La même distance la sépare du mur opposé.

La cinquième lame du plancher craque sous son poids. Pile au même endroit que la première fois.

L'ouverture à sa gauche révèle des proportions similaires à son souvenir.

Alors, dans un mécanisme de survie, une autre réalité intègre progressivement son esprit. Sa vision s'adapte. C'est drôle, finalement, comme ici la lumière pénètre à peine, de jour comme de nuit.

Elle louvoie dans les couloirs obscurs de l'orphelinat en absorbant une avalanche d'informations nouvelles. Descend une volée de marches imprégnée d'une odeur tenace qui la poursuit dans les boyaux où elle se perd.

Au-delà des fenêtres battues par la pluie, elle devine l'étang près duquel l'attend la sécurité de son foyer.

Pourtant, elle accélère à peine le pas, soucieuse de fusionner avec tout ce qui l'entoure. D'ordinaire, les gens qu'elle rencontre lui font sentir qu'elle est insignifiante ou, au contraire, trop encombrante. Certains soulignent leur mépris par des insultes, quand d'autres expriment ouvertement leur compassion, comme s'ils craignaient une maladie contagieuse. Un jour, dans une allée de la supérette, quelqu'un l'a prise en « pitié ». Elle se rappelle avoir pensé que c'était le mot le plus laid qu'elle avait jamais entendu ! Pas seulement à l'oreille. Visuellement aussi. Parce qu'il défigurait toujours ceux qui l'utilisaient.

On ne s'habitue jamais vraiment, mais, avec le temps, elle a fini par accepter cette condition définie par le regard de l'autre.

En errant dans ce vaste palais bafoué par les hommes et sacrifié par le temps, pour la première fois, Lizzie se sent accueillie en territoire allié.

Libre. Étrangement, nulle crainte ne la foudroie tandis qu'elle emprunte les escaliers instables. Pas une once de peur n'ébranle ses pas lorsqu'elle atteint l'entresol désert. Les gloussements des tuyauteries gorgées d'eau sont autant d'encouragements sur son passage. Les battants qui claquent au vent font office d'applaudissements. Même le fracas soudain de l'orage lui paraît rassurant. Perchée au sommet des marches, elle tournoie telle une ballerine gagnant la faveur d'un public imaginaire. Dans ce ballet improvisé, la mélodie tempétueuse s'ajuste à ses arabesques maladroites comme si un orchestre tout entier la portait en triomphe. Elle effectue une dernière pirouette avant de saluer son immense auditoire en décomposition.

Essoufflée, Lizzie se rapproche des coulisses déversant un monde obscur à ses pieds. Ce ne sont pas de vraies coulisses, bien sûr. Pas celles d'un théâtre. Plutôt deux fenêtres encastrées dans la nuit.

La magie s'arrête net lorsqu'elle aperçoit une silhouette dans le jardin.

Danger.

Les bribes d'informations se consolident. Son cerveau traite les indications tandis que l'ombre d'un géant s'allonge sous le ciel électrique.

La démarche incertaine de l'homme cristallise tous les signaux de détresse. Les yeux de Lizzie enregistrent une menace potentielle. Celui qui titube n'a plus aucun repère. C'est du moins ce qu'elle a retenu des errances ivres de son père.

Lizzie dévale les marches pour éviter de croiser l'homme à la caméra.

Mais, déjà, le grincement du perron se propage à tous les étages.

Un tour de clef.

Lizzie est à bout de souffle lorsqu'elle atteint le rez-de-chaussée.

Deux tours de clef.

La porte s'ouvre à la volée.

16

« Warren, lève-toi !

— Quoi… ? »

David tourne vivement la tête pour éviter les relents éthyliques qui saturent son haleine. En une soirée, ils ont refait le monde en écoulant leur stock de vin, épongé avec humour les petits tracas du quotidien et vomi les pires à tour de rôle.

« Barbara a besoin de toi pour réétudier les enchaînements du script. Les pluies torrentielles ont inondé le sous-sol durant la nuit. Impossible d'y tourner une séquence. Et certaines pièces à l'étage ont méchamment pris l'eau. En plus d'être inhospitalier, cet endroit est un véritable gruyère… »

Warren se redresse et s'assoit sur le rebord du lit. Sa tignasse brune forme un champ d'épis autour de ses tempes douloureuses.

« J'ai besoin d'un café. Ma tête va exploser.

— Pas étonnant après la dose qu'on s'est enquillée hier soir…, convient David en s'apprêtant à quitter la chambre.

— Où vas-tu ?

— En ville. Il nous faut des bâches pour protéger le matériel. J'en profiterai pour nous ravitailler.

Je sens que les gueules de bois entre célibataires endurcis vont s'enchaîner.

— Tous les prétextes sont bons pour t'éloigner de l'orphelinat, non ? »

Piqué au vif, David s'immobilise sur le pas de la porte avant de pivoter lentement sur lui-même.

« Et toi, pour y entrer, rétorque-t-il. Je t'ai entendu quitter le pavillon en pleine nuit. Tu fonçais tout droit là-bas. Tu m'expliques ? »

Warren se mordille les lèvres. Ce qui sort ensuite de sa bouche ressemble à un grognement.

« Offre-moi ton meilleur nectar. Il est temps qu'on parle, toi et moi, tu ne crois pas ? »

Une banderole nuageuse assombrit le rez-de-chaussée quand le caméraman rejoint David dans la cuisine. Le café fumant apporte une touche de chaleur au tableau matinal. Warren s'installe sur une chaise haute et soupire d'aise dès la première gorgée.

« Alors ? Je croyais que s'introduire seul dans un bâtiment désaffecté était contraire au protocole de sécurité ? se moque David.

— Tu as raison, c'était nul de ma part. Les excès font prendre de mauvaises décisions, s'amende-t-il en avisant trois bouteilles vides. Détends-toi, j'ai juste débarrassé la chambre des saloperies qui traînaient. Par contre, au prochain rituel merdique, tu t'y colles !

— Crache le morceau.

— J'ai l'intention d'approcher l'orphelinat sous un autre angle. Je crois qu'une scène en intérieur nuit accentuerait l'effet dramatique du reportage. »

David ne relève pas l'allusion à la mise en scène macabre et focalise son attention sur la proposition artistique. L'idée s'avère intéressante, quoiqu'incongrue au vu du contexte naturellement inquiétant. Selon lui, le cadre original ne requiert aucun artifice pour inspirer le malaise. Afin d'étayer ce point de vue, il hésite à parler de l'ersatz humain entraperçu dans les couloirs du deuxième étage, mais l'évocation de sa vision fantomatique engendrerait forcément de l'ironie.

« Pour réaliser des plans d'ensemble, poursuit Warren, l'exposition serait techniquement insuffisante. Nous manquons de matériel. En revanche, ce serait tout à fait envisageable en plan serré, pour intégrer au montage les symboles peints sur les murs. On pourrait aussi songer à tourner en gros plans. Et là, je pense à Magda. Ses témoignages en seraient plus poignants.

— Il y a autre chose. »

Warren pioche machinalement une viennoiserie dans un paquet entamé. Les moments embarrassants sont toujours ponctués de gestes anodins. Sans doute une manière d'accorder une trêve aux ruminations de l'esprit.

« Soutenir Barbara dans sa quête est probablement une erreur, lâche-t-il enfin. Ce qu'il s'est passé là-bas ne trouvera pas de réponses ici, et nous le savons tous les deux.

— Pourtant, elle le croit. Barbara ira jusqu'au bout. Avec ou sans nous.

— Ces pauvres gamins du Val Sinestra ont certainement quitté un enfer pour un autre… J'ai cru que venir ici l'aiderait à guérir. Mais, maintenant, j'ai peur que son état n'empire.

— Au contraire, elle considère ce projet comme une manière de se reconstruire.

— Ne le prends pas mal, David, mais j'ai l'impression que tu défends tes propres intérêts. »

L'ingénieur du son se crispe. Warren dénonce sûrement son penchant pour le surnaturel. Question d'habitude. On le lui reproche depuis qu'il est en âge de s'exprimer.

« Pense ce que tu veux. Ça m'est égal. Une chose est sûre, je ne l'abandonnerai pas sur ce coup-là. Et toi ?

— Non, évidemment.

— Parfait. Parce qu'elle t'attend. Allez, file-moi les clefs de la camionnette. »

Sur cinq kilomètres, la route s'étire en lacet jusqu'au centre du village. Le soleil flirte timidement avec les chemins détrempés, comme s'il osait à peine les effleurer. Le silence semble avoir pris possession des rues désertes où la fourgonnette brinquebale sur les pavés. À un stop, David consulte son portable pour s'enquérir de l'ouverture des commerces et de leur localisation. Une supérette ouvre ses portes dans quinze minutes. Juste le temps nécessaire pour dénicher une place de stationnement.

Quand il atteint la boutique, le rideau de fer se lève sur une devanture entièrement pensée dans l'esprit d'Halloween. Les autocollants en forme de citrouilles côtoient des balais de sorcières édentées.

Il pousse la porte du magasin. Une clochette fixée au montant annonce le premier client de la journée.

« Bonjour, monsieur ! » lance le gérant en le gratifiant d'un sourire.

David le salue à son tour avant de disparaître entre les rayons. Le choix du vin se limite à quatre crus, toutes couleurs confondues. Il opte pour trois bouteilles de sauvignon. Dans l'allée suivante, il rafle des boîtes de conserve, des paquets de chips et des fruits secs. Puis il fourre dans le cabas du jambon, du beurre et quelques belles tranches de fromage. Plus loin, le portant estampillé « quincaillerie » n'offre qu'un échantillon succinct d'articles de première nécessité.

« Sauriez-vous où je peux trouver une boutique de bricolage dans le coin ? demande David avant de payer.

— Ça dépend, que cherchez-vous ?

— Des bâches de protection plastique.

— Pour des travaux ?

— Pour un tournage. »

Stupéfait, l'homme assis derrière la caisse lui tend sa monnaie.

« Oh ! C'est vous qui êtes venu filmer l'ancien orphelinat ? Quelle meilleure période de l'année pour se glacer les sangs, pas vrai ? Sachez que je fais partie des rares partisans à avoir défendu votre projet. La plupart des Beaumontois étaient opposés à ce qu'ils considèrent comme une violation de leur patrimoine.

— Eh bien, merci…

— Pas de quoi. Sinon, pour répondre à votre question, vous devriez trouver votre bonheur à

Chambray-lès-Tours. C'est à trente minutes environ en passant par l'A28… »

La clochette retentit.

Instinctivement, David tourne la tête en direction de la porte. Un garçon d'une douzaine d'années s'engouffre dans l'épicerie et se précipite vers le comptoir.

« Monsieur, vous n'auriez pas vu ma sœur ? »

Ses yeux larmoyants supplient tour à tour David, l'épicier, avant de centrer son désarroi sur ce dernier.

« Qu'est-ce qui t'arrive, Antoine ? s'enquiert le gérant.

— Vous n'auriez pas vu ma sœur ? » répète l'enfant, la voix brisée.

Depuis la rue, les hurlements des sirènes détournent leur attention. Deux véhicules, peut-être trois, foncent, gyrophare enclenché. Au milieu de la sérénade, un chien hurle à la mort. Quelque part, un autre l'imite. Et le résultat dissonant instaure une tension palpable dans le petit commerce de proximité.

Sans fournir d'explication, le jeune garçon décampe, comme aspiré par un tourbillon d'angoisse, et s'efface derrière les vitrines décorées.

« Pauvre gamin, lâche l'épicier. Il cherche encore Élisabeth. Tout le monde ici l'appelle Lizzie. Elle souffre d'un retard mental ou un truc du genre, vous voyez ? Il lui arrive souvent de disparaître, comme ça… Il y a un mois environ, on l'a retrouvée dans une cabane au fond des bois. La fois précédente, elle s'était cachée dans une barque abandonnée sur les berges. Ils vivent près de l'étang, précise-t-il. Je vous le dis, leur mère mériterait qu'on lui décerne la médaille du courage. Elle élève seule ses cinq enfants depuis la mort de son mari et se rend tous les jours à l'usine chimique de Tours pour leur assurer un avenir acceptable. Pas le genre de femme à profiter des aides sociales, voyez. Leur famille a déjà traversé tant de malheurs. J'espère qu'il n'est rien arrivé à la petite… »

Les vibrations de son portable coupent court au récit glaçant de l'épicier. David s'en excuse et s'éloigne un peu avant de décrocher.

« Oui ? »

Des grésillements lui répondent en écho. Suivis de phrases tronquées qu'il parvient péniblement à déchiffrer.

« Attends, ça capte mal… Répète… Quoi ? »

Un sifflement strident marque la fin de la communication.

« Un problème ? s'inquiète l'homme, depuis sa caisse.

— Pas encore. Mais vous savez ce qu'on dit… Rien ne dure éternellement. »

17

Magda s'était présentée aux portes de l'orphelinat bien avant l'heure convenue. Il n'y avait aucune raison particulière à cela. Excepté, peut-être, la curiosité de suivre le projet commencé par « l'étrangère ». Rendre ses lettres de noblesse à ce vieux croulant s'avérait une tâche autrement plus ambitieuse que le reconvertir en complexe de luxe. Mais, au-delà de ses intentions d'observatrice, quitter sa tanière pour s'entourer de compagnie rendait la solitude de Magda moins amère. Emmitouflée dans son manteau blanc, un sac gonflé de gâteaux pendu à son bras, la vieille femme avait surpris Barbara et Warren, affairés dans le grand hall autour d'un script comme deux tourtereaux penchés sur leur nid. Assis en tailleur à même le sol, ils se courbaient au-dessus de feuilles éparses, leurs visages rapprochés dans une bulle d'intimité. Magda doutait cependant qu'il y ait une relation sentimentale à la clef. Leur attitude témoignait plutôt d'une connivence de longue date née d'une passion artistique commune.

Par peur du dérangement, Magda s'était voulue discrète, mais son pas claudicant les avait aussitôt alertés de sa présence. Surprise, Barbara l'avait accueillie avec un sourire enjoué, puis elle avait prié Warren de joindre leur collègue afin qu'il rappliqueau plus vite. L'absence de réseau avait contraint le caméraman à s'éclipser, laissant les deux femmes en tête à tête.

« Je vous ai apporté des cookies.

— Ils ont l'air délicieux, assure Barbara en la soulageant du poids de la fournée. Souhaitez-vous boire quelque chose ? Nous pourrions nous installer dans mon pavillon en attendant le retour de David ?

— Vous logez là-bas ?

— Monsieur Marlois a eu la gentillesse de mettre ces dépendances à notre disposition, en effet. J'occupe celle des infirmières.

— Vos amis occupent donc la morgue. Je préférerais rester ici. »

La morgue.

Voilà l'information que son inconscient shooté au *bleu plénitude* avait enterrée. Ce matin-là, elle accompagnait sa mère à l'hôpital pour une visite annuelle de contrôle, lorsqu'elle avait reçu un mail de David retraçant l'historique des pavillons. L'angoisse de la rechute l'avait conduite à se bourrer de calmants. Sans doute avait-elle occulté la fonction du pavillon par crainte d'un mauvais présage ? Ce n'était pas un endroit pour les vivants. Mais, jusqu'à preuve du contraire, sa mère n'était pas encore morte.

Soucieuse de lui épargner la fatigue, Barbara conduit Magda jusqu'à la chaise installée au centre de la pièce. Le taux élevé d'hygrométrie semble avoir enveloppé le bois d'une membrane durant la nuit, et l'assise en tissu dégorge d'eau sale. Levant les yeux vers le plafond, elle remarque une fissure d'où perlent de fines gouttelettes.

« Barbara, si ça ne vous dérange pas, j'aimerais revoir les anciennes chambres… M'aideriez-vous à grimper à l'étage ? »

La réalisatrice imagine mal leur ascension et présume qu'elles feront demi-tour dès les premières marches. Magda semble lire dans ses pensées, car elle lance avec un clin d'œil :

« L'arthrose est un peu comme l'amant d'un soir. Il vous cloue au lit et, le lendemain, il vous oublie ! Profitons-en tant qu'il est parti. »

Barbara adopte la métaphore avec un sourire entendu. Depuis son divorce, « l'arthrose selon Magda » n'a sévi qu'une seule fois. Et encore, sans grandes effusions ni satisfactions. Une erreur de casting dans lequel elle avait obtenu le rôle d'une figurante incapable de simuler le plaisir.

La vieille dame se hisse à l'aide de sa canne. La prudence avec laquelle elle se déplace n'entame pas son aptitude à gravir les escaliers. Outre l'empathie qu'elle éprouve à l'égard de Magda, Barbara entrevoit déjà de nouvelles perspectives de prises de vues. Filmer ses témoignages offrirait une dimension véridique au récit. Et un contraste saisissant.

Au premier étage, l'humidité s'est également infiltrée et adhère aux parois. Des coulées de mousse verte descendent du plafond comme des baisers obscènes. La qualité de l'air en est légèrement modifiée. Plus moite. Plus étouffant.

« Les orages successifs ont détruit cet endroit. Et je ne parle pas de ceux de la nuit dernière. Non, je parle des tempêtes de l'existence qui frappent avec force et se répètent inlassablement. Cent ans de misère, c'est long, vous savez. »

Barbara ne cerne pas l'ampleur des évènements auxquels se rapporte l'allusion. *Le bâtiment se détériore à vue d'œil*, concédait monsieur Marlois. C'était encore plus vrai aujourd'hui. Le message qu'elle avait laissé sur sa boîte vocale un peu plus tôt sonnait l'alerte. L'édifice prenait l'eau par tous les orifices. Une rivière coulait déjà dans les soubassements. *L'inondation menacerait-elle de fragiliser les fondations ?* Elle n'avait obtenu aucune réponse en retour. Le châtelain tenait visiblement à ce qu'on ne le dérange pas pendant qu'il réglait « une affaire qui requérait toute son attention ».

Sur le seuil bleuâtre, Magda reprend son souffle.

« Le dortoir des garçons. La plupart d'entre eux étaient âgés de huit à quinze ans. Principalement des enfants de sociétaires décédés affiliés à la première association mutualiste de France. Pareil pour les filles, ajoute-t-elle en jetant un regard en direction du couloir opposé. La majeure partie du temps, on les employait à la vigne. On leur enseignait aussi la menuiserie ou la broderie. Les plus jeunes suscitaient davantage l'intérêt des couples infertiles, et par chance, beaucoup d'entre eux ont quitté l'institution avant l'âge de dix ans. Pour les autres, si on considère qu'une vie sans amour peut l'être, le quotidien s'avérait supportable.

— Mais les choses ont changé…, l'encourage à poursuivre Barbara.

— Après l'arrivée des rescapés du Val Sinestra.

— Ana, Colette et Valère, énumère-t-elle.

— Vous avez bonne mémoire ! À moins que votre reportage ne se concentre pas seulement sur le massacre de l'Heure fantôme... J'ai vu votre réaction quand j'ai prononcé leurs noms. Vous aviez l'air affectée. »

Barbara lui présente les rangs juvéniles éternisés sur la photographie sépia qu'elle garde dans sa poche depuis sa découverte.

« Reconnaissez-vous ces visages ? »

Magda ajuste une paire de lunettes.

« Où avez-vous trouvé ce cliché ?

— Au sous-sol. Dans le tiroir d'une boîte à musique.

— Je peux la voir ? »

Non, elle ne peut pas. Barbara s'en excuse. La danseuse ne dansera plus. Elle flotte certainement au milieu d'autres vestiges endommagés. Tenter de la récupérer relèverait de l'imprudence.

Magda s'en attriste. Les objets meurent souvent moins vite que les gens. Pour preuve, la boîte à musique aura survécu à beaucoup de ces visages-là.

« Si vous cherchez vos trois protégés, ils n'y figurent pas... Seuls les orphelins portaient ce type d'uniforme. Quand ils ont débarqué de Suisse, Ana, Colette et Valère avaient entre dix-huit et vingt ans. On ne les considérait plus comme tels. Ils se sont donc vu confier la mission d'encadrer les jeunes pensionnaires. »

Magda observe la déception inverser la courbe des lèvres de la réalisatrice.

« Puis-je vous demander ce qui vous chagrine autant ? »

Sans pour autant jeter son histoire en pâture, Barbara se sent redevable d'un minimum d'honnêteté.

« Il y a quatre ans, la directrice de l'hôtel Val Sinestra, où nous séjournions pour les besoins d'un reportage, m'a rapporté l'histoire de son établissement. Il s'agissait d'un ancien sanatorium. En dépit du peu de preuves matérielles, les différents témoignages se recoupaient au sujet d'enfants soumis aux mauvais traitements et à l'ignominie inhérente à la Seconde Guerre mondiale. D'après les rumeurs, à l'été 1950, trois rescapés étaient parvenus à fuir cet endroit. C'est là qu'elle m'a parlé d'eux. Pour des raisons… disons, personnelles, je me suis sentie concernée par leur sort, tant et si fort qu'il m'arrivait de ressentir leur présence à mes côtés. Rien de surnaturel, rassurez-vous. Seulement la manifestation d'un sentiment à la hauteur de mon attachement. Alors, un an après mon retour en France, j'ai repris mes recherches, interrogé des dizaines de familles, compulsé des correspondances de guerre interceptées par des agents des postes, jusqu'à remonter le fil de leur périple. Et au terme de deux années d'enquête, c'est ici que cette expédition s'achève. »

La désolation change soudain de camp.

« Oh… Si j'avais su cela plus tôt, je vous aurais parlé de la maladie des vignes…

— Pardon, je ne comprends pas…

— Peu avant le massacre d'octobre, une invasion de phylloxéra a ravagé les chais en contrebas du domaine. Par malheur, les enfants cueillaient des grappes infectées et grignotaient en cachette le fruit de leur labeur. Bien que le lien n'ait jamais été médicalement prouvé, de fortes fièvres ont terrassé ceux qui y travaillaient depuis trop longtemps. Les parasites ont colonisé les organismes les plus fragiles, et la contagion s'est propagée à une allure folle. Une aide médicale extérieure aurait peut-être permis d'éradiquer l'épidémie... Mais personne n'est jamais venu leur porter secours. En un sens, approcher l'orphelinat était devenu synonyme de mort. Et la suite tend à le prouver. Car, malheureusement, Ana, Valère et Colette ont, eux aussi, succombé à la maladie.

— Est-il possible que vous vous trompiez ?

— L'infirmière qui a tenté de les sauver était ma mère. Elle a démissionné la semaine suivante. »

Toutes ses convictions s'écroulent en un instant. Les derniers lambeaux auxquels Barbara se raccrochait s'effilochent. Des années de recherches pour en arriver là ? Non, il lui faudrait bien plus que des mots pour l'en convaincre. Sa quête *ne peut pas* s'achever de manière aussi brutale.

« Qu'ont-ils fait des corps ?

— Enterrés hors de la propriété. De crainte que la décomposition ne contamine les terres potagères. Les cadavres étaient évacués par un tunnel débouchant sur la clairière, se souvient Magda. Mais vous n'y dénicherez aucune tombe creusée en leur mémoire, si c'est là votre espoir... En vérité, Beaumont-la-Ronce est un vaste cimetière que l'on a privé d'un grand nombre de sépultures. Dieu soit loué, Caroline et Joseph ont survécu à l'infection !

Peut-être même au massacre de l'Heure fantôme ? Avez-vous déjà tâché de les retrouver ?

— Qui sont Caroline et Joseph ?

— Les enfants de Colette Hoffman, pardi !

— Hoffman ?

— C'était leur nom, en effet. Un garçon et une fille. Des jumeaux, précisément. La pauvre petite les avait enfantés au Val Sinestra… Elle n'avait que treize ans à l'époque. Ce qui signifie que ses petits en avaient cinq en débarquant ici. Vous l'ignoriez ? »

Le souffle coupé, Barbara ignore surtout comment ajouter une descendance aux personnages principaux de son histoire. Une histoire qu'elle se raconte depuis quatre longues années.

Ses investigations sur l'identité de Colette s'étaient jusque-là révélées infructueuses. On avait su lui décrire les contours d'une personnalité ambiguë, décelée au travers des rares correspondances épargnées par le temps. On avait également évoqué les mutilations dont elle souffrait – là encore, d'obscurs rapports exhumés au Val Sinestra détaillaient l'amputation confirmée plus tôt par Magda. Ça oui, on savait dépeindre l'horreur subie par une fillette comme il en existait tant d'autres, mais personne ne se rappelait son nom de famille.

Ceux d'Anastasia Becker et de Valère Ménardier figuraient sur de vieux documents longtemps demeurés dans le secret de l'Église. Pour une raison inconnue, on les avait sauvés de l'anonymat.

« Racontez-moi. J'ai tout mon temps, reprend Barbara.

— Je vous épargnerai les conditions abjectes dans lesquelles ces enfants ont été conçus... D'autant que je n'en connais pas les détails moi-même. Un jour, Colette s'est confessée auprès de ma mère au sujet d'agressions répétées... D'après elle, les forêts de mélèzes encerclant le Val abritaient autrefois des hommes peu recommandables. On les appelait les "ravitailleurs". Ils ne se contentaient pas de nourrir des bouches... Inutile de vous faire un dessin. Bref, si vos caméras acceptent de l'entendre, je suis prête à vous livrer les faits notables, tels qu'on me les a relatés. Ainsi que ceux auxquels j'ai assisté... Avec l'âge, ma mémoire s'étiole. Pas au point d'oublier certaines images, malheureusement. Car, entendons-nous bien, ce que je m'apprête à raconter n'a rien d'un conte de fées. »

Barbara est disposée à s'ouvrir aux pages les plus sombres de son histoire. Qu'importe la direction inattendue que prend son reportage, qu'importe la douleur qui la foudroie de l'intérieur, c'est toujours mieux que de terminer sa course dans le vide.

Au bout du couloir, le plancher craque. Comme lesté d'un poids mort.

Dans le cadre rond d'une flaque de lumière, les deux femmes sursautent, puis se mettent à rire en sondant les ténèbres de la cage d'escalier.

La peur ne se déplace jamais seule. Elle migre sur le dos des superstitions, et s'il en est une à laquelle croit Barbara, c'est à la puissance des lieux.

À croire que l'orphelinat lui-même manifeste son assentiment à la poursuite du projet.

18

Témoignage. Intérieur jour. 1er étage. Chambre rose.

« Je vous demanderai de décliner votre identité. Racontez-nous votre histoire comme elle vient. Et surtout, ne soyez pas intimidée par la caméra, vous finirez par l'oublier. Je prendrai parfois le relais en vous posant quelques questions. Ne vous sentez pas obligée d'y répondre si certaines vous dérangent. Le micro que David accroche à votre manteau est relié à une console. Au montage, il procédera au nettoyage des sons parasites. Restez naturelle, Magda. Tout se passera bien. Êtes-vous certaine de vouloir garder votre écharpe et vos gants ? Vous seriez plus à l'aise sans… »

((Silence

« OK, ça tourne ! »

Clap !

« C'est à vous. »))

« Je m'appelle Magda Dumortier et je témoigne aujourd'hui des évènements survenus à l'orphelinat de l'Avenir du Prolétariat. La légende raconte que, au milieu du siècle dernier, la plus grande énigme jamais

résolue a pris sa source avec la disparition d'une trentaine de résidents placés dans cette institution. Si je ne suis pas en mesure de faire la lumière sur le massacre dit de l'"Heure fantôme", je peux néanmoins vous parler des épisodes tragiques l'ayant précédé. Ma mère officiait ici en tant qu'infirmière en chef aux côtés de sept autres encadrants. J'étais amenée à la seconder quand la charge devenait trop pénible à assumer. Ce qui fut rapidement le cas…

« À l'été 1950, l'orphelinat s'est enrichi de trois nouveaux surveillants débarqués de Suisse. Leur arrivée en charrette fut accueillie comme un miracle. Très vite remplacé par le spectre d'une malédiction. Ces gens-là traînaient dans leur sillage un passé lourd de misère et empreint de mystères. Leurs visages étaient creusés par la faim et leurs corps mutilés cautionnaient les bavardages autour de leurs infirmités.

« Je me souviens de Valère, de ses manières efféminées, qu'au début nul ne savait interpréter. Jusqu'à ce que des mots cruels soient prononcés comme un diagnostic fatal sur le procès-verbal d'un condamné. Ce garçon nourrissait des penchants contre-nature. Du moins, pour la société de l'époque. Par chance – oserais-je dire –, Valère avait déjà essuyé bien pire que les quolibets, aussi n'en souffrait-il pas outre mesure. À peine donnait-il le change. Je crois surtout qu'il ne ressentait plus rien.

— Qui étaient les deux autres, Magda ?

— Il y avait Ana. Je me rappelle la robustesse qui s'en dégageait. C'était étrange, car il émanait aussi d'elle une grande douceur, à la fois rassurante et préoccupante. Un roc en mousse, vous voyez ? Les rumeurs colportées, largement assaisonnées de chimères, la

plaçaient au centre de cet étrange trio meurtrier. Oui, j'ai bien dit "meurtrier". Quelqu'un les avait entendus évoquer les supplices d'une femme qu'elle aurait tuée de ses propres mains. Allez savoir où se situe la frontière entre mensonge et réalité... Toujours est-il que sa bonté naturelle contredisait ces allégations qui inspiraient plutôt la méfiance.

« Mais celle dont je me souviens le mieux souffrait de mille maux de l'esprit. Quand Colette est arrivée au domaine, deux gamins trottinaient derrière elle. J'ai immédiatement perçu la ruse dont elle abusait pour séduire. Ma mère la jugeait fourbe et sans cœur. L'épisode auquel elle a assisté le confirmait.

— Que s'est-il passé ?

— Cela s'est produit quatre jours seulement après leur installation. Un moineau picorait sur le rebord d'une fenêtre. Ses semblables se chamaillaient pour une galette tout juste sortie des fourneaux quand Colette a attrapé l'oisillon pour lui tordre le cou. Bien sûr, ses camarades d'infortune ont tenté d'étouffer l'incident. Ils étaient soudés, même dans l'erreur... Mais le tempérament de Colette annihilait leur protection. Elle parvenait à instaurer la crainte, au point de couper le sifflet aux plus bavards lorsqu'ils la croisaient dans un couloir ! Il faut dire que ses représailles en cas de désobéissance forçaient le respect. Nuls sévices n'échappaient à son imagination. Quand un pensionnaire contrait son autorité, la rouquine ne se contentait pas de le tancer avec des mots. Le moindre écart de conduite était prétexte au châtiment. Elle n'épargnait guère ses propres enfants... Joseph, notamment, souffrait sans ciller de ses colères incontrôlées. On le retrouvait attaché à son lit, marinant dans la pisse et

les excréments. Quand la sentence s'avérait plus clémente, il errait nu dans les chais parce que sa mère estimait que survivre à la cruauté du monde nécessitait un entraînement intensif. Ana et Valère tentaient encore et toujours de la raisonner sur la violence de ses manières éducatives. Avant de rendre les armes. Ils savaient leurs efforts inutiles. Colette ignorait ostensiblement leurs recommandations, les considérant lâches ou futiles. Alors, pour narguer leur sensiblerie, elle durcissait encore ses propres règles. Je me rappelle qu'un jeune garçon était tombé sous son emprise. Il avait une tache de naissance dans le creux du coude, on aurait dit une ancre marine. C'est curieux comme certains détails vous marquent ! Ce gosse-là était différent des autres. Il se laissait corriger sans broncher. Mais il châtiait aussi lui-même ses camarades, comme s'il en tirait un plaisir sadique. Je crois me souvenir que Colette s'en félicitait… Cependant, sa tyrannie ne s'appliquait pas uniquement aux enfants… Ma mère pensait qu'elle était également à l'origine de la mort de Jeanne, une infirmière, retrouvée pendue dans le réfectoire… »

((« Vous avez entendu ça ?

— Quoi ?

— Ça !

— Les canalisations… On embraye. »))

« Magda, dites-moi, comment Colette aurait-elle pu être à l'origine du suicide de cette femme ?

— Colette impressionnait par sa capacité à convaincre du bien-fondé de ses préceptes. Elle serait parvenue à transformer un élevage d'agneaux en horde de charognards – c'est du moins ce que prétendait ma

mère. Elle induisait de fausses pensées dans les esprits, et son influence néfaste commandait les plus faibles. Comme elle avait peut-être commandé à Jeanne de se tuer. Croyez-moi, ses méthodes ont donné un tour de vis aux mesures disciplinaires ! Il se chuchotait que les rescapés de Suisse étaient à l'abri du Val. À l'abri du Mal. Mais pas d'eux-mêmes.

— Peut-on avancer que ses pratiques pour maintenir l'ordre dénonçaient les traumatismes dont elle-même aurait été victime ?

— Maintenir l'ordre était, bien au contraire, le cadet de ses soucis ! Colette voulait semer le chaos. Parce qu'elle ne connaissait rien d'autre. Ma mère la soupçonnait de commanditer des actes malveillants… Jugez plutôt ! Il était coutumier de procéder au transfert des enfants nouvellement adoptés lorsque les moins chanceux dormaient. La "passation" se produisait donc de nuit. Les adoptants actionnaient une sonnette située sur l'aile est, afin de prévenir de leur présence. Au prix d'un généreux don, ils repartaient tout aussi anonymement en compagnie de leur progéniture sacrée. Ce processus clandestin visait à adoucir la peine des gosses contraints de rester, sans compter les pleurs des amitiés déchirées par la providence, les rancœurs, et autres tourments liés à la séparation. Par bonheur, la joie n'avait pas encore totalement déserté le cœur des orphelins, et au matin, les sourires d'envie se mêlaient aux déchirements. Pour assister au transfert, on désignait un encadrant afin qu'il veille toute la nuit et formalise la transaction dans un registre. Les rares fois où Colette était assignée à cette tâche, un enfant s'évanouissait dans la nature. Elle soutenait que personne ne s'était déclaré à l'entrée. Cela n'avait

rien d'étonnant. Il arrivait parfois que les adoptants se rétractent sans prévenir. Certains parents potentiels allaient même jusqu'à faire le déplacement avant de renoncer au dernier moment. Demeurait une question préoccupante : où étaient donc les enfants ? Colette n'a jamais clairement fourni d'explication à ce sujet. Après sa première garde, elle plaida son manque de vigilance et supposa que l'orphelin marqué d'une ancre marine en avait profité pour fuguer. Pourquoi aurait-il fait ça ? Le gosse n'avait nulle part où aller ! Colette se contenta de hausser les épaules lorsqu'on la confronta à nouveau la fois suivante. Bien entendu, on lui retira cette mission dès la deuxième "évasion". Sa froideur – provocatrice, vous en conviendrez – éveillait les soupçons parmi ses confrères, mais aucun d'eux n'a jamais pu prouver son implication dans ces disparitions. »

((Silence))

« Pas plus qu'ils n'ont rassemblé d'éléments contre Joseph, quand le corps d'une petite fille a été repêché dans l'étang…

— Attendez… Qu'insinuez-vous, au juste ? Que son fils de cinq ans aurait pu commettre un crime ?

— Ce ne sont pas de simples insinuations, Barbara. J'en ai été témoin. Mais pas de la manière dont vous l'entendez…

— David, coupe le micro ! »

((« Magda… Vous saignez ! »))

19

Les larmes s'étaient mêlées à la rigole de sang s'écoulant d'une narine encore frémissante. Ce déchirant constat n'avait pas échappé à l'enregistrement de la caméra. Magda s'était effondrée aux dernières secondes de la séquence en soutenant que son hypertension provoquait parfois ce type de désagrément. Une conséquence du stress auquel les membres de l'équipe l'exposaient involontairement – bien sûr, elle aurait nié ce dernier point devant Barbara.

Les blessures que la réalisatrice réveillait chez Magda engendraient un sentiment de honte. Pourtant, la principale concernée ne semblait pas lui en tenir rigueur. Au contraire, elle se confondait en excuses et redoublait de sanglots.

« Penchez légèrement la tête en avant… Voilà, c'est bien. »

David avait endigué le flux avec des mouchoirs et vérifié son pouls à intervalles réguliers. Le rôle de Warren s'était cantonné à récupérer les papiers usagés avant de les balancer à ses pieds – *à ton tour de nettoyer, mon pote !*

Agenouillée près de Magda, Barbara observait attentivement l'aisance avec laquelle David contrôlait la situation, tout en écoutant de poignantes confessions sur les circonstances de la mort d'une enfant.

Trente minutes plus tard, le sourire confus de Magda clôturait la mésaventure.

*

Après l'avoir raccompagnée jusqu'à la grille – Magda s'obstinait à rentrer chez elle à pied –, Barbara avait rejoint ses comparses près d'un ancien puits artésien situé en contrebas du domaine. En chemin, elle avait scruté l'intérieur d'un vieux moulin autrefois utilisé pour la production de l'électricité. Une énorme roue dentée prenait la poussière au milieu d'outils insolites et coupants, certainement aussi dangereux que le dénotait leur apparence. Des pluies diluviennes de la nuit subsistait un léger clapotis dont la source se tarissait dans la pénombre. L'endroit n'avait rien d'engageant.

« Viens t'asseoir, Barbara ! Warren t'a gardé une place au soleil ! »

Les garçons ont déployé une couverture sur l'herbe humide, là où s'étend une flaque de soleil. La Haute-Barde semble éclore sous un ciel printanier privé de ses atours mélodieux. Les oiseaux ont cessé de chanter, et leurs précieux nids se décomposent au milieu des branches dénudées.

La jeune femme s'assied entre ses compagnons et desserre un peu le foulard autour de son cou.

« Un cookie ? » propose David.

Elle répond par la négative. Depuis l'épisode de Magda, son système digestif s'est transformé en véritable champ de bataille.

« Tu as raison de refuser, lance Warren. Ils sont peut-être empoisonnés ? Qu'est-ce qu'on en sait ? Après tout, il y a quelque chose de flippant chez cette femme. Je ne parle pas de son écoulement nasal, bien entendu. Je veux dire, vous croyez vraiment à ses histoires ?

— Ça me fend la langue de l'admettre, mais Warren a raison, soutient David. Pas pour les gâteaux. Ils sont *amazing* ! Il est évident que Magda a connu cet endroit et même côtoyé les enfants du Val. D'ailleurs, le portrait qu'elle brosse de Colette est glaçant... Mais un truc me gêne dans sa manière de raconter. Ça manque de spontanéité, comme si elle récitait. Même les enchaînements frôlaient la perfection. Nous sommes d'accord sur ce point ?

— C'est vrai, elle est douée. On devrait plutôt la remercier de nous offrir un témoignage de qualité, souligne Barbara.

— OK, on oublie la forme. Mais le fond ? Comme si le massacre présumé de l'Heure fantôme ne suffisait pas, on se retrouve avec une suicidée en blouse blanche, une épidémie mortelle et un gamin de cinq ans...

— Joseph, précise-t-elle.

— Oui, Joseph. Qui aurait lapidé une fillette dans l'étang.

— C'était un accident, rectifie la jeune femme, surprise par le ton cinglant de David. Souviens-toi, Magda l'a expliqué hors caméra pendant que tu jouais les infirmiers.

— Un accident ? Tout de même. Il lui aurait bousillé le crâne. »

La version non filmée rapportée par Magda faisait effectivement état d'une chamaillerie ayant mal tourné. Le drame s'était produit quelques jours seulement après l'arrivée des survivants de Sinestra. Par un après-midi frais et ensoleillé – réplique du temps présent –, les plus jeunes avaient reçu l'autorisation de se dégourdir les jambes dans les eaux de la Barde. Une poignée de minots, trop heureux qu'on les délivre des contraintes quotidiennes, s'était ruée sur les berges en criant de contentement. Valère s'était vu charger de leur surveillance. Pour le seconder, on avait assigné Magda au rôle d'assistante – parce qu'elle était présente ce jour-là et que les autres encadrants s'affairaient déjà à lénifier les esprits que Colette s'employait à torturer.

Le bain se prenait tout habillé. Probablement par pudeur. Peut-être en raison de la température automnale. Difficile d'en juger à presque soixante-dix ans d'intervalle. Et c'est ainsi que les enfants, joyeux comme des lutins, ont plongé sous la surface de l'étang. Les plus mauvais nageurs restaient en retrait, mais les plus aguerris jouaient les anguilles avec une aisance remarquable. Leurs rires faisaient écho aux piaillements des oiseaux venus admirer le spectacle depuis les bois voisins, quand un hurlement, déchirant et sinistre, avait surgi des flots empourprés de sang.

Le fils de Colette serrait encore dans son poing la pierre qui avait fracassé le crâne de sa partenaire de baignade.

Magda se trouvait à proximité. Suffisamment pour décrire la scène de l'*accident*. Selon elle, le jeune garçon, aussi agile qu'un poisson, s'amusait à plonger dans les profondeurs de l'étang tel un explorateur à la recherche d'un trésor. Sa beauté singulière attirait les regards. Ses boucles rousses étaient aplaties par le poids de l'eau, et sa haute stature, précoce et vigoureuse, augurait une croissance spectaculaire. Il remontait avec tout ce que peut contenir un bassin artificiel. Des branchages, des cailloux, des emballages de friandises luisants comme des feuilles d'or.

Jusqu'à cette masse calcaire brandie en trophée à la sortie d'une longue apnée.

À bout de souffle, Joseph avait laissé retomber ses bras dans un grand « splash ».

Au mépris de la tête blonde émergeant par-dessous.

La chevelure, désormais rouge et poisseuse, appartenait à une petite peste de huit ans qui s'amusait à le persécuter à la moindre occasion. Sa tyrannie notoire faisait l'objet de plaintes consciencieusement empilées sur le bureau directorial. En définitive, tout le monde savait, mais personne ne bronchait. Colette elle-même fermait les yeux sur les enfantillages de son fils – si tant est que tenter d'ébouillanter son camarade avec un bol de soupe entrât dans cette catégorie.

Quand Valère avait ramené le corps inerte sur la berge, le cœur de la gamine ne battait déjà plus. Alors, dans la confusion des braillements et des pleurs était né le doute d'un acte volontaire. En marge de l'attroupement massif formé autour du cadavre, Joseph, grelottant, s'en était défendu à cor et à cri. On l'accusait d'un crime d'opportunité qu'il n'avait pas commis. Une intention de tuer immédiatement contredite par les déclarations de Magda.

« La thèse de l'accident tient la route, concède Warren. Cependant, comment expliquez-vous que ces tragédies en série ne figurent nulle part ? On a interrogé des habitants de la région, épluché les archives, les coupures de presse, visité les sites Web – Dieu sait que ceux relatifs à l'orphelinat sont légion ! –, et vous allez me faire avaler que personne n'a jamais vendu la mèche ? Tout est jeté en pâture sur la Toile de nos jours. Et jusqu'à présent, on n'avait même pas une fausse rumeur à se mettre sous la dent ! C'est surprenant, non ? Je veux dire…

— On a saisi ce que tu veux dire », tempère David.

Barbara lève les yeux vers ses compagnons. Le soleil lui brûlerait presque la peau si un froid glacial ne la rongeait de l'intérieur.

« Alors, nous devrons encore aller frapper aux portes des Beaumontois, lâche-t-elle. Magda n'est certainement pas l'unique dépositaire de cette histoire. Warren, tu te charges de ça. David, occupe-toi de trouver des informations sur les descendants de Colette. »

Warren se renfrogne.

« J'ai déjà tenté une approche lors de ma venue en repérage, BB. Crois-moi, les gens du cru ne coopèrent pas facilement. L'annonce publiée dans la gazette locale n'a rien donné non plus, signale-t-il.

Personne ne s'est manifesté pour la bonne raison que la plupart des autochtones logent désormais au cimetière. Monsieur Marlois lui-même n'a pas la moindre idée de ce qu'il s'est passé ici... Barbara, s'ils se sont réellement produits, ces évènements remontent à près de soixante-dix ans. C'est étrange qu'on les ait volontairement passés sous silence durant tout ce temps. »

Barbara se lève. Pas question d'abandonner maintenant.

« Exactement. Et je me demande pourquoi le discours de Magda vous rend sceptiques. Allez, les gars ! Une dernière enquête de voisinage, et je vous fiche la paix. Avec ou sans votre aide, je produirai ce reportage. Dans l'absolu, j'aimerais qu'il reflète au mieux la *véritable* mémoire des lieux. »

Ses deux comparses échangent un regard abattu. L'affaire est entendue. Et pour clore la séance, les nuages pointent à l'horizon comme des funambules dansant sur un fil d'or.

La mine sombre, David remballe couverture et cookies. Son naturel accommodant se fissure à vue d'œil depuis l'exploration de l'orphelinat.

Barbara jette un coup d'œil vers l'étang aux reflets métalliques avant de distancer ses collègues d'un bon pas. David la rattrape à mi-chemin du bâtiment et poursuit seul sa progression vers l'entrée. Elle se retourne dans l'intention de pacifier la discussion avec Warren. Ses excuses s'adressent au vide. *Foutu vide*. Barbara pourrait disserter des jours sur le sujet. Le manque qu'il attise, la mort lente qu'il promet, rien de ce qu'elle pourrait en dire ne tiendrait en moins de dix volumes.

Warren a pris la direction opposée. Elle l'aperçoit au loin se diriger vers une silhouette en partie dissimulée derrière un tronc d'arbre. *Le Totem*. Puis la forme se détache sous la collection de poupées suspendues aux branches. Malgré la distance, Barbara identifie le profil d'un jeune garçon. Il semble sur le point de piquer un sprint pour fuir l'approche du caméraman, pourtant, comme enracinées dans la terre, ses jambes ne bougent pas.

Warren adresse quelques mots au gamin, visiblement pétrifié par la présence de ce géant. Puis, après un bref échange, le gosse sort de sa transe hypnotique et se carapate comme s'il avait le diable aux trousses.

Quand Warren la rejoint, Barbara l'interroge sur la scène à laquelle elle vient d'assister.

« Qu'est-ce qu'il faisait là ?

— Il prétend chercher sa sœur. Une excuse bidon pour justifier sa présence sur une propriété privée… Si tu veux mon avis, nous ne sommes pas au bout de nos peines avec tous les curieux qui traînent dans le coin. »

Barbara opine. L'idée lui a déjà effleuré l'esprit. Les visites intempestives menaceraient les délais consentis au tournage. Surtout s'il fallait avoir recours à la force pour déloger le genre d'intrus malsains capables de reproduire la mise en scène observée dans l'une des chambres.

Lorsqu'ils atteignent la coursive, Barbara chasse cette éventualité d'un revers de main.

« Et que lui as-tu dit pour qu'il s'enfuie comme ça ? »

D'une voix exagérément grave, Warren lui souffle au visage une version édulcorée :

« *Sais-tu que l'orphelinat est hanté ? Derrière chaque fenêtre se cache le fantôme d'un enfant mort... Tu as dix secondes pour déguerpir avant que le mauvais œil s'abatte sur toi !* Crois-moi, reprend-il posément, avec toutes ces poupées au-dessus de sa tête, mon baratin a eu son petit effet !

— Depuis quand tu t'éclates à traumatiser des enfants ?

— Tu crois ça ? Que j'ai pris mon pied ? Sérieusement, je lui sauve la mise, à ce gosse ! C'est pas vraiment l'endroit rêvé pour établir son terrain de jeu.

— Tu devrais apprendre à te maîtriser, Warren.

— Promis, BB. À propos de terrain de jeu, enchaîne-t-il, on pourrait envisager un truc spécial, demain, afin de commémorer durablement l'"Heure fantôme".

— Développe.

— Filmer une séquence de nuit. Centrer la tension sur l'atmosphère pesante liée au massacre. En raison de l'éclairage minimaliste, le résultat visuel présentera forcément des défauts sans pour autant décrédibiliser l'ensemble. J'y veillerai. Tu pourrais exceptionnellement héberger Magda ? Si toutefois elle accepte... Qu'en penses-tu ? »

Barbara coule un regard vers la porte entrouverte.

Dans la pénombre des huis clos, David marmonne et fait les cent pas.

De toute évidence, quelque chose ici l'effraie.

Plus encore qu'au Val Sinestra.

« C'est lui qu'il faut convaincre, répond-elle. Je ne l'ai jamais vu nerveux à ce point.

— Ne t'en fais pas pour David. Il croit dur comme fer à la charge émotionnelle des lieux. Et là, on parle d'un massacre sans cadavres. D'une énigme sans précédent. Je ne ferais pas le fier à sa place ! Mais tu sais pourquoi jamais il n'abandonnera ?

— Pour nous prouver qu'il peut capter un message de l'au-delà ? lance-t-elle sans une once d'ironie.

— Mieux que ça. Il ferait n'importe quoi pour toi. »

Au masque de tristesse qui fond sur le visage de Barbara, Warren comprend qu'elle se juge indigne d'une telle dévotion, qu'elle ne la mérite pas. Elle se trompe. Lui aussi ferait l'impossible pour la voir sourire à nouveau. Et bien souvent, les actes valent mieux que les belles paroles.

« J'irai faire un tour au village demain matin, dit-il. Avec un peu de chance, quelqu'un se décidera à parler. »

20

La pluie s'invite dans le paysage d'automne lorsque Warren tient sa promesse au petit matin. Il enclenche la marche arrière et négocie un demi-tour jusqu'à la voie d'accès. Sur cinq kilomètres de lacet inondés, il navigue à l'aveugle dans la grisaille. Arrivé à destination, il gare son véhicule sur une petite place déserte située près d'une église. La capuche de son anorak rabattue sur sa tête, les épaules rentrées pour contrer les rafales de vent, Warren traverse le cœur du village. Il évite soigneusement de démarcher les mêmes habitations que lors de son premier essai manqué. Histoire de ne pas s'attirer d'ennuis – au cas où l'idée de porter plainte pour harcèlement viendrait à germer dans les esprits.

Les portes closes lui filent le bourdon. Et quand elles s'ouvrent, l'accueil est aussi chaleureux que le temps. Ses visites se soldent systématiquement par : « Foutez-nous la paix, on ne sait rien à propos de ce maudit orphelinat ! »

Puis, généralement, les portes claquent encore plus fort que les mots.

Les mâchoires serrées, Warren poursuit néanmoins sa tournée avec une compassion subite à l'égard des innombrables prospecteurs qui ont pâti de son langage fleuri. Il tourne à l'angle d'une rue pavée où de rares constructions neuves côtoient le charme ancien. La sonnette grippée de la maison située en tête de file alerte étrangement tous les chiens du quartier. Dans l'animosité ambiante, une porte s'entrebâille enfin sur un sourire. La femme se distingue du lot, tant par la jovialité de son visage poupin que par son accoutrement décalé. Engoncé dans une robe en laine rose bonbon, son ventre proéminent semble sur le point d'éclater. Décomplexée, la quinquagénaire adopte une pose lascive. Ses doigts manucurés épousent une hanche enrobée tandis que son torse exagérément bombé déploie l'artillerie lourde.

Impassible, Warren débite son laïus désormais bien huilé.

Sa sensualité mise en échec gomme aussitôt l'enthousiasme de la Beaumontoise. Ses épaules se relâchent sans grâce.

« Il n'y a pas grand-chose à en dire, de la Haute-Barde, si ce n'est que sa réhabilitation fera fuir les loubards pour accueillir des snobinards bourrés de fric. Des deux, quelle est la pire espèce selon vous ? »

Qui utilise encore le mot « loubard » de nos jours ? s'étonne Warren.

« Disons que je n'ai pas d'avis tranché… Je suppose que la seconde catégorie présente l'avantage de maintenir un environnement sécurisé. Il y a peu de chances qu'ils vous détroussent en pleine rue ou vous importunent d'aucune manière.

— Avec ces gens-là, on ne se sait jamais ! »

Warren sait. Mais *elle* l'ignore. Pousser comme un champignon vénéneux au milieu d'une caste de privilégiés lui confère une certaine lucidité à ce sujet.

« Tout de même… Leur monde est à mille lieues du vôtre. Sans vouloir vous offenser… Ce que j'essaie de dire, c'est qu'ils ne descendront jamais de leur perchoir doré. Ça devrait vous tranquilliser ?

— La tranquillité ? Parlons-en, tiens ! La petite Lamourelle s'est encore volatilisée, et les sirènes n'arrêtent pas de brailler ! Évidemment, tous les habitants se mobiliseront pour la retrouver… Je l'aime bien, cette gamine, mais, franchement, sa mère devrait songer à la placer dans un établissement spécialisé ! En milieu rural, l'étendue des recherches complique vraiment les choses ! Vous comprenez, ici, tout est cerné par des hectares de forêts, de terres agricoles et de champs en friche. Quand on pond un gosse déficient, on réfléchit à ça, non ? C'est un peu comme exposer une brebis au regard d'une meute de loups… Ça finira mal, un jour ! Forcément ! Vous n'êtes pas d'accord ?

— Pardon… Qui a disparu ?

— Une gamine attardée, je viens de vous le dire. »

Cette femme l'agace profondément. Ses propos méprisants mériteraient qu'il lui arrache la langue d'un coup sec. Il réprime aussitôt l'image induite par son intolérance à la connerie humaine. Il compte plus d'un coup de sang à son actif – bien peu ont cependant dépassé le stade de la pensée. Un calvaire génétique hérité d'un père colérique et d'une mère psychorigide entièrement dévouée à pourrir l'équilibre de son foyer.

« Alors, vous êtes d'accord ou pas ? »

Warren hausse un sourcil circonspect.

« Non. »

Il s'abstient de tout développement inconvenant. *Non, sale pute, ton raisonnement ne m'inspire que dégoût.* Il s'auto-congédie d'une voie manifestement sans issue et s'éloigne au pas de course, suivi par les aboiements de la mégère qui cherche à le retenir par tous les moyens.

Quelque chose le perturbe dans l'attitude des Beaumontois. Leur apparente hostilité manque de sincérité. Les paroles sont chargées d'agressivité, mais les yeux expriment une autre forme de rébellion.

La peur.

Après une heure de pérégrinations stériles, une chandelle éclaire enfin ses efforts. Encastrée au bout d'une impasse, la maison ne paie pas de mine. Sa façade en crépi, zébrée de fissures, augure un affaissement à court terme. Au premier étage, le lierre bâillonne les volets clos.

La désolation faite pierres.

Gagné par l'amertume, il se fraye un étroit passage entre un véhicule et une haie d'arbustes.

Derrière les voilages du rez-de-chaussée ondoie une flamme à bout de souffle. Hypnotisé par ce phare balayant l'obscurité, il admire un instant les jeux d'ombre animés par une bougie presque entièrement consumée.

Il cogne à la porte – la dernière, il s'en fait la promesse.

Quand le battant s'ouvre, le caméraman s'apprête à débiter sa litanie sur les raisons de sa présence.

Mécaniquement, son regard descend d'un cran.

« Eh bien, vous en avez mis du temps ! » s'exclame l'homme en fauteuil roulant.

21

« J'ai cru que vous ne viendriez jamais ! Entrez, vous allez attraper la mort avec cette pluie ! »

L'homme actionne les roues de son fauteuil pour lui ouvrir un passage. Son crâne chauve luit sous le faible éclairage des lampes tamisées. Warren remarque qu'une raisonnable bedaine fait bâiller son gilet en laine tandis que ses jambes atrophiées flottent dans un pantalon de velours.

« Je pense que vous faites erreur sur la personne, lâche-t-il enfin.

— Bien sûr que non… Je suis paraplégique, pas décérébré. J'invite rarement le premier inconnu qui passe… Laissez-moi vous en convaincre. Vous ne m'en avez pas laissé le temps la dernière fois… Vous êtes aux abois parce que votre collecte de renseignements manque cruellement de fonds pour nourrir vos espérances ? L'ancien orphelinat se complaît à taire ses secrets ?

— C'est assez bien résumé.

— Je n'en suis pas étonné. Toutefois, je pressens que quelque chose d'autre vous amène… »

Warren ne relève pas. Le silence demeure encore la meilleure défense face à une approche aussi radicale qu'inattendue.

L'homme lui fait signe d'avancer. Devant l'insistance de son hôte, le caméraman pénètre dans un salon chichement décoré. Les meubles patinés libèrent des fragrances anciennes et, pour des raisons fonctionnelles évidentes, les couloirs nécessaires à la circulation d'un fauteuil roulant créent de grands espaces entre eux.

« Voulez-vous bien vous asseoir ? Vous me donnez le vertige. »

Warren s'installe à la place indiquée par une main mouchetée de taches brunes.

« Pardonnez-moi, je ne me suis pas présenté. Arnold Gabe.

— Warren Tasselier.

— Un café, Warren ?

— Non, merci.

— La situation vous intrigue ? C'est parfaitement normal, enchaîne-t-il. Vous frappez à la porte d'un infirme qui semble étrangement en savoir long sur vous. Alors, allons à l'essentiel : mes talents de médium.

— Pardon ?

— Je plaisante, évidemment, dit-il en riant. En réalité, votre projet de reportage a suscité de vives inquiétudes au sein de notre petite communauté. De nos jours, vivre en ermite n'immunise plus contre les rumeurs… Pour preuve, il y a moins de vingt minutes, une voisine a téléphoné afin de me prévenir qu'un inquisiteur anormalement haut sur pattes courait les rues de Beaumont. Fatalement, vous finiriez par atterrir ici. Elle m'a décrit un individu inquiétant. J'ignore en quoi. Vous m'avez l'air fort sympathique. »

Warren aurait parié cher sur l'identité de la voisine en question. Manifestement, lui arracher la langue n'aurait pas suffi à contenir sa malveillance. *Mais coudre ses lèvres à vif, peut-être.* Elle lui rappelait sa mère. Toujours à répandre son fiel. À cracher sur ceux qu'elle jugeait inférieure à sa condition. Ou différents. Combien de fois avait-il fantasmé à l'idée de lui clouer *littéralement* le bec ? Apparemment, pas assez. Sa propension à visualiser ce genre de mutilation se réactivait chaque fois qu'il croisait une femme de la même espèce.

Expurgeant d'un soupir ce brutal accès de rage, il déploie ses longues jambes.

« Auriez-vous plutôt une bière ? quémande le caméraman.

— Pas même une goutte. Ma dernière cuite m'a valu ce satané carrosse ambulant. La compagne d'un soir devient parfois l'ennemie de toujours. Je parle de l'ivresse, mon ami.

— Oh, je vois... Pardonnez-moi.

— Pourquoi ? Vous n'étiez pas au volant quand mes vertèbres ont embrassé le fossé d'un peu trop près... Moi, si. »

Instinctivement, Warren se tortille comme si mettre son corps en mouvement pouvait conjurer le sort. La modération n'a jamais été son fort. Dans aucun domaine. Habituellement, ceux qu'il croise le jugent impulsif avec une forte tendance à l'inconscience.

« Le véhicule stationné dans l'allée...

— Un autre carrosse, doté de commandes manuelles au volant, parfaitement adapté à ma condition.

— Je vois.

— J'en doute. »

Warren tire un calepin de la poche intérieure de son anorak et griffonne quelques notes.

« Donc, j'imagine que vous disposez d'informations concernant l'ancien orphelinat ?

— Tout dépend ce que vous cherchez.

— La réalisatrice à l'initiative du projet "ENIGMA" se concentre sur les évènements survenus en 1950.

— La nuit dite de l'"Heure fantôme" ?

— Entre autres.

— C'est un mythe. »

Warren fronce les sourcils. L'incompréhension accentue l'intensité de son regard.

« Je ne prétends pas qu'elle n'a pas existé, reprend l'homme. Les disparitions inexpliquées, les traces de sang, l'arrêt simultané des horloges... Tout cela combiné constitue un formidable *cold case*. Mais de là à en déduire qu'il y a eu massacre ?

— Les Beaumontois semblent pourtant prendre cette possibilité très au sérieux.

— L'arbre aux poupées ? Un folklore instauré par notre ancien maire lors de son premier mandat.

— Monsieur Marlois ? s'étonne Warren.

— Le propriétaire de l'orphelinat, lui-même. Croyez-moi, quand j'étais enfant, tout ce cirque n'existait pas... Le déclin économique a sans doute motivé sa cabale. Pour renflouer les caisses du tourisme local, le châtelain n'a cessé d'alimenter la légende née de quelques rapports exhumés. Sous l'impulsion de sa folle entreprise s'est érigé un affreux totem de marionnettes censé rendre hommage aux orphelins disparus. Semez la peur, et le peuple rampera à vos pieds ! C'est un procédé pervers mais terriblement efficace. Certains habitants ont fini par s'approprier cette histoire comme la leur, avant de passer le flambeau aux générations suivantes. Beaucoup se sont mis à craindre les foudres d'un passé occulte tandis que les cinéastes se pressaient au portillon pour privatiser les lieux. Une manne financière inépuisable pour notre cher élu.

— Et comédien hors pair… Il m'a paru sincèrement en rogne en évoquant l'attrait morbide du bâtiment. Notamment en raison des dégradations que cet intérêt engendre.

— C'est certain. Le pauvre homme n'a pas su contenir la vague de superstitions qu'il avait provoquée. »

Warren se fige. La mine de son stylo s'écrase sur la feuille de son calepin. Au milieu des annotations, l'encre s'étale et forme une tache digne d'un test de Rorschach.

Il aurait juré entendre un bruit à l'étage. Le genre de fracas produit par une chute. Instinctivement, son regard dévie vers une volée de marches déserte. À son arrivée, les fenêtres scellées par le lierre l'avaient convaincu que cette partie de la maison était condamnée. Et pour cause, Arnold Gabe se révélait incapable d'y accéder. Quelqu'un d'autre vivait sous son toit. Quelqu'un qui ne se montrait pas.

Ce ne sont pas mes affaires.

Froissant le velours sur ses jambes, l'ermite affiche un sourire déroutant. De toute évidence, il attend impatiemment la prochaine question.

« On raconte qu'une épidémie aurait décimé nombre de résidents cette année-là ? poursuit Warren en prenant garde de respecter l'anonymat de sa source.

— C'est malheureusement vrai. À l'époque, ce fléau terrorisait particulièrement les mères. La mienne était enceinte quand la maladie s'est déclarée dans les hauteurs de Beaumont. Mes parents craignaient que la contagion se propage jusqu'au village et vienne frapper notre famille. Elle m'a mise au monde un mois plus tard. Ici même, dans cette maison ! Durant les cinq premières années de ma vie, j'ai été bercé par le récit de ce miracle qui nous avait épargnés. Dommage, je n'ai pas su faire honneur à cette bénédiction, ajoute-t-il en caressant les bras de son fauteuil.

— Vous a-t-elle également parlé d'une infirmière qui se serait suicidée par pendaison peu de temps avant ?

— Jamais entendu cette fable !

— Le lynchage d'une fillette dans l'étang ?

— Un peu de sérieux ! La fantasmagorie autour de l'orphelinat a pris des proportions ahurissantes. La preuve, vous êtes assis là, dans mon salon, alors qu'il y a dix minutes nous ne nous connaissions pas. Et sans vouloir paraître insistant, vous restez curieusement évasif quant à vos véritables motivations. »

Un étau se resserre sur la gorge de Warren.

« J'ignore totalement à quoi vous faites allusion. »

D'un geste énergique, Arnold Gabe frotte son pantalon, comme s'il escomptait faire rejaillir un soupçon de sensibilité dans ses membres morts.

« Je connais les travaux de Barbara Blair. La manière dont elle s'approprie les lieux est tout bonnement admirable.

— Eh bien, voilà. Au final, notre motivation tient en peu de mots.

— La suite logique de votre tournage avorté au Val Sinestra, je me trompe ? »

La conversation prend une tournure déplaisante. Une sorte d'interrogatoire intrusif mené par un homme dont l'équilibre mental reste à démontrer. Sur ses gardes, Warren jauge l'environnement estompé par des jeux de lumière. Les ombres dansent sur les murs dans une parodie érotique où les formes glissent et se confondent. L'hallucination orgiaque dévoile en arrière-plan des visages prisonniers du temps. Des êtres captifs de cadres poussiéreux, contraints de sourire pour l'éternité.

« Je comprends vos réticences à parler, poursuit Arnold Gabe. Laissez-moi vous éclairer, s'il vous plaît… Avant de me retrouver cloué à ce fauteuil, j'étais expert en psycho-criminologie. Une spécialisation tardive entreprise après une longue carrière dans la police. J'intervenais auprès des victimes et prenais également en charge les auteurs d'infraction dans le but de prévenir une potentielle récidive. Vous le constaterez, notre échange souffre d'une déformation professionnelle. Certains automatismes ne se perdent jamais. »

Warren soutient son regard. Qu'avait-il à le fixer ainsi ? À croire qu'il sondait les failles pour définir son profil.

« Je manque cruellement de subtilité en termes d'analyse, lance Warren. Qu'essayez-vous de me dire, au juste ? »

Tout en déplaçant son fauteuil à travers la pièce, Arnold Gabe déroule un peu plus son curriculum vitæ, comme il le ferait d'un mystérieux parchemin.

« Parallèlement à mon activité professionnelle, je consacrais la majeure partie de mon temps libre à enrichir ma culture personnelle de faits criminels méconnus. Notamment les drames injustement oubliés des livres d'histoire. Et la Seconde Guerre mondiale entrait dans mon champ de prédilection. C'est ainsi que j'ai découvert les expériences secrètement menées en Suisse sur de jeunes réfugiés français. »

Warren imagine que son interlocuteur a glané assez d'informations pour relier l'exode des enfants du Val au massacre de l'orphelinat. Rien d'extraordinaire, en somme. Surtout de la part d'un autochtone féru de crimes de guerre.

Dans l'angle d'une fenêtre, un tiroir grince, résiste, rechigne à livrer ses secrets aux mains noueuses du retraité. Le dos tourné, ce dernier remporte le combat à coups d'invectives plus ou moins audibles et revient triomphant à côté de son invité.

« Année après année, ma collection s'est cruellement étoffée. Appréhender les pathologies à l'origine des comportements déviants reste éprouvant, même pour un vieux loup de mer comme moi. Évidemment, je vous épargnerai les détails sordides. Au cours de mes recherches, je suis tombé sur des entrefilets d'une autre nature et tout aussi choquants, dit-il en lui tendant un album entièrement rempli de coupures de presse. Ma rencontre avec l'univers artistique de Barbara Blair a débuté à cet instant. Mais vous savez déjà de quoi je parle… »

Warren parcourt les articles sans manifester la moindre émotion. Il tourne lentement les pages, hypnotisé par ce condensé d'informations macabres. Certains passages surlignés exhument de l'ombre les acteurs à l'origine des expérimentations dénoncées au Val Sinestra. Parmi eux se détachent les noms de Signur Guillon et de son fidèle bras droit, *il docter*. L'affaire n'est pas récente. Et rien jusqu'à présent ne se rapporte à leur tournage *avorté*. Warren s'abîme un instant dans le souvenir étouffant des Grisons. Son air insensible se fissure lorsqu'il repense à la douce chaleur de l'été, aux forêts denses qu'il avait peuplées d'ours imaginaires pour qu'Emma ne s'éloigne pas ; à la passion dévorante de Barbara pour cet endroit depuis longtemps déserté par l'horreur. C'est du moins ce qu'il croyait.

Arnold Gabe abrège son calvaire.

« Ce que Barbara Blair a vécu m'a profondément choqué, explique-t-il. J'ai eu envie d'apprendre à la connaître. *Une approche globale*, dit-on dans mon jargon. Alors, j'ai dégoté l'intégralité de ses reportages et visionné l'ensemble en deux nuits. Vous faites un sacré bon boulot ! Du travail d'orfèvre. »

Les mâchoires serrées, Warren contient son désir de lui faire ravaler ce déballage complaisant et balaie silencieusement du regard les planches cartonnées.

Jusqu'à ce que le spectre du Val Sinestra crève le papier journal.

La vision de ce bloc lugubre l'électrise. Un tisonnier chauffé à blanc taquine son cœur. Cet arrêt sur image est un aveu de faiblesse. Gabe l'a ferré. Et Warren a mordu à l'hameçon. À coup sûr, l'autre ne lâchera plus le morceau.

Le plus dérangeant, c'est qu'il ignore absolument tout du type bedonnant coincé dans son fauteuil. Et croire quelqu'un sur parole n'a jamais caractérisé son mode de fonctionnement.

La fascination d'Arnold Gabe pour les atrocités en tout genre n'incite pas à la confiance – ni à la confidence. L'ex-psy pourrait tout aussi bien être un dangereux fanatique. Ce qui ne l'effraie pas pour autant. En vingt ans de carrière audiovisuelle, Warren a croisé bon nombre d'hurluberlus de son espèce. Du témoin anonyme au scénariste génial. Tous persuadés de maîtriser les arcanes du mal, rien qu'en déblatérant des hypothèses pompeuses ou en imposant sur grand écran leur définition absolue de l'enfer. Que savent-ils de la souffrance véritable, sinon ce que leur esprit invente dans les limites rassurantes de l'imaginable ? Et quel humain doté d'un esprit raisonnable développerait un passe-temps aussi peu ludique que déterrer de sinistres dossiers ?

Warren entrevoit le moment où il exigera une carte tricolore en gage de caution morale quand Gabe rompt à nouveau son introspection :

« Je n'ose imaginer les souffrances que vous avez endurées là-bas… »

Son interlocuteur attend visiblement un développement à ses théories, mais Warren n'a aucune intention de poursuivre dans cette voie.

Inutile qu'un type obsessionnel vienne fourrer son nez dans leurs affaires.

Et foute le bordel dans la tête de Barbara par la même occasion.

« Écoutez, Arnold, quel que soit l'intérêt que vous portez à Barbara Blair, je vous déconseille de remuer le passé. Vous causeriez des torts irréversibles.

— Attendez, je n'ai aucune intention de lui nuire ! Au contraire, j'aimerais lui venir en aide. Dites-lui que je travaille sur son affaire, voulez-vous ? La relation entre ces deux évènements est troublante…

— Mais de quoi parlez-vous ?!

— Vous ne savez pas ? Une enfant de Beaumont est portée disparue. Elle s'appelle Élisabeth Lamourelle. Une gentille gamine qui se volatilise peu de temps après votre arrivée, ça doit vous bouleverser, non ? »

Warren referme son calepin d'un claquement sec.

« Au revoir, monsieur Gabe. »

22

Arnold campe son fauteuil près de la fenêtre orientée côté cour. Ses doigts tordus agrippent l'album consacré aux revues de presse. Près de lui, la bougie meurt dans un léger crépitement tandis que la silhouette du grand échalas disparaît sous la pluie. À l'affût des ombres projetées par le jour déclinant, Gabe reste prostré quelques minutes derrière le carreau.

Il observe l'allée. Warren ne réapparaît pas. Pourtant, il aurait parié sur un retour imminent.

Son armure censément inviolable n'était certainement qu'une façade pour masquer une sensibilité refoulée. Sa réaction à la lecture de l'article consacré au Val Sinestra le confirmait. Ses mains s'étaient mises à trembler l'espace d'un instant, avant de balayer les pages vers d'autres drames oubliés.

Un léger frisson parcourt sa nuque lorsqu'il perçoit le grincement des marches dans son dos.

Arnold actionne les roues de son fauteuil pour faire face à la silhouette qui se dessine dans l'escalier.

« Alors, l'as-tu reconnu ? »

Malgré la pénombre, Arnold devine un hochement de tête entre les épaules frêles du garçon.

« Es-tu certain des propos qu'il a tenus ? »

Un sanglot étranglé l'atteste.

« Approche… Tu as bien fait de venir m'en parler, rassure-t-il. Maintenant, répète ce qu'il t'a dit. Non pas que je doute de ta bonne foi, Antoine. J'ai seulement besoin de l'entendre à nouveau. »

Le frère de Lizzie entre dans la lumière.

Son teint cireux ne sied pas à un gosse de son âge. Pas plus que les cernes qui soulignent son regard triste. La culpabilité dégouline de cet océan azuré rivé au vieil infirme. Le tableau d'ensemble fait peine à voir. Arnold aimerait le consoler, ôter ce sentiment ravageur pour un cœur si jeune, mais il n'en maîtrise pas les codes. À son grand regret, son domaine d'expertise se cantonne aux criminels avérés et non aux adolescents désemparés. Il n'a jamais eu la chance de devenir le pilier auquel se raccroche un enfant. Et c'est à l'aune d'une vie solitaire qu'il mesure l'ampleur de la punition.

Après sa fuite des jardins de l'orphelinat, le garçon s'était réfugié auprès du retraité. Ce fragile ancrage le sécurisait. Les sécurisait tous les deux.

Leur interaction, jusque-là limitée à de brèves conversations, prenait soudain des airs d'intimité. Ils s'étaient quelquefois croisés à l'église, lorsqu'un enterrement ralliait leur communauté. Plus fréquemment sur le chemin de randonnée, où l'ermite traînait parfois sa carcasse roulante. Il restait là des heures, communiant avec la nature en perpétuelle renaissance, comme si ces instants simples effaçaient pour un court instant les atrocités enfermées dans sa tête après ses lectures. Le jeune garçon, flanqué de sa sœur, l'avait surpris à plusieurs reprises, bloqué au pied d'un chêne centenaire. D'abord hésitants, ces deux chatons craintifs n'avaient pas osé approcher ce loup solitaire et blessé. Puis, au fil de leurs rencontres fortuites, ils s'étaient montrés plus loquaces, jugeant sûrement qu'un molosse coincé dans sa niche se révélait inoffensif. Quelques mots échangés sur le ton de la curiosité avaient précédé une avalanche de questions impudiques.

Tu restes assis tout le temps ? Ah bon, tu ne marcheras plus jamais ? Et pourquoi t'as eu un accident ?

C'est quoi, l'ébriété ?

Arnold édulcorait la réalité pour préserver leur âme d'enfant. Et la sienne en ressortait attendrie par la candeur de leur jeunesse.

Maman dit que, sans travailler, on ne peut pas manger. T'as l'air bien gras... T'as un métier ?

Il avait ri, si fort qu'une famille d'éperviers s'était envolée vers des cieux plus cléments. Usant de mille précautions, Gabe leur avait appris qu'avant de se transformer en infirme ventripotent il traquait les méchants et protégeait les innocents.

La singularité de sa profession avait fait forte impression sur Antoine.

Plus encore lorsqu'il l'avait mise à l'œuvre un an plus tard.

N'avait-il pas aidé à localiser Lizzie dès sa première escapade en communiquant des informations capitales à la brigade de gendarmerie ?

D'après sa mère, le schéma psychologique d'Élisabeth induisait une propension à la fugue. La petite aimait les lieux isolés du monde. Ce monde qui ne cessait de la torturer par des jugements hâtifs.

D'ordinaire, il était aisé de cibler ses caches privilégiées. Jamais trop éloignées du cocon familial, mais suffisamment singulières pour s'en détacher. Une barque à la dérive. Une cabane au fond des bois. Toujours dans un périmètre restreint autour de l'étang. Et jamais de récidive au même endroit.

Le champ des investigations se réduisait un peu plus à chaque fois. Mais les forces déployées ne faiblissaient pas. Sur ordre du commandant de compagnie, la brigade cynophile était intervenue dans l'enquête menée lors de sa deuxième disparition. Quatre jours durant lesquels les Beaumontois avaient retenu leur souffle – avant d'accueillir l'épilogue heureux sans manifester le moindre soulagement. On finissait par se lasser des lubies d'une gamine de dix ans. Pire, on vilipendait sa mère à coups de mots tranchants.

Le matin même, au grand dam des villageois, madame Lamourelle avait une nouvelle fois signalé la désertion de son enfant.

Mais c'est à son fils aîné qu'Arnold devait sa subite paranoïa.

Et si *cette fois* ne ressemblait à aucune autre ?

« Avance encore. N'aie pas peur. »

Le garçon tire sur la manche de son sweat comme un mendiant frileux à l'idée d'affronter un hiver sans fin. Ses lèvres restent scellées. La peur de se tromper l'encombre d'un fardeau supplémentaire.

« Vas-y, je t'écoute », l'encourage Arnold d'une voix apaisante.

Antoine se remémore son étrange rencontre sous l'arbre aux poupées. Les émotions le submergent alors qu'il répète fidèlement les derniers mots de Warren Tasselier.

« Tu ne devrais pas parler aux inconnus… Qui sait ce qu'ils pourraient te faire ? Tes parents ne t'ont jamais appris ça ? Écoute-moi bien, gamin… Il y a un démon, là-bas, qui fait de très vilaines choses… Si ta sœur a succombé à son appel, cela expliquerait que tu ne la retrouves jamais… Tu comprends ? Alors, un conseil… Barre-toi en courant et ne remets jamais les pieds ici ! »

Désemparé, Arnold enregistre une nouvelle fois l'information.

L'ambiguïté de sa mise en garde, à la fois menaçante et protectrice, sied parfaitement à l'homme qu'il a rencontré. Comme si deux êtres radicalement opposés cohabitaient dans un même corps.

« Qu'est-ce que tu tiens dans la main ? » demande-t-il en focalisant son attention sur l'étrange attitude du garçon.

Antoine ouvre son poing. Une rangée de breloques glisse entre ses doigts. Une à une, les licornes se brisent sur le parquet. Et ce qu'il lui reste de sa sœur roule aux quatre coins de la pièce.

23

Une douleur intense vrille ses organes. Son estomac se contracte, vomi du vide et se remplit d'un air vicié. Lizzie émerge en sursaut d'un cauchemar qui n'a plus rien d'imaginaire. Le goût ferreux dans sa bouche, les remous qui chatouillent sa peau dans le noir, tout cela est bien réel.

Tout entre par tes yeux, affirme maman. *Le toucher, l'image et le son*.

Une seule voie d'accès à la compréhension.

La panique l'étreint plus fort qu'un câlin. Elle ne comprend pas. La douleur dans sa tête. L'obscurité qui perdure au-delà de ses billes arrondies sur un horizon sans fin. Elle a froid. Peur. Faim. Soif.

Contre le froid, elle ne peut rien.

Contre la peur, elle se souvient.

Les berlingots sucés au coin du feu. Les rires de la fratrie. Le parfum de sa mère. *Musc ambré*. C'est écrit sur le flacon dans la salle de bains. Les toasts fumants au petit-déjeuner. L'odeur du chocolat. Les excursions solitaires. La chaleur d'un nid. Qu'en un instant elle oublie.

Un cri s'étouffe dans sa gorge.

Une eau sale brise le barrage de ses lèvres. Un lac tout entier meurt dans sa gorge.

Lizzie hurle à l'intérieur.

Ce qu'elle ne voit pas n'a pas plus de sens qu'un mot susurré à l'oreille d'un sourd. Son cerveau est ainsi fait. Si les gens étaient plus gentils, ils comprendraient.

Elle a mal. Partout. À la tête surtout.

Les élancements martèlent son crâne. Comme quand cet idiot de Stéphane la frappe avec son cartable. Ou quand Michaël renchérit à coups de pied. Ou quand un méchant virus la cloue au lit deux fois dans l'année.

Mal comme ça. À ne plus pouvoir réfléchir. À mordre les draps.

Mais elle a beau tâtonner du bout des doigts, des draps, il n'y en a pas.

Le brasier au creux de son estomac la replonge dans une éternité froide et humide.

Là où personne ne viendra la juger.

24

En fin de matinée, Warren quitte le domicile d'Arnold Gabe avec la ferme intention de protéger Barbara de son fanatisme. Il ne parlera pas non plus de l'inquiétude qui secoue le village à propos d'une enfant disparue. Pas maintenant. Barbara l'apprendra bien assez tôt.

Quand il s'engage dans la pénombre du hall, sa patronne est en train d'échafauder les enchaînements de la nuit prochaine pendant que David s'essaye à déterminer les différentes options de cadrage. Le martèlement lancinant de la pluie brouille leur humeur, comme s'il faisait écho au souvenir d'une nuit d'orage qu'aucun d'eux n'oubliera jamais. Les épaules rentrées, David acquiesce mollement dès que Barbara dévie du scénario initial. Sans doute parce que, la dernière fois qu'elle avait changé ses plans pour se rendre dans un village à quelques kilomètres du Val Sinestra, quelqu'un était mort.

Parcouru d'un frisson, Warren les rejoint près d'une haute fenêtre battue par le vent. Il ne sait pas comment lui annoncer qu'« ENIGMA » repose principalement sur les déclarations de Magda. Une succession d'incidents tragiques sans fondements qui remettent en question la viabilité de leur projet.

« Warren ! Je ne t'ai pas entendu entrer. Alors ?

— Ça n'a rien donné. »

Le caméraman détourne le regard. Il ne lui avait jamais menti auparavant, mais se persuade qu'il agit dans son intérêt. *Dans leur intérêt à tous.*

« Dommage. Merci, Warren. »

David vient se poster derrière elle et l'entoure de ses bras comme un frère réconforte une sœur.

Plus tard dans l'après-midi, Barbara trimballe son appareil photo numérique partout où la conduit sa sensibilité. Une démarche personnelle, sans rapport avec la réalisation à proprement parler. Elle se focalise sur des détails. Les moulures éraflées d'une rampe, le rendu singulier d'un lustre brisé, celui d'un interrupteur hors d'âge, toute l'histoire de l'édifice défile dans l'objectif. Les clichés sélectionnés rejoindront ensuite les pages d'un album portant le nom du lieu visité. Les étagères de son salon en comptent une centaine, répertoriés par thèmes et par pays.

Assis dans un coin reculé du hall, David réécoute les enregistrements de la veille pendant que Warren dispose deux réflecteurs sur une bâche plastique. De part et d'autre d'un trépied, l'humidité grignote du terrain. Les protections finiront par manquer. Parcourir soixante bornes aller-retour pour s'en procurer devrait ravir son camarade du son, qui ne rêve apparemment que d'évasion.

« On va finir par ruiner le matériel avec toute cette flotte…, se plaint-il.

— Ce ne sont pas des conditions idéales de tournage, concède Barbara en se rapprochant de lui.

Le pire serait tout de même que Magda ne réapparaisse pas… Tu as vu l'heure ? »

Warren consulte sa montre. Il plisse le nez avec une moue résignée.

« Quand je te disais qu'elle n'était pas fiable.

— Ces souvenirs l'affectent, rétorque Barbara. Notre dernière prise pourrait l'avoir dissuadée de poursuivre. Et sa santé fragile m'inquiète. J'aurais dû la raccompagner chez elle…

— Arrête de te flageller. Elle habite certainement à deux pas. Sans méchanceté, elle n'est plus câblée pour crapahuter au-delà.

— Warren, s'il te plaît… »

Un souffle froid balaie soudain le hall.

Haletante, Magda se matérialise dans la semi-pénombre de l'entrée. Les bourrasques s'engouffrent derrière elle avec le même empressement et emportent ses paroles incohérentes.

« Personne ne sait où elle est ! Ça recommence ! » s'écrie-t-elle, comme pour s'absoudre d'un retard répréhensible.

Happés par la distance, ses mots s'éparpillent, si bien que leur sens échappe aux membres de l'équipe.

« Bonjour à vous aussi, Magda », marmonne Warren.

Un tourbillon de feuilles mortes s'enroule autour de l'ancêtre statufiée sur le seuil. Derrière ce bout de femme fragile, les éléments se déchaînent dans une funeste mélodie.

Son appareil photo pointé devant elle, Barbara demeure interdite, hypnotisée par la vision esthétiquement parfaite de l'ensemble. Mécaniquement, elle mitraille en rafales le chaos en arrière-plan. À travers le prisme de l'imaginaire, elle entrevoit la jeune Magda, transie au même endroit, soixante-neuf ans plus tôt. Combien de fois a-t-elle foulé le sol de l'orphelinat avec la peur au ventre ? Combien de tempêtes a-t-elle essuyées durant toutes ces années ? Les questions se bousculent dans sa tête, puis la vision évanescente d'une époque lointaine s'évapore au son éploré de sa voix.

« La gamine a disparu... »

Tirée de sa transe, Barbara se précipite à la rencontre de la vieille femme, dont les épaules ploient sous le fardeau de son lourd manteau blanc. L'eau dégouline de ses manches ballantes et le plancher spongieux sous ses pieds aspire le tout d'une seule lampée.

Il n'aura pas fallu longtemps pour que la rumeur se répande jusqu'ici, s'agace Warren.

« Venez vous asseoir, Magda. David, rapporte des serviettes. »

En bon petit soldat, l'ingénieur du son s'éclipse sans un mot et s'enfonce dans un rideau de pluie.

« Qui a disparu, Magda ? s'inquiète Barbara.

— Élisabeth Lamourelle. Sa famille vit près de l'étang. La mère n'a signalé son absence que ce matin... La pauvre femme s'épuise à l'usine et assume seule l'éducation de ses enfants. Pas étonnant qu'elle ait eu un accident de voiture en rentrant chez elle ! On l'a retrouvée complètement sonnée dans un fossé, paraît-il... Bref, quand l'ambulance l'a raccompagnée, Lizzie n'était déjà plus là. »

D'une voix blanche, Barbara l'interrompt.

« Calmez-vous. Je ne comprends rien à ce que vous dites…

— Lizzie a disparu depuis près de trente-six heures, explique Magda. Elle n'a que dix ans, vous comprenez ? Son frère pensait qu'elle s'était cachée quelque part. Ce ne serait pas la première fois, hélas…

— Peut-être est-ce le cas ?

— Peut-être pas. L'aîné n'a pas osé donner l'alerte de crainte d'attirer les services sociaux, alors il a mené des recherches dans son coin. Pour cette famille, le pire serait que Lizzie soit placée dans un institut spécialisé. Ils forment un clan si soudé depuis le décès du père… »

Barbara pourrait presque entendre sauter le fermoir de sa boîte de Pandore. À l'instar d'une thérapie, chaque nouveau mot entrebâille le lourd couvercle que son inconscient s'évertue à maintenir fermé. Un couvercle sous lequel foisonnent déchirement et culpabilité.

Les fringues trempées, David ressurgit dans le hall, deux serviettes consciencieusement pliées au fond d'un sac de sport.

« Warren, le gamin que tu as terrorisé cherchait sa sœur, non ? interroge Barbara.

— Je pensais qu'il mentait pour justifier sa présence sur une propriété privée…

— J'ai manqué quelque chose ? s'inquiète David.

— Une gamine du village s'est enfuie, et personne ne parvient à la localiser.

— Lizzie ? J'ai croisé son frère. Il a débarqué en panique à la supérette hier matin…

— Et aucun de vous deux n'a jugé utile de le prendre au sérieux ? »

Le ton de Barbara frôle l'hystérie. Pandore libère ses maux. Un écho du passé plus prégnant à chaque seconde qui l'éloigne d'Emma.

« Vous ne devriez pas en vouloir à vos amis, souffle Magda. Comment auraient-ils pu savoir ? Rassurez-vous, les gendarmes de Neuvy-le-Roi ont entamé leurs investigations. Ils n'en sont pas à leur coup d'essai. Élisabeth a déjà fait l'objet de cinq avis de disparition en moins d'un an. La plus inquiétante a duré quatre jours. Je suis certaine qu'ils finiront par la retrouver saine et sauve. Comme à chaque fois. Lizzie est pleine de ressources pour assurer sa survie. Si je m'inquiète autant, c'est parce que la petite est différente des enfants de son âge... Elle peut être n'importe où, sans même avoir conscience du danger. »

Dans la gueule d'un torrent, par exemple ?

Consciente de dérailler sur toute la ligne, Barbara se ressaisit aussitôt.

Ici n'est pas là-bas. Aux torrents boueux se substitue un étang lisse et paisible incapable d'avaler plus consistant qu'une anguille sans la recracher aussitôt.

« Je suis désolée pour cette entrée en scène quelque peu dramatique, ajoute Magda. Je n'avais pas l'intention de vous effrayer.

— On est en droit de s'interroger », lâche le caméraman.

Barbara lui lance un regard réprobateur.

« Excusez Warren pour son manque de tact. Il ne peut pas s'en empêcher. »

Un sourire compréhensif étire deux lèvres rectilignes dont les décennies ont aspiré la pulpe.

« Pouvons-nous aider aux recherches ? s'enquiert Barbara.

— Vous pourriez, s'il n'y avait pas cette lueur étrange dans vos yeux, lui murmure-t-elle à l'oreille. Ne vous tourmentez pas... On la retrouvera. »

Quelqu'un m'a dit déjà ça une fois, se souvient Barbara. *Il mentait. Le tourment ne vous quitte jamais.*

Warren se racle la gorge et fait soudain preuve d'une étonnante amabilité envers Magda :

« Le moment est mal choisi, consent-il, mais nous envisagions de tenter un tournage de nuit. Vu les circonstances, je comprendrais que vous refusiez.

— *Cette* nuit ?

— Précisément.

— Quel serait mon rôle, exactement ? »

Les serviettes ont épongé le surplus d'eau quand Warren et Barbara terminent de lui exposer les grandes lignes de leur séquence nocturne. Éterniser la légende des orphelins en conditions environnementales réelles – sans toutefois y intégrer le carnage associé. *Un vœu pieux*. Augmenter le potentiel émotionnel par une transposition réaliste en créant une sorte de pont entre deux époques.

« David vous raccompagnera chez vous à l'issue du tournage. Je peux aussi vous loger au pavillon si vous préférez. C'est à vous d'en décider. »

Si Magda ne comprend pas un traître mot des intentions énoncées par « l'étrangère » et son acolyte, elle n'en reste pas moins coopérante.

« Pourquoi pas ? Tentons l'expérience », se contente-t-elle de bredouiller, le regard vague.

Émergeant de sa léthargie, David éteint son matériel et prétexte devoir s'atteler aux recherches sur les descendants de Colette. Il ne se range pas à l'avis enthousiaste – et quasi unanime – d'héberger Magda. *Dieu sait ce qu'elle pourrait raconter hors caméra*. Une part de lui jalouse sa complicité naissante avec Barbara quand l'autre cultive la méfiance. Manifestement, la patronne est tombée sous le charme de la vieille. Sans aucun discernement. Parce que, à tout prendre, un témoin de qualité n'en fait pas systématiquement un témoin fiable. Ces deux-là roucoulent sans même s'émouvoir des plaintes juste au-dessus d'elles, là où la peinture gondolée déforme le plafond. Il n'aime pas cette manière qu'elle a de s'imposer dans leur cercle. Encore moins le sentiment d'être mis à l'écart.

« On est en train de le perdre », murmure Warren à l'attention de sa patronne tandis que David bifurque vers la sortie.

Barbara ne réagit pas.

Elle semble ailleurs. Et cet *ailleurs* porte le nom d'*obsession*.

25

4 ANS PLUS TÔT.

Au petit matin, Adrienne Meier les conduit dans le jardin d'hiver inondé de lumière. Elle assure que la beauté du paysage l'aide à prendre du recul avec la narration éprouvante de l'histoire du Val. Point de vue que tous approuvent.

« Les rescapés ont survécu à toutes sortes de tortures physiques et psychologiques. Contrairement à leurs mères. Ces femmes ont subi les pires outrages, parfois sous le regard de leur propre enfant. Croyez-moi, encore aujourd'hui, dédiaboliser mon hôtel n'est pas chose facile... De nouvelles preuves refont surface dès que j'entreprends un chantier de rénovation. Le dernier en date concerne les souterrains. Les ouvriers ont exhumé des rapports médicaux de l'époque rédigés par *il docter*, le bras droit de Signur Guillon, l'ancien propriétaire des lieux. Les deux hommes s'étaient alliés dans l'expérimentation "thérapeutique" sur des sujets vivants. J'ai ainsi appris qu'ils avaient enfermé un jeune garçon au sous-sol. Le malheureux souffrait simplement de narcolepsie, mais le traitement qu'on lui réserva fut abominable. *Il docter* avait conçu la pièce de sorte que son patient restât éveillé. Je vous laisse imaginer ce qu'il a enduré pendant des jours. Ces deux hommes tiraient un plaisir odieux à commettre l'indicible. Leur succéder à la tête de l'établissement relève d'un véritable sacerdoce. »

Adrienne Meier se renverse sur sa chaise. Cinq jours qu'elle raconte. Retrace une chronologie insoutenable. Pleine de trous, d'incompréhension. David coupe le micro. Warren éteint la caméra. Ça suffit pour aujourd'hui – pour toujours.

Le jardin d'hiver n'aura jamais aussi bien porté son nom depuis que ce récit glaçant est tombé sur la chaleur de l'été. Les garçons remballent beaucoup de matériel et peu de fierté. Comment se féliciter de mettre l'horreur en boîte sans en tirer quelque culpabilité ?

La vie est une charogne qui se nourrit des plus beaux endroits. Le Val est incontestablement l'un de ceux-là.

« Et vous ne savez pas où les rescapés auraient pu se réfugier après ça ?

— On perd leur trace dans le village de Sent, je suis désolée. »

Barbara s'obstine, court après des fantômes. Ceux de trois enfants déshumanisés par ces bourreaux de l'histoire. Ils ont amputé Colette d'un membre sain, parce qu'elle soutenait que sa main, coupable de bien vilaines choses, ne lui appartenait pas. Pratiqué des expériences « sensorielles » contre la cécité hystérique d'Ana. Tué la virilité du jeune Valère.

Son cœur de mère prend un raccourci inévitable qui la conduit tout droit à Emma. Qu'est-ce que ces monstres auraient fait d'elle ? Comment se protéger de la folie des hommes quand le sort vous condamne au silence ? Ses yeux la cherchent au-delà de la baie vitrée. Emma s'ébat dans le carré verdoyant marquant les limites du sombre territoire des forêts de mélèzes. Une dizaine d'enfants courent après un ballon. Tout le monde rit. Emma aussi, aux confins de sa galaxie.

« Nous accueillons un camp de vacances, explique la directrice. Le groupe est arrivé ce matin. Ne vous inquiétez pas pour votre fille. Visiblement, elle prend déjà ses marques.

— Emma doit constamment composer avec son handicap, vous comprenez ?

— Ça n'a pas vraiment l'air de gêner ses camarades, sourit Adrienne Meier. Les enfants ont la capacité de développer leurs propres moyens de communication. Voyez comme le jeu est un outil de langage ! »

Les enfants.

Un flash explose sous son crâne. *Colette, Ana, Valère*. À nouveau réunis, compressés dans son esprit comme des présences indélogeables. Comme un million de cris. Les leurs, ceux des mères, bafouées, violées, humiliées. Son cœur se serre.

« Pourriez-vous me conduire au village de Sent ? Demain, par exemple ? »

Gagnée par l'urgence, elle ajoute :

« Warren envisage de tourner en décor naturel. David prévoit de sonder le Val du sol au plafond. Je ne leur serai d'aucune utilité en restant ici.

— Oui, j'ai cru comprendre que la quête de votre ingénieur du son dépassait le cadre rationnel de votre reportage ?

— David est un incroyable dénicheur de lieux. Il lui arrive de me souffler des idées d'enquêtes.

Pour le Val, c'est à lui que revient le mérite du projet. Mais je le soupçonne parfois d'agir dans son propre intérêt. »

Adrienne Meier ébauche un sourire. Elle a dépassé le stade d'un jugement arbitraire. Cinq jours plongés dans l'enfer de ses révélations ont peut-être mis au jour le choix regrettable du technicien. La question du trajet jusqu'à Sent demeure cependant un problème.

« L'un des ponts suspendus qui mènent au village a cédé en raison des récentes intempéries. Les détours par la vallée ne sont pas sans danger. L'excursion promet d'être pénible... Impossible d'entraîner Emma dans ce dédale forestier. »

L'hôtelière refuse de prendre cette responsabilité. Elle assure que Barbara ne devrait pas non plus.

« Il y a une autre solution cependant. Votre fille pourrait se joindre au reste du groupe ? Les animateurs prévoient justement d'emmener les enfants camper près du torrent de Dischma. Voyez ce qu'elle en pense ? »

Ce serait une expérience hors-norme pour vous deux !

La voix de sa mère résonne dans la tête de Barbara, comme pour la remettre dans le droit chemin. Consentir à la proposition d'Adrienne revenait à abandonner sa fille. Comment pourrait-elle alors la protéger de la noirceur du monde ? La toise accrochée dans la chambre d'Emma le lui rappelle chaque jour : s'entourer d'une armée de fantômes est incompatible avec son rôle de mère. Alors, jusqu'au dîner, Barbara renonce aux voix tentatrices soufflées par trois orphelins revendiquant leur droit à l'immortalité.

Un homme en livrée leur sert une salade de gésiers en guise d'entrée. Elle ne peut rien avaler. Le dilemme coincé dans sa gorge l'empêche même de respirer. Sans relation de cause à effet, ses résistances finissent par céder devant une tartelette recouverte de chantilly.

Ma puce, maman doit se débarrasser de toi quelques heures en te refourguant à des étrangers dont elle n'a même pas vérifié les références. Ça faciliterait son travail, tu comprends ?

Barbara reformule la question autrement, évidemment. Mais la résonance l'emplit d'un sentiment d'horreur. *Peut-on laisser partir son enfant sans crever de peur qu'il lui arrive malheur ? Quel genre de mère abandonnerait sa fille aux mains d'inconnus ?* Un signe d'Emma apaise cependant sa culpabilité : un « oui » crié joyeusement du bout des doigts.

*

Peu après son retour de Sent, on lui parle d'un tragique accident, d'un corps emporté par le courant, des affluents et de la force des torrents. *Où est-elle ? Où est Emma ?* Elle crie pour qu'on l'écoute, mais personne ne l'entend. Ils se trompent ! *Un corps emporté n'est pas un corps mort !* Les secouristes insistent, déchirent sa vie en quelques mots. Le gouffre est là, béant, creusé par l'absence.

Alors elle sombre pour éloigner ces horribles voix.

Qui s'approprient injustement le nom de son enfant.

26

En fin d'après-midi, Magda a succombé à l'attrait d'un chocolat chaud et d'un endroit confortable où poser dignement son corps usé. Le pavillon qu'occupait Barbara n'a – par bonheur – conservé aucune trace de sa funeste fonction.

Un peu plus tard, la réalisatrice referme doucement la porte de la dépendance, abandonnant Magda aux songes qui l'ont emportée au terme d'un monologue inachevé. Dans sa dernière phrase, il était question du temps qui passe sans vous laisser souffler, du lourd bagage de la vieillesse qui vous ferait presque paraître étrangère à l'enfant que vous étiez.

Barbara abondait dans son sens. À trente-neuf ans seulement, elle portait déjà un lourd fardeau de stigmates. Magda avait eu la décence d'éviter les questions embarrassantes et les intrusions forcées dans son passé. Sa tête sertie d'une corolle blanche s'était mise à dodeliner entre deux souvenirs nostalgiques avant de s'affaisser. De longs râles s'échappaient d'un sommeil agité par tout ce qu'elle gardait enfoui.

Dans un instinct protecteur, Barbara l'avait recouverte d'un plaid pour que cessent les frissons sur son corps étendu. Peut-on réellement étouffer les blessures du passé sous un pan de laine effiloché ? N'ont-elles pas vocation à se rouvrir indéfiniment, quoi qu'on fasse ?

Ces questions tournent en bouclent tandis qu'elle arpente les jardins écrasés de pluie. Un ciel de cendre obscurcit le contour des structures à l'abandon, mais sous le déluge croule encore un infime espoir. Celui de donner un sens à ce qui n'en n'a pas : le sacrifice d'Emma.

Elle cogne à la porte du pavillon des garçons. Personne ne répond. La camionnette est stationnée dans l'allée. Elle ignore en quoi ce constat la rassure. Mais d'autres interrogations la submergent. *Pourquoi n'avaient-ils rien découvert de plus sur la pendue du réfectoire ? Sur le fils de Colette ? La fillette lapidée dans l'étang ? La maladie des vignes ?* L'affliction est un puissant catalyseur de mémoire. Sans rémission possible, la souffrance stagne à la surface d'un abîme pendant que la raison coule à pic.

La sienne, par-dessus tout.

Elle parle tous les soirs à sa fille. Repasse en boucle des vidéos enregistrées pour repousser l'inéluctable jour où son visage s'estompera ; et celui où elle oubliera leur langue.

Qui ferait ça ? À moins d'avoir perdu le sens des réalités ?

Tant qu'elle vivra, Emma ne mourra pas.

Elle a tout donné. Ils ont tout pris. Ces lieux qu'elle considère comme des coffrets remplis de mystères lui ont volé sa vie. Pourtant, elle s'abreuve encore au puits de leur beauté décadente. Pompe en eux l'énergie vitale qui lui donne la force d'avancer.

Du moins, c'était encore le cas quelques heures plus tôt. Avant d'apprendre la disparition d'une gosse de dix ans.

Lizzie.

Et la mort prématurée des enfants du Val.

Leur empreinte s'est effacée du tableau, le brouillard en elle s'épaissit. Elle regrette parfois d'embarquer Warren et David dans son combat. Révise son jugement. Les amis sont là pour ça.

Au milieu de ce magma émotionnel, l'orphelinat se dresse à présent en hôte conquérant. Comme le Val avant lui. Ce rapprochement la hante.

Quand Barbara pousse les portes du bâtiment, un sentiment d'abandon pénètre ses dernières défenses. Le vide se déploie autour d'elle telle une entité attachée à son histoire.

Warren est là, quelque part entre ces murs froids. David aussi, sûrement.

« Warren ? David ? Hé ! Où êtes-vous ? »

Pourquoi ne lui répondent-ils pas ?

Malgré ses appels répétés, le hall lui renvoie l'écho sifflant du vent.

Alors, elle s'engage dans les escaliers traversés de courants d'air. Au premier palier, un tourbillon de feuilles mortes se forme sur son passage avant de retomber paisiblement à ses pieds. L'analogie lui paraît démentielle, pourtant les éléments entrent en résonance avec ses propres meurtrissures. La caresse du vent la cingle sans vergogne. Le martèlement de la pluie menace de la noyer.

Toutes ces projections mentales invoquent les étapes marquantes de sa vie. Le cancer de sa mère, la perte d'un enfant ; celle, moins douloureuse, d'un mari.

Désorientée par l'anxiété, elle déambule dans les couloirs du premier étage. L'environnement paraît plus sombre qu'à l'accoutumée, et les tags multicolores n'apportent aucune gaîté au décor suranné.

Les battements de son cœur s'accélèrent, sa vision se trouble, et c'est un peu comme si on la jetait au fond d'une bulle hermétique. Un sentiment d'oppression s'empare d'elle et brouille ses perceptions. Autant de signes précurseurs d'une attaque de panique. La perte de repères dans l'espace annonce l'étape suivante, un état non maîtrisé auquel elle aspire : le lâcher prise.

Ses mains se plaquent sur les parois écaillées qui la guident à travers les boyaux déserts. Elle n'a pas la force d'appeler à l'aide. Autour d'elle, le monde se fragmente en milliers de points lumineux. Elle rêve de gober ses bonbons bleu plénitude par poignées, pour que les murs cessent de tourner.

Encore un peu… Avance…

Elle tangue comme une ivrogne.

Plus loin – trop loin –, un bourdonnement sourd enfle tel un essaim d'abeilles.

Barbara se cramponne à des lambeaux déchirés pour atteindre la source vrombissante. Le sol lépreux craque dès qu'elle bouge, la ligne droite n'en finit pas. Elle pourrait s'écrouler contre un mur décrépit, vomir sa vie et laisser la crise remporter le combat. Encore une fois.

Déterminée à surmonter sa faiblesse, elle se traîne sur dix mètres – qui ont l'air d'en compter le double. À quelques portes de là, la rumeur des abeilles se transforme en murmures entrecoupés de silences.

Qui est là ?

La question s'éteint dans sa gorge nouée.

« …me parler de quoi ?

— …rencontré un type… Arnold Gabe… enquête sur la gamine disparue… posé un tas de questions…

— Pourquoi ?

— Je ne sais pas…

— … répondu quoi ?

— Rien.

— … quel est le problème ?

— … il ne lâchera pas.

— Qu'est-ce qui… ?

— … manière dont il parlait d'Emma… il m'accusait… j'aurais reproduit avec Lizzie…

— … à tout prix le tenir éloigné de Barbara.

— … manière sordide. À mon avis, il ne lâchera pas.

— … arrangement pour le faire taire… Nous savons… est morte… Lizzie.

— Tu es sûr de ça ?

— Chut… »

Une fresque de croix blanches vacille devant ses yeux injectés de sang. Barbara suffoque, mais personne ne l'entend. Elle recule, s'éloigne des monstres qui parlent de sa fille comme d'un dossier classé au fond d'un torrent alpin. Et tant d'autres choses qu'elle ne comprend pas ! *Lizzie, morte ?*

Pourquoi le lui cacher ? *Parce qu'ils redoutent ta réaction, Barbara !*

Elle cesse de lutter. Ne cherche plus qu'à fuir ces fantômes du passé qui lui barrent la route.

Et dans sa chute, une main ferme la retient.

27

Une main la gifle, une autre tâte son pouls.

Jusqu'à ce qu'elle reprenne connaissance – quoiqu'il soit prématuré de qualifier ainsi la nébulosité qui enveloppe son esprit. Barbara se trouve dans un état de flottement où une évidence se démarque : elle mérite de souffrir, d'encaisser la douleur pour les fautes qu'elle a commises. Une mère se doit de protéger son enfant ! Mais *elle* a échoué. On prétend que tout le monde paye un jour sa dette. *Question de karma*, soutiendrait David.

Curieusement, personne ne pérore sur ses péchés pour la renvoyer en enfer. Si c'est ça le purgatoire, elle veut bien y passer le reste de sa mort. Ses yeux entrouverts distinguent des ombres qui se télescopent au milieu d'un concert de voix. Le brouillard absorbant ce petit monde en mouvement se dilue graduellement. Son regard cherche alors une flopée de croix blanches… Auxquelles se substituent deux prunelles noires.

« Tu n'étais pas obligé de m'en coller une…, siffle-t-elle à Warren.

— Désolé, ma belle. Tu mettais du temps à revenir. »

Revenir d'où ?

Peu importe, une petite voix intérieure lui souffle qu'elle aurait mieux fait d'y rester.

David apparaît à son tour. Un fin collier de barbe le vieillit de quelques années. Elle s'étonne de ne pas l'avoir remarqué plus tôt, mais des mèches sales et indisciplinées lui donnent un air négligé. *Depuis quand ne s'est-il pas lavé ?* Il applique un linge humide sur son front. La sensation n'est pas désagréable, presque plaisante. Jusqu'à ce qu'une vague de frissons déferle en elle.

Où sont ces parois qui l'étouffent ? Et l'infernal murmure des abeilles ?

« Combien de temps suis-je restée dans les vapes ?

— Le temps qu'on te transporte ici. »

Encore un peu sonnée, elle respire l'air vicié, observe le mobilier ordinaire, l'agencement standardisé, sent contre ses reins l'assise inconfortable du canapé. Son ordinateur trône sur la table basse encombrée de dossiers, une photo d'Emma dépasse entre les pages d'un livre fermé.

Ce pavillon lui est cruellement familier.

« Où est Magda ?

— Je suis là, mon petit. »

Sa voix vieillissante la couve de bienveillance. La seule présence de cette femme apaise cette souffrance qui renaît continuellement. Barbara accueille le miracle – la providence ou le hasard, peu importe le terme qu'on attribue à la magie d'une rencontre.

Avoir un peu moins mal, c'est déjà aller mieux.

Par sécurité, elle avale deux bonbons bleu plénitude.

La crise d'angoisse est passée, mais les larmes prennent le relais comme une ultime étape à franchir. Ses nerfs sont en train de lâcher.

Avoir un peu moins mal, ce n'est pas guérir non plus.

Alors Barbara ressent le besoin de s'excuser. On lui répond gentiment qu'il ne faut pas. Et pourtant si, elle s'en défend, s'efforçant de comprendre ce qui a déclenché un tel degré de panique. Tout lui revient d'un bloc.

Le couloir interminable envahi de chuchotements, la sensation de danger imminent et cette terreur à l'état pur qu'elle fuit en s'agrippant aux murs.

« Vous étiez dans la chambre du fond... », lâche-t-elle enfin.

Warren et David échangent un regard.

« Ils ont retrouvé le corps de Lizzie, c'est ça ? »

Magda gémit doucement.

Ce doit être un « oui ». Ou l'effet de surprise ? Parce qu'elle n'a pas vraiment l'air au courant.

« Le... corps ? Seigneur, tu en parles comme si elle était morte...

— Elle ne l'est pas ?

— Quoi ?! Non !

— Oh, j'étais persuadée que...

— Ils la cherchent encore. N'est-ce pas ? »

De toute évidence, Warren requiert le soutien de son environnement immédiat. De vagues hochements de têtes appuient cette probabilité préférable à toute autre.

« Qui est Arnold Gabe ? Pourquoi s'intéresse-t-il à Emma ? »

Barbara a de nouveau les idées claires.

Eux, un peu moins.

Elle se redresse, repousse la couverture en laine qui lui gratte la peau, affronte leur air si compatissant qu'il en devient insupportable.

Sur ses gardes, elle les confronte à nouveau, mais leurs réponses évasives plaident la confusion, invoquent un malheureux quiproquo.

Warren cherche ses mots. Il veut à tout prix éviter de commettre un impair devant Magda sur les raisons de sa virée beaumontoise, à savoir, accréditer ses déclarations.

« Arnold Gabe est un type qui collectionne des coupures de presse d'un genre extrême. Je l'avais déjà croisé dans la forêt. Mais je ne lui ai réellement parlé que ce matin.

— Tu as dit que ton expédition n'avait rien donné…

— Je t'ai menti. Il savait pour notre séjour au Val, et ses questions étaient vraiment tordues… Il m'a paru très insistant. Pour être franc, Barbara, je crois que ce gars fait une fixation sur toi.

— On préférait que tu n'en saches rien, renchérit David.

— Quel rapport avec Lizzie ? Vous parliez bien d'elle, non ?

— Uniquement parce que ce Gabe établit des liens là où il n'y en a aucun. »

Dans son manteau blanc qu'elle ne quitte jamais, Magda semble totalement désemparée. Barbara imagine qu'elle ne comprend rien à leur échange. La vieillesse rend parfois les gens invisibles au point qu'ils se considèrent comme des pions oubliés sur l'échiquier.

« Vous connaissez cet homme, Magda ?
— De réputation seulement. C'est un ermite qui a bonne presse auprès de la communauté. Il a déjà contribué à retrouver Lizzie… Arnold Gabe a dû vous dire qu'il était retraité de la police, non ? »

Warren acquiesce, un peu honteux d'en avoir douté. Un peu furieux aussi. Les propos de Magda créditent le bonhomme d'un maximum de points dans l'estime de Barbara. La condamnant à des chimères.

Tous ont conscience que cette conversation à demi-mot instaure un climat de malaise. Comme un fil électrique suspendu dans l'air. Un courant fort, prêt à dynamiter l'équilibre du groupe.

Sans attendre, Barbara envoie la première décharge.

« Pourriez-vous nous laisser quelques minutes ?
— Bien sûr. Ramène-toi, David. On a encore quelques détails techniques à régler pour cette nuit. »

Une brise fraîche s'engouffre dans la pièce lorsqu'ils quittent le pavillon.

Derrière les vitres, la luminosité décroît. L'obscurité sera bientôt là, chargée des immuables terreurs auxquelles l'esprit humain l'associe.

28

Barbara allume toutes les lampes pour repousser la nuit.

Elle branche son PC portable et pioche parmi des centaines de vidéos portant le prénom de sa fille.

Au hasard, elle double-clique sur le fichier « Emma.111 ». Chaque dossier numéroté contient des dizaines d'enregistrements pour chaque soir passé loin de sa fille. Un rendez-vous incontournable transformé en habitude au fil des déplacements de plus en plus fréquents. Un rituel immuable dans une relation fragilisée par l'absence.

Ses rendez-vous quotidiens sont destinés à prendre fin.

Il faut que quelqu'un sache jusqu'où une mère est capable d'aller par désespoir.

« Dis bonjour, Emma. »

Magda chausse une paire de lunettes et découvre la frimousse d'un ange. Par mimétisme, elle sourit à l'enfant dont le visage crève l'écran. Une première série de gestes l'étonne. La suivante l'alerte sur le caractère artificiel de leur échange. Le tout crée un inquiétant déséquilibre autour de ce visage qui s'anime en différé.

« Une infection contractée pendant ma grossesse, explique Barbara. La maladie a affecté le développement du fœtus et causé des dommages irréversibles sur le nerf auditif. »

À sa voix, Magda comprend que Barbara ne s'est jamais pardonné. Doit-on se sentir coupable pour ces choses qu'on ne maîtrise pas ? Elle regrette qu'à notre époque on n'enseigne pas aux petites filles comment devenir des femmes fortes ! On devrait leur apprendre que transmettre la vie, c'est courir le risque d'ouvrir la mauvaise porte.

« C'est un adorable don du Ciel. Elle vous ressemble tellement…

— Un don que le Ciel a repris. Emma est morte il y a quatre ans. »

Barbara replonge alors dans ce cauchemar qui lui a coûté son enfant. Elle raconte son obsession pour les petits résidents du Val et ce besoin irrépressible de se rendre au village de Sent, dernier endroit connu de leur présence. Mais personne ne se souvenait d'eux. Barbara avait confié sa fille à des inconnus pour une voie sans issue.

Emma avait suivi une colonie fraîchement débarquée au Val pour une excursion de deux jours. Leur campement s'était établi dans les hauteurs surplombant le torrent alpin de Dischma. Un paradis de verdure devenu, en une nuit, un enfer remué de terre noire.

Au petit matin, un animateur avait signalé son absence aux autorités cantonales. L'équipe de police dépêchée sur place s'était attelée à déterminer la chronologie des évènements de la veille sans rien relever d'inhabituel. *Randonnée initiatique au cœur des Grisons, atelier créatif axé sur le bois flotté, légendes contées autour d'un feu où l'on embrocherait la pêche du jour. Chant collégial du « Petit Roi des Montagnes » avant d'aller dormir.*

Aux dires de tous, Emma s'était bien intégrée au groupe. Toutefois, elle s'en écartait la plupart du temps, préférant la solitude à la compagnie des autres enfants. Plusieurs déclarations mentionnaient son intérêt troublant pour les sabots de Vénus – et ce en dépit de leur éphémère longévité. On avait beau lui faire comprendre qu'elle n'en trouverait pas, la petite s'entêtait. Sans doute avait-elle quitté la zone de bivouac durant la nuit pour longer la rive en contrebas, bordée de tourbe et d'écorces broyées ?

À défaut de pistes exploitables, le curseur de l'enquête pointait désormais dans cette direction.

Surprises par les pluies diluviennes, les brigades spécialisées avaient battu la forêt et dragué la rivière. Une semaine de recherches intensives durant laquelle s'amenuisaient les chances de survie.

En définitive, un rapport aussi mince que l'espoir consignait la découverte d'une chaussure flottant à quatre kilomètres en aval. Mais aucune trace de l'enfant. Le terrain glissant avait tout avalé. Hormis un lambeau de tissu jaune accroché à une branche, correspondant au short qu'Emma portait ce jour-là. Le sang prélevé sur les fibres ne mentait pas.

L'annonce brutale, inacceptable, s'était abattue sur Barbara quelques heures après son retour de

Sent. Et pendant qu'elle crevait d'inquiétude, les tabloïds épinglaient son histoire en première page. Sa carrière au point mort, son couple bancal, sa mère malade, tout était passé au crible comme s'ils désignaient déjà l'unique responsable de ces drames en série.

Au terme des premières auditions menées sur place avec l'autorisation des parents, la déposition d'un témoin mineur avait conforté la théorie des enquêteurs.

Un peu avant vingt-deux heures, un gamin de douze ans affirmait avoir vu une silhouette quitter sa tente pour s'enfoncer dans la tempête. Il se souvenait de « la force des vents » qui avait surpris le campement, d'un « soir sans lune » et du chant des grisons qui ressemblait étrangement au « hurlement d'un fauve ».

Il l'avait suivie sur une centaine de mètres avant de rebrousser chemin, par peur de l'orage, des prédateurs et autres superstitions que le comté entretenait.

Avait-il aperçu quelqu'un d'autre ?

Seulement l'ombre des arbres.

Entendu un cri ?

À part celui de la forêt ? Pas vraiment… Et puis, si c'était bien Emma, elle était muette. Ça crie, une muette ?

Sonné l'alerte ?

Oui, huit heures plus tard – *trop tard*. Quand, à son réveil, il s'était rendu compte que la jeune « handicapée » n'était pas dans sa tente.

Malgré un déploiement massif, le corps d'Emma n'avait jamais émergé des eaux bouillonnantes.

Trois semaines après le début des recherches, Barbara encaissait le verdict aussi vif qu'un couperet. Le rapport définitif invoquait les très forts courants qui vous prennent et vous entraînent droit dans le Rhin, l'inconscience des touristes et autres arguments destinés à étouffer une affaire bâclée.

Et pendant que Barbara en crevait, les médias titraient désormais en faveur d'un tragique épilogue accidentel. La boucle se refermait sur les dangers connus des Grisons, la météo capricieuse et l'imprudence des randonneurs occasionnels.

Tout ce qu'incarnait autrefois sa fille pourrissait désormais au ban des dossiers classés.

Saisie par une douleur contagieuse, Magda se soustrait au silence :

« Ma pauvre enfant ! Et moi qui vous incitais à pendre des colliers dans l'arbre aux poupées... Cela explique bien des choses.

— Quelles choses ?

— Pour commencer, l'extrême prévenance manifestée par vos amis. Je suppose qu'ils étaient au Val cette nuit-là ?

— En effet.

— Les policiers ont dû recueillir leurs dépositions ?

— Possible. Je ne me rappelle pas.

— On les a forcément interrogés.

— En quoi c'est important ?

— Oubliez ça ! J'ai vu tant d'horreurs au cours de ma vie qu'elles définissent désormais mon paysage. J'ai tendance à débusquer le mal là où il n'a pas lieu d'être... La disparition de Lizzie altère mon jugement... Par pitié, n'en tenez pas compte.

Je ne suis qu'une vieille chouette aigrie qui ferait mieux d'avaler sa langue plutôt que d'ânonner des sottises plus grosses qu'elle ! »

Barbara ouvre la bouche, mais il n'en sort qu'une vague obscurité. Elle s'effondre sous la lumière crue de ces années de deuil qui fondent sur ses joues. Elle pleure la déchirure du ventre ; l'incapacité de son couple, déjà fragilisé, à surmonter l'épreuve ; le rejet d'Alexander, ses bras glacés ceints autour de sa souffrance. Autant d'accusations silencieuses auxquelles succombe inévitablement un mariage.

Elle vomit son histoire sans retenue. Elle troquerait bien un bout d'espoir, mais qu'offrirait-elle en échange ? Sinon ces lambeaux d'âme qui refusent de s'assembler ?

Le manteau blanc de Magda absorbe les larmes, les remords et la morve. Contre son sein mou et plat, un puits tout entier s'assèche et se remplit à nouveau, inconsolable. Barbara rafistole le manque, comble les vides, recolle les souvenirs cassés, mais l'incomplétude s'arrange pour tout emporter dans un ouragan d'émotions désordonnées.

Magda écoute les mystères d'une vie amputée d'une autre comme si elle tentait de rattraper les morceaux volés. Sa poitrine fatiguée se soulève alors avec un sifflement inquiétant.

« Je comprends mieux l'intérêt excessif d'Arnold Gabe… On le dit particulièrement déterminé lorsqu'il s'agit d'élucider des affaires non résolues. Parce qu'en vérité, s'ils n'ont jamais retrouvé votre fille, il existe une infime probabilité qu'Emma soit toujours en vie… »

Enlèvement, séquestration, viols, voilà ce que cache l'infâme *probabilité*. Barbara préférerait la savoir morte.

Pourtant, Magda ravive un sombre espoir qui charrie tant de chagrin qu'il en devient malsain. Barbara aimerait lui avouer que les enfants du Val sont en partie responsables de son malheur. Eux qui l'ont détournée de son rôle de mère pour l'asservir à leur cause. Eux qui ont réveillé des démons plus forts qu'elle.

« Je devais la protéger ! » dit-elle, se retenant de hurler.

Barbara veut croire que l'intercession d'Arnold Gabe n'est pas le fruit d'un hasard dans son histoire. Pas plus que sa rencontre avec l'orphelinat, qui sonne comme un appel à la résilience. Barbara veut croire en tout ça.

Même si cela implique de perdre sa fille pour la seconde fois.

29

Une chose hideuse s'est logée…

Mais ça, tu le sais déjà.

Tu as toujours vu en moi un enfant faible et mal fagoté perdu au milieu de forces puissantes. Un aimant à emmerdes dont tu aurais préféré te débarrasser.

Ce que tu ne sais pas, c'est que je me suis souvent considéré comme un cadavre pourrissant sous un plancher de fantasmes. J'exhalais la pourriture. Mon âme était infestée d'asticots qui s'enroulaient sur ma volonté. J'étais un marginal, une abomination, un fantôme dans une société bourrée de repères moraux que tu n'as jamais pris la peine de m'inculquer.

Je suis toujours ta désastreuse créature.

Celle qui, par tous les moyens, tente de gagner ton amour.

Mais l'amour ne s'apprend pas. Tout comme la haine, il se transmet.

C'est la raison pour laquelle je continue à t'écrire. Encore et encore… Pour que tu comprennes chaque étape de ce long processus qui gagnera, peut-être, la faveur de tes sentiments.

Je t'écris parce que tu meurs de savoir.

Ton appétit s'aiguise sur le plat de résistance. C'est une évidence.

Tu te demandes si j'ai fini par l'attraper ?

Tu voudrais que je chuchote chaque détail des horreurs que mon esprit malade a fomentées ? Tu salives à l'idée de mastiquer mes mots, mais je ne te servirai qu'un hors-d'œuvre saupoudré de papier de verre. Tout cela risque fort d'esquinter ta gorge qui déjà se resserre.

J'imagine l'étendue de ta déception.

Tu as faim d'humiliations/Je t'affame.

Tu as soif de perversion/J'enclenche le goutte-à-goutte.

Reprenons depuis le début, veux-tu ?

Dès le premier regard, j'ai su qu'elle serait la prochaine. Je me souviens du jour où je l'ai rencontrée. Le soleil embrasait tout. Et ce petit bout de femme m'a souri comme on ne devrait jamais sourire à quelqu'un comme moi. Qu'il est bon de flotter à l'orée d'un souvenir… De se laisser submerger par lui jusqu'à ce qu'il nous engloutisse entièrement.

Tu t'ennuies ?
Alors parlons d'aujourd'hui.

La nuit arrive à pas feutrés et des trombes d'eau s'invitent aux réjouissances. La noirceur de l'extérieur entre en dedans. Elle m'enveloppe. Nous enveloppe tous les deux.

Je l'observe sans broncher. Mon joli papillon s'agite dans son sommeil. L'instant d'après, plus rien ne bouge – non, je ne l'ai pas encore tuée, si c'est là ta question.

Son souffle léger rappelle un froissement d'ailes. Elle est vivante. Pourtant, on croirait qu'elle n'est déjà plus vraiment là…

Elle te ressemble, tu sais ? J'imagine qu'au même âge, toi aussi, tu as connu des nuits brisées de mauvais rêves. Traversé des océans de solitude. Lutté contre vents et marées pour adoucir la cruauté avec laquelle le monde te traitait.

Pour l'avoir expérimentée, la différence n'est pas le grand atout de l'enfance…

À ce stade, ta mâchoire s'est décrochée à force de bâiller.

Alors, revenons-en aux faits.

Mon papillon endormi.

J'ai peur qu'il ne s'envole avant que j'aie pris le temps de lui dire combien je hais l'aimer.

Ma bouche tente de le réanimer.

En baisers voraces, en mots insensés, en morsures désespérées.

Projection mentale de ce que je lui promets.

Son petit corps se recroqueville sous le tissu froissé qui recouvre bien mal sa peau. La bretelle sectionnée glisse le long de son bras aussi fragile qu'une brindille. Mon regard s'attarde sans aucune décence sur la rondeur d'un grain de beauté.

Il me suffirait de l'inciser avec les dents pour arracher cette vilaine protubérance. Je pourrais tout aussi efficacement l'écraser comme un insecte répugnant.

Mais pas encore. Pas maintenant.

Dors, mon petit sucre d'orge.

Jusqu'au dernier jour de ta vie.

Et toi, ouvre grand la bouche pour la prochaine becquée ! Crois-moi, j'enfournerai le menu complet au fond de ton gosier.

Puisses-tu en crever.

30

Trois fois par semaine, Arnold Gabe remercie la bonne fée qui se coltine les corvées ménagères, la préparation des repas, et supporte le franc-parler d'un vieux loup solitaire comme lui. À raison de douze heures hebdomadaires, elle met à profit ses innombrables talents domestiques et pratique l'écoute active – cette dernière figurant sans conteste au sommet de ses prédispositions.

Dotée d'une constitution à toute épreuve, Cathy est capable d'enchaîner deux heures de repassage tout en dissertant sur les déviances humaines – qui, par bonheur, n'ont jamais affecté ses quarante-cinq ans d'existence –, jouer les standardistes d'une main et faire sauter des crêpes de l'autre, sans jamais cesser de sourire.

Alors, lorsque la sonnerie du téléphone retentit en début de soirée, son dynamisme ne déroge pas à la règle. Elle attrape le combiné sans cesser d'astiquer le buffet du salon et engage la conversation comme si l'appel lui était personnellement destiné.

« Il se repose… Bien sûr, je lui dirai ! C'est terrible… Je n'ai pas de mots pour exprimer mon soutien. C'est à souhaiter, en effet. Hum… Les gendarmes sont sur le qui-vive, je m'en doute !

À ça ! On préférerait que cette nuit légendaire n'ait jamais existé ! Enfin, vous connaissez l'opinion mitigée d'Arnold sur le sujet... Promis, il vous rappelle dès qu'il se réveille. Il ne devrait plus tarder, à cause de l'odeur. J'ai mis un gratin au four... Cuit à la fourme d'Ambert, exactement ! Le même qu'à la foire de l'an dernier, vous m'impressionnez ! De mémoire, vos enfants s'étaient régalés ! Surtout Lizzie. Pardon... Oui, je comprends. Au revoir. »

Allongé sur le canapé, Arnold émerge d'une sieste en pointillé et soulève une paupière encore lourde de sommeil. Il remonte mentalement le fil des dernières heures. La visite de Warren Tasselier, le chassé-croisé entre le départ du jeune Lamourelle et l'arrivée de Cathy, suivi d'un coup de barre incontrôlable.

« Tiens, vous revoilà !

— À qui parliez-vous ?

— À la mère de Lizzie... Elle a déjà laissé deux messages sur votre répondeur, reproche-t-elle.

— Vous avez raccroché ?

— À l'instant. La pauvre femme ne parvenait plus à aligner deux mots sans fondre en larmes.

— Des nouvelles de sa fille ?

— Aucune, je le crains. Si vous preniez la peine de consulter votre portable de temps à autre, vous m'épargneriez l'épreuve de vous l'annoncer... »

À la force des bras, Arnold se hisse vers son fauteuil roulant. L'effort lui arrache quelques grognements. Sans commisération pour son employeur, Cathy retape les coussins du canapé. Si parfois l'envie de s'apitoyer sur son invalidité l'affleure, elle n'en laisse rien paraître. Arnold a conscience que leur relation harmonieuse tient par le ciment de ce respect silencieux. Il roule jusqu'à la patère squelettique de l'entrée, récupère son portable dans la poche de sa veste et avise le nombre d'appels manqués.

Dix en tout.

La rançon d'un mode vibreur activé.

Soucieux, il interroge sa messagerie.

« Arnold, les gendarmes de Neuvy-le-Roi sont revenus m'interroger... Pour justifier leur incompétence à trouver le moindre indice, ils ont retourné ma maison du sol au plafond ! Ça n'a aucun sens ! Comme s'ils pouvaient la trouver chez moi ?! Seigneur, qu'attendent-ils pour lâcher leurs chiens ? Pourquoi ne ratissent-ils pas le village pour retrouver ma fille ? Ils ne font rien d'autre que perdre du temps ! Pitié, aidez-nous ! »

Gabe comprend à demi-mot que les pistes explorées par les enquêteurs s'enlisent où commence la psychologie atypique de Lizzie. Son système de pensée déstabilise le schéma classique d'une adolescente en fuite. Ils ont certainement déjà écarté l'hypothèse d'une fugue au bras d'un potentiel « amoureux ». Il faut dire que, à Beaumont-la-Ronce, on ne lui connaît pas d'ami. Pas même une copine d'école riche de confidences. Arnold a rapidement pris conscience que ses interactions se limitaient à la cellule familiale.

Cette gamine n'est pas ordinaire. Son quotidien non plus.

Rien n'excluait cependant une évolution positive de sa pathologie l'ayant conduite à s'aventurer dans un cercle plus large.

Rien, malheureusement, n'excluait une aide extérieure, s'inquiète-t-il en songeant à la perquisition entreprise au domicile de Sandra Lamourelle.

Quant à l'intervention de la brigade cynophile, le commandant de compagnie, fraîchement débarqué par voie de mutation, devait juger, à raison, que les fortes intempéries des derniers jours brouillaient les pistes détectables par un chien renifleur.

Arnold enchaîne avec le second message. Les mots fusent, entrecoupés de hoquets déchirants.

« *Vous savez que je ne ferais jamais de mal à mes enfants, n'est-ce pas ?! J'ai menti à propos de ma présence à l'usine, cette nuit-là... Mais ça ne prouve rien ! J'ai commis une terrible erreur et, si le malheur ne me tue pas avant, la honte s'en chargera ! Pitié, Arnold, rappelez-moi !* »

Son téléphone toujours en main, Gabe fronce les sourcils et sélectionne le numéro de portable préenregistré. Ses tentatives se heurtent à une boîte vocale. Même issue sur la ligne fixe de Sandra. Les appels infructueux l'agacent. Chaque seconde perdue dans une affaire de disparition de mineur est un coup de pelle dans l'escarcelle des fossoyeurs.

« Depuis quand hébergez-vous des licornes ? »

Surpris, Gabe se tourne vers sa bonne fée. Elle pince une étrange créature entre le pouce et l'index. De la boue séchée s'effrite entre ses doigts.

« Je croyais qu'il avait tout ramassé...

— Vous parlez de ce pauvre gamin décharné qui m'a filé entre les pattes quand je suis entrée ? L'aîné Lamourelle ? »

Arnold acquiesce à tout. À la maigreur du garçon, à l'image qu'il garde de sa main laissant échapper le bracelet de sa sœur. Comme un crève-cœur.

« Mettez ça avec le reste, dans le sachet près de l'entrée. Oui, là, juste à côté de mes béquilles. Je doute que les techniciens en tirent quelque chose, mais ça vaut la peine d'essayer. Pour être honnête, je n'aime pas la tournure que prend l'enquête. »

Un torchon jeté sur l'épaule, Cathy s'exécute sans broncher. Elle distingue les heures graves de celles qu'on banalise par un humour caustique. Épouser en secondes noces un expert en médecine légale enseignait sûrement ce genre de choses.

« Vous pensez vraiment que la disparition de Lizzie est liée à ce qu'a vécu cette réalisatrice qui loge à l'orphelinat ? »

Il paraissait légitime d'en douter – après tout, la jeune Lamourelle n'en était pas à son coup d'essai. Entre eux, le parallèle avec l'accident d'Emma Blair avait fait l'objet d'une discussion enflammée. Avant de s'éteindre comme un feu de paille.

Cathy prônait l'illogisme d'un tel rapprochement quand Gabe défendait une intuition. Selon elle, deux évènements distants de neuf cents kilomètres et, qui plus est, à quatre ans d'intervalle, ne pouvaient être comparés. D'après lui, il n'existait rien de plus banal dans les annales du crime qu'un concours de circonstances habilement déguisé.

« Mon instinct me souffle le contraire du vôtre », soutient-il en songeant à l'étrange conversation rapportée par le frère de Lizzie.

« Il y a un démon, là-bas, qui fait de très vilaines choses… Si ta sœur a succombé à son appel, cela expliquerait que tu ne la retrouves jamais… »

Le choix des mots employés par Warren Tasselier avait de quoi faire frémir, mais plus terrifiante encore était leur absence de sens. Habituellement, les gens ne se débarrassent pas d'un gamin encombrant en présageant les pires horreurs. À moins que cet homme nourrisse un penchant sadique, il était fort probable que le démon en question ne lui soit pas totalement étranger. Peut-être l'avait-il déjà croisé, en d'autres temps, d'autres lieux ?

Pourquoi pas au Val Sinestra ?

Arnold voudrait ajouter à l'attention de Cathy que rester clouer à un fauteuil offre des occasions illimitées de se torturer les méninges, quitte à dérailler sur toute la ligne. Faire appel aux rouages de son esprit – ces turbines infatigables – est la seule manière saine qu'il ait trouvée pour s'affranchir de son handicap, se rendre utile dans un monde qui n'a plus besoin de lui.

Après une seconde de latence, sa bonne fée transporte son air dubitatif derrière les fourneaux. Arnold en profite pour déployer un éventail de carnets et d'albums. Près du canapé, la desserte se transforme aussitôt en table de travail où s'étale la noirceur humaine. Depuis de longues années, il en dissèque les mystères à la manière d'un chirurgien acharné.

Contrairement à l'opinion populaire, Arnold ne prend aucun plaisir à collectionner les crimes commis par d'autres. Ce qu'il veut, c'est comprendre. Et la compréhension passe par ces voyages immersifs où la raison n'a pas sa place. Son patrimoine ne se résume pas à un condensé d'histoires macabres qui attisent sa soif de justice et de vérité, il témoigne également du déclin de l'humanité.

Pour la plupart de ses voisins, Gabe renvoie l'image d'un désaxé.

Si ça les aide à dormir, qu'à cela ne tienne !

Lui ne connaît que les ravages de l'insomnie.

Il consulte ses dernières notes, nées de récentes conjectures. L'écriture nerveuse témoigne de sa difficulté à retranscrire le flux continuel de ses pensées.

Deux fillettes du même âge disparues
à quatre ans d'intervalle.
L'une, présumée morte aux abords du Val Sinestra.
La seconde, évaporée à proximité de l'orphelinat
de l'Avenir du Prolétariat ???
La première est née sourde.
L'autre souffre d'un trouble léger
du spectre autistique.
En incluant le passé violent similaire aux deux
établissements et le passage des trois jeunes réfugiés
français, ~~les coïncidences s'arrêtent là.~~
Autre dénominateur commun : Barbara Blair.

« Ma parole ! Vous êtes devenu sourd ? »

Arnold sursaute, lâche son feutre au milieu d'un fatras de notes désordonnées.

Il ne l'a pas entendue approcher. Pourtant, Cathy a déjà posé serviettes et torchons, enfilé son manteau et son chapeau de pluie.

« Pardon. Vous disiez ?

— J'ai terminé. J'aimerais rentrer chez moi avant le déluge… Mon brushing ne survivrait pas. »

Arnold songe qu'il n'y a plus grand-chose à sauver. En revanche, Cathy a raison sur un point : une nouvelle tempête se prépare. Les nuages gonflaient comme de tristes ballons suspendus au-dessus du village. Des chandelles aux balcons annonçaient le soixante-neuvième anniversaire du « massacre » et plongeaient déjà Beaumont-la-Ronce dans une ambiance solennelle.

Les vieilles superstitions tenaient encore les villageois en laisse. L'évocation de cette triste nuit suffisait à faire craindre pour leur progéniture autant que pour leurs récoltes. Depuis le mandat de ce cher monsieur Marlois, un ramassis d'inepties circulait dans la plupart des foyers. La liste non exhaustive déroulée par Warren Tasselier témoignait de l'absurdité d'un scénario pour le moins romancé : une fillette lynchée dans l'étang ? Une infirmière morte par pendaison ? Et pourquoi pas un monstre aux pieds fourchus dansant sous une lune de sang ?

La responsabilité d'un mensonge n'incombait pas obligatoirement à la personne qui rapportait ces idioties, tout simplement parce qu'il était probable qu'elle-même fût convaincue de leur véracité.

« Votre dîner est prêt. Vous n'aurez qu'à le réchauffer.

— Que ferais-je sans vous, Cathy ?

— Un tas de conneries, c'est évident. Et vous le faites très bien en mon absence ! Par pitié, trouvez d'autres planques pour votre cholestérol en sachets.

Pareil pour ces perfusions de glycémie qui collent au formica… Vous goinfrer de chips et de bonbons bousille la santé et déshonore mes talents de cuisinière ! »

Arnold promet. Les yeux levés au ciel, sa bonne fée se signe pour l'absoudre d'un évident parjure avant de poursuivre d'un ton léger :

« Parlons peu, mais bien. J'ai entièrement vidé et nettoyé ce nid à poussière qui vous sert de commode. Sinon, quel intérêt d'y ranger vos affaires propres ? Ah, tenez ! J'ai trouvé ceci coincé derrière un tiroir. »

Il considère la clef que lui tend Cathy. Il ne l'avait plus revue depuis des années. La dernière fois, elle pendait au cou de sa mère – c'était bien avant qu'on l'enterre. Arnold saisit le bout de métal torsadé.

Comment ai-je pu l'oublier ?

Le contact froid s'associe subitement à des cris baignés de larmes. Il se rappelle la peur et la colère, l'intensité de la foudre et le fracas de la pluie tambourinant sur les tuiles.

La résurgence spontanée de ce terrible soir d'orage le frappe comme un coup de poignard. Sa mémoire visuelle libère l'ombre d'un marteau glissant près du crâne de sa mère. Arnold n'était alors qu'un petit garçon cramponné aux barreaux d'un escalier qu'il dévalait encore comme un oiseau libre. Camouflé par l'obscurité, il avait assisté à la scène du haut de son perchoir.

Au pied des marches, ses parents se disputaient cet étrange bijou scintillant sur la peau laiteuse de sa mère. Son père avait tenté de l'arracher à grand renfort de menaces dont le jeune Arnold ne saisissait pas la portée. Il se rappelait seulement que la « mort » et le « divorce » étaient au programme des festivités.

Très vite, il s'était aperçu que le marteau n'était qu'une ombre trompeuse dans l'air suffocant. Pas une goutte de sang n'avait coulé. D'aucune blessure. Son imaginaire galopant s'était emballé sous l'effet de la terreur.

Malheureusement, après cette nuit-là, l'aube n'avait plus jamais revêtu le même éclat. La première gifle annonçait le déclin d'un couple déchiré. Le premier *uppercut*, un point de non-retour. Au fil du temps, leur foyer avait souffert des conflits causés par l'existence de cette clef.

L'escalade infernale avait détruit leur famille jusqu'à ce que le deuil fasse définitivement taire ses parents à dix ans d'intervalle. Ironie du sort, un cancer de la langue avait emporté l'un ; une crise cardiaque s'était chargée de l'autre.

À trop crier sans cœur, tout finit par mourir.

Désormais, à chacun sa tombe, à chacun son méprisable secret. Même muselé dans la mort, le couple en cendres poursuit son œuvre, et l'enfant en lui tremble toujours. Alors l'homme greffé à son fauteuil le rassure.

Tu ne crains plus rien. Quitter cet enfer à ta majorité est la meilleure décision que tu aies prise en soixante-neuf ans. Ne te demande pas à quelles ténèbres inavouables ce bout de fer donne accès. C'est une énigme à laquelle tu as depuis longtemps renoncé !

Foutaises.

Si Cathy n'était pas déjà sur le pied de guerre, sans doute l'aurait-il missionnée au grenier où s'entasse un héritage dénué d'intérêt. Des dizaines de malles et de coffrets verrouillés y dorment bien au frais. Il n'a jamais eu le courage de s'en débarrasser. Ni la curiosité malsaine de remuer le passé qu'elles renferment. Il n'y a plus de place pour le doute : tout n'est que poussière noire dans les archives de sa vie.

« Dieu que vous êtes pâle ! Tout va bien ? »

Peu convaincant, il assure le contraire.

« Oui. Rentrez chez vous, Cathy. Mettez vos enfants à l'abri. La tempête arrive droit sur nous.

— Appelez-moi si besoin. Mon mari est de garde toute la nuit, alors imaginez la joie de mes trois ados s'ils avaient la maison rien que pour eux ! »

Il peine à imaginer les délicieux caprices d'une vie de famille. Malgré ses efforts, le concept de ce bonheur demeure prodigieusement abstrait.

« Bon anniversaire, Arnold, ajoute-t-elle en lui tendant un cupcake – assurément sans gluten – planté d'une bougie.

— Vous savez que je déteste fêter mon anniversaire, grogne-t-il.

— Parfaitement. C'est la raison pour laquelle je vous le souhaite chaque année.

— Sale gosse.

— Prenez soin de vous aussi, Arnold. »

Mais Gabe retourne à ses pensées.

Ça vaudrait le coup de tenter. Pour voir.

Juste une fois.

Et puis, non. À quoi bon ?

Plus proche de la fin qu'il ne le voudrait, Gabe estime désormais préférable de se tourner vers d'autres priorités. Sa propre existence n'a plus beaucoup d'importance. Pourquoi s'attarder sur une vie ratée ? Il existe tant de *Lizzie* à travers le monde, tant d'innocence à préserver. Et merde. Se réincarner à l'infini ne suffirait pas à les sauver toutes.

Il formule un vœu. Souffle sa bougie.

Ça ne coûte rien d'essayer.

31

Maman ? MAMAN !

Une cage étroite l'empêche de se mouvoir. Une cellule sans barreaux. Une prison à la dérive, qui flotte sans but sur un océan sinistre. *Tout* sent mauvais dans cet endroit. L'air qu'elle respire, l'eau boueuse qu'elle avale, ses cheveux emmêlés, sa peau fripée. Tout porte une odeur de mort.

Elle ne sait plus ce qu'elle fait là. Ne se souvient de rien. Un mot revient pourtant sans cesse dans son esprit : *géant*... Géant comme un homme dans la nuit. Comme un palais solitaire. Géant comme l'amour de son frère.

Un faisceau de lumière tombe sur des vaguelettes, et l'obscurité recule un bref instant devant leur écume argentée. Puis tout redevient noir. Lizzie s'étouffe et crache.

Le goût du sang sur sa langue.

C'est pareil quand elle perd une dent ! Lizzie a peur des trous creusés dans sa bouche. On a beau lui dire que les dents de lait repoussent, ça ne la soulage pas. Parce que, en attendant, le vide est là, comme une anomalie.

Le médecin dit que tout entre par ses yeux, mais que rien n'en ressort jamais. C'est une maladie. *Une forme légère*, se console maman. Trois sur une échelle de dix. C'est peut-être ce qui lui donne cet air absent que les autres n'ont pas.

Si les gens étaient plus gentils, ils comprendraient.

Si les gens étaient plus gentils, ils la chercheraient.

Au fond de sa geôle sans barreaux ni draps, un liquide sale et glacé brûle ses rétines ; le brouillard meurt dans son regard ; les sons s'éteignent comme des mirages sur ses pupilles dilatées.

Secouée par un séisme de perceptions, elle s'agite, se tortille vainement dans l'air humide. La douleur éclate alors telle une bulle de savon. Un pic se plante à hauteur de cheville et remonte jusqu'au bassin. *Mal.* Son cerveau télécharge en permanence un flux d'informations. Le traitement saccadé menace de le faire disjoncter.

Pied gauche coincé, orteils écrasés. Où est passé le droit ?

Seule dans cet enfer, Lizzie subit la pression exercée par une force abstraite que les ombres dévorent.

Elle ne peut plus bouger. Elle ne pleure pas, ne crie pas. Pourtant, elle a mal. Partout. Aux jambes, au ventre. À la tête, surtout. Ses faibles gémissements couvrent à peine le clapotis de l'eau. Elle a faim aussi. Mangerait tout ce qui lui tombe sous la main : un croûton de pain, une pomme pourrie, un bout de viande, un poisson mort. Elle ouvre grand la bouche en quête d'un morceau de chair à croquer, mais un torrent se déverse dans sa gorge, incendie ses poumons et s'échappe par le nez en brûlant toutes les parois qu'il rencontre.

Les eaux montent autour d'elle. Des choses inanimées flottent à la surface. Et ce qui entre par ses yeux finit par la frôler. L'acuité visuelle, dont la nature facétieuse l'a dotée, ajuste le tir. Sa main se détend d'un coup sec pour emprisonner une chose molle entre ses doigts tremblants de froid. Elle passe sa langue sur sa trouvaille et recrache. Son butin a un goût de carton. Lizzie saisit sa chance à nouveau. Cette fois, sa mâchoire claque sur un bout de métal contre lequel une quenotte se brise. C'est douloureux sur le moment. Puis ça s'en va.

Aveuglée par l'obscurité, Lizzie explore les contours de l'objet qui lui vaut tout ce sang dans la bouche. On dirait un écrin, comme celui où elle range sa collection de bracelets. À défaut de la nourrir, la boîte en fer lui servira de repère familier dans un cauchemar qui n'en possède aucun. C'est drôle, et puis non, ça ne l'est pas tant que ça, alors elle repousse sa trouvaille au milieu des flots.

L'instant suivant, sa carte mentale se déconnecte. Elle n'est plus qu'une poupée ballottée par des remous sous lesquels détonnent quelques fausses notes.

32

Après l'attaque de panique qui l'a conduite à révéler sa vérité sur Emma, Barbara épuise son stock de larmes dans les bras de Magda. Désormais, elles portent ensemble *son* fardeau et, bien que la douleur demeure présente, elle est allégée des non-dits.

Elle lâche tout d'un bloc. Son internement volontaire en unité psychiatrique. Ses tendances suicidaires. À son retour de Suisse, on l'a aidée à restaurer sa mémoire. Déprogrammer, décortiquer, reprogrammer, voilà ce qu'on fait dans ce genre d'endroits. Un an, c'est peu pour réapprendre à s'aimer.

Elles se brûlent les lèvres de mille mots. Pour se consoler ensuite avec la douceur de mille autres. Le temps n'a plus de prise sur la longévité des émotions. Leurs souffrances mêlées créent un monde extensible en perpétuelle distorsion.

Magda parle d'un désert affectif et d'une solitude quasi monastique. Barbara répond par les affres d'un mariage raté. L'une s'assèche à force de sédentarité, quand l'autre se perd dans une vie nomade. Elles n'ont rien en commun. Et c'est exactement ce dont chacune a besoin pour se sentir exister. Se regarder au travers d'un miroir inversé.

En début de soirée, sous l'impulsion de Warren, les deux femmes coupent court à leur intimité pour migrer du pavillon annexe à l'édifice principal. L'argumentaire passionné du caméraman s'avère convaincant. Il avance très justement que la célébration par l'image d'un anniversaire demeure soumise au strict respect d'un timing préétabli.

Aucune d'elles ne le contredit.

Atténué par un réflecteur orienté à contrechamp, l'éclairage diffus salue leur entrée dans le hall. Un halo tombe sur la chaise ainsi mise en valeur au fond d'une pièce vide et sans âme. Instinctivement, Magda claudique jusqu'à l'assise qu'on lui a réservée. *La place choisie par l'équipe n'est pas sans rappeler celle d'un condamné à mort*, songe-t-elle. Si ces gens veulent s'approprier ses souvenirs, elle les leur donnera. Sans restriction.

Magda suit aveuglément les instructions de David, dont le champ lexical se limite à la prise de son ; Barbara se laisse happer par des élans artistiques d'une nature autrement angoissante.

« J'ai cadré l'horloge du clocher en caméra subjective, l'informe Warren. On s'appuiera sur ce plan pour démarrer ton intervention en voix off. »

La réalisatrice observe la lucarne à travers laquelle défile l'enregistrement. L'*insert* réalisé par Warren précipite le spectateur au cœur d'un effet dramatique où le vent balaie les aiguilles pointées à l'heure présumée du massacre.

« Bon boulot. »

Son regard fuit au-delà des vitres brisées. Elle admire le paysage torturé qui assoie son règne apocalyptique. Sous la ligne d'horizon, la foudre déchire la nuit silencieuse comme si une puissance supérieure avait coupé le micro du monde. Barbara s'abîme dans une contemplation électrique, compte jusqu'à dix… *Impact !*

Chargée de promesses diluviennes, la tempête se déplace lentement vers Beaumont-la-Ronce. De fortes bourrasques devancent le tonnerre, les branches malmenées griffent les vitres cassées et lacèrent les planches clouées aux galeries du rez-de-chaussée.

L'orage grondait-il, cette nuit-là ? Qu'avez-vous fui ? Pourquoi n'est-il resté de votre passage sur terre que des murs aspergés de sang ?

Barbara songe aux orphelins, à sa fille, à tous ces enfants disparus dans le vortex de l'oubli. Près de cinquante mille par an. Cinquante mille de trop.

Et maintenant, c'est à ton tour, Lizzie…

Elle ne sait rien d'elle. Refuse d'endosser l'affliction d'une autre mère. Elle crève déjà de l'absence d'Emma, ne sait plus quoi faire de cette souffrance qui dégueule de partout.

1, 2, 3, 4, 5, 6, 7, 8, 9… Impact !

La tourmente approche. Elle est déjà là.

Près d'elle, Warren ajuste sa lampe frontale. Il ignore ostensiblement l'ampleur du phénomène qui menace le succès du tournage. Pourtant, depuis le début, l'édifice absorbe l'eau comme une éponge gonflée à bloc. Les sous-sols inondés ont déjà déclaré une fin de non-recevoir, et la structure tout entière semble ployer sous un fardeau humide. Si les aléas climatiques l'ont un temps inquiété, d'autres préoccupations prennent désormais le relais.

« On va bientôt commencer, prévient-il. Tu tiendras le choc ?

— De quel choc on parle, Warren ? De la trahison que j'ai pu ressentir à l'idée que David et toi complotiez dans mon dos ? »

Il enserre sa taille. Ses bras noueux l'entraînent vers l'ancien réfectoire où le faisceau lumineux de sa lampe accentue la noirceur coulant des fissures.

« Nous voulions seulement te préserver de l'influence de ce Gabe. Je te l'ai dit, ce type fait une fixation sur notre séjour au Val. Il t'aurait mis des idées folles en tête.

— La prochaine fois, laissez-moi juger de qui mérite ou non ma confiance… »

Barbara prend conscience de le blâmer injustement pour tout le mal que la vie fait. Elle évite son regard. Fixe la poutre au fond de la pièce. L'ombre d'une branche simule l'oscillation d'une corde au bout de laquelle se balance le cadavre imaginaire d'une infirmière.

« Lui as-tu parlé de l'orphelinat ? Des évènements décrits par Magda ?

— Oui. Et le seul élément vérifié concerne l'épidémie. À ce qu'il m'a dit, la maladie des vignes a semé la terreur jusque dans le village… »

Warren développe. Le propriétaire, monsieur Marlois, serait à l'origine d'un grand nombre de rumeurs et de superstitions. À commencer par l'arbre aux poupées. Un moyen de faire fructifier ses affaires en attirant l'attention sur l'orphelinat.

Et blablabla.

Barbara écoute, mais n'entend pas. Le diable se cache dans les détails. Plus encore dans leurs incohérences.

« Magda aurait donc inventé ces morts violentes ? C'est vraiment ce que tu crois ?

— Je dis seulement qu'à force d'entendre constamment les mêmes histoires, il est possible qu'elle ait fini par y croire... Tu remarqueras que Magda puise la plupart de ses souvenirs dans les récits rapportés quotidiennement par sa mère... Imagine les conséquences psychologiques des images que cette femme lui a fourrées dans le cerveau !

— Donc, tu l'accuses de mentir quand elle prétend avoir été témoin de la mort accidentelle de cette gamine noyée dans l'étang ?

— Non. Il est fort probable qu'elle soit réellement convaincue d'avoir assisté à la scène...

— C'est ta théorie ? Son esprit aurait déformé la réalité en exagérant les faits ? Pas de pendue, ni de fillette au crâne fracassé ?

— Pas plus qu'il n'existe de preuves tangibles d'un massacre. »

Barbara sonde la pénombre du hall où la vieille dame, immobile sur sa chaise, patiente, appuyée sur sa canne. Son manteau blanc la recouvre comme un linceul de pureté que son regard fatigué contemple tristement. Warren se trompe. Il n'y a pas une once de folie dans ce cœur vivant. Rien que des souvenirs encombrants.

« Stop. Pour une raison que j'ignore, tu bloques littéralement sur notre unique témoin. C'est ton droit, mais ça ne changera rien à mes intentions.

“SINESTRA” n’a jamais vu la couleur d’un écran, pourtant j’ai besoin de cette continuité, et seul “ENIGMA” me la donnera. Fais ton job et rien d’autre. Aucune coupe, pigé ? Les témoignages de Magda termineront sans exception dans cette foutue caméra. C’est clair ?

— Limpide, BB. »

Barbara se soustrait au regard de Warren pour échapper à un mélange de défiance et de compassion. Il ne comprend pas la puissance de la maternité, n’entreverra jamais la profondeur du gouffre qui l’emprisonne. Alexander se comportait à l’identique. À la fois prévenant et accusateur. Pourquoi les hommes affichent-ils toujours des airs dégoulinants d’affection et paradoxalement rongés par la rivalité ?

La réponse tient en neuf mois. Assez pour tisser un lien indéfectible entre une mère et son enfant.

Ses jambes cotonneuses la portent au centre du hall, où leur fragile intervenante siège toujours dans le champ de la caméra. À ses pieds, les gouttes se confondent et forment des flaques. Les lattes les absorbent au son de paresseuses lamentations. L’édifice tout entier larmoie, mais personne ne l’écoute.

Dans son coin, David procède aux derniers réglages, teste la perche tendue vers des cieux crevassés. La faible luminosité accentue la crasse. Sa chevelure filasse tombe comme un rideau sur ses traits victimes d’un vieillissement accéléré. Caressée d’un halo blafard, sa peau cadavérique colle aux os. Le pauvre a pris dix ans en quelques jours.

« Dis-moi que tu as trouvé des informations sur les descendants de Colette… », lui glisse-t-elle discrètement.

David se replie sur sa console, dont les voyants s'affolent.

« Désolé…, chuchote-t-il. J'ai épuisé toutes les entrées sur Internet. Il n'existe aucune trace de l'existence de Joseph et Caroline Hoffman. En tout cas, pas ceux qui nous intéressent…

— Comment ça ?

— Si l'on s'en tient à leur âge présumé, on ne trouve que des homonymes de vingt ans leurs cadets.

— Cherche mieux… Tu as forcément loupé quelque chose. »

Barbara l'a connu plus bavard. Moins expéditif dans ses recherches. Comme si lui-même ne croyait pas vraiment à l'existence des deux bâtards. Pour une raison indéfinissable, ce bref compte rendu la met mal à l'aise. Sans doute parce qu'il compromet l'aboutissement d'un projet que la disparition d'une autre petite fille assombrit davantage. Elle a besoin de ces enfants – vivants ou morts –, une extension des orphelins du Val, un prolongement logique à son autodestruction.

« Barbara, il s'est produit un truc bizarre, là-haut… Il faut qu'on en parle.

— Pas maintenant. »

L'intonation de David suggère un basculement irrationnel qu'elle refuse de cautionner. Elle l'imagine déjà délirer au sujet d'une potentielle menace surnaturelle captée par ses micros, ou encore d'un courant d'air transformé en vision. Avec lui, tout est question de surinterprétation. Son obsession macabre frôle l'indécence – il n'en décroche plus depuis le Val Sinestra. Les lieux ont fait de lui un toxicomane shooté à l'adrénaline, autant qu'elle à ses bonbons bleu plénitude.

Barbara prend conscience que leurs chemins se séparent à la jonction de ces addictions assumées. Lui, s'accroche au sensationnel. Elle, réclame une vérité sans filtre. Entre eux, ça ne fonctionne plus tout à fait comme avant.

Barbara consulte sa montre. 20 h 53. Le décompte de l'« Heure fantôme » a commencé. Tout est prêt pour replonger au cœur de la légende.

Rien ni personne n'entravera son tournage – elle s'en fait la promesse. Aucun changement n'interviendra sans son autorisation –, leur charte morale est claire. Adieu providence ou hasard – peu importe le nom –, désormais, elle maîtrise seule son sujet.

Les emplacements marqués au *gaffer* déterminent la position exacte de Magda sur les plateaux ; les séquences ont été pensées pour que chaque pièce devienne un acteur à part entière, une continuité de soupirs que les vents alimenteront. Dans l'ordre, la réalisatrice énumère mentalement la progression des séquences établie sur papier lors du découpage technique.

Le grand hall.

Protagoniste du massacre.

L'orée du couloir des filles.

Seuil hanté par l'ombre de Colette.

La chambre « sacrificielle ».

Carré maudit où les pervers décapitent aujourd'hui des poupées.

Le boyau sous toiture débouchant sur le clocher.

Clef du mystère des horloges mortes.

Par souci d'originalité, l'équipe a choisi d'adapter une chronologie inversée en partant du pire, comme si tirer la noirceur vers le haut pouvait faire jaillir la lumière.

Toutes les scènes ont été soigneusement sélectionnées pour raconter un morceau de l'histoire.

L'histoire incertaine d'une tuerie.

33

Extérieur nuit – Caméra subjective – Voix off.

« Il y a soixante-neuf ans, les quatre faces de l'horloge se sont arrêtées simultanément à vingt et une heures.

Aujourd'hui encore, il n'existe aucune explication rationnelle à ce phénomène.

Ces parfaites jumelles du temps sont devenues les symboles d'une énigme non résolue : celle des disparus de Beaumont-la-Ronce.

En cette nuit du 31 octobre 2019, mon équipe et moi-même dédions aux enfants de la Haute-Barde les images inédites d'un anniversaire immersif.

Avec la participation de Magda Dumortier, nous sillonnerons l'orphelinat et marcherons dans leurs pas. Nous tenterons de percer les secrets de cette nuit impossible.

L'œil de la caméra vous guidera là où personne n'a jamais osé s'aventurer.

Quelque part entre fiction et réalité, c'est à vous d'en décider.

Maintenant, fermez étroitement les volets.

Tamisez les lumières pour autoriser vos zones d'ombre à danser.

Installez-vous confortablement devant votre écran et observez les chiffres du radio-réveil posé à proximité... Ont-ils une résonance particulière ? Heure miroir ? Heure si tardive que vous seriez tentés d'éteindre les lumières ? Au point de renoncer à la curiosité ?

Et si, pour une fois, vous faisiez l'impasse sur vos préjugés ?

Votre seule préoccupation se focalise désormais sur l'Heure fantôme. 21 h 00.

Ainsi commence le récit d'un cauchemar.

Êtes-vous prêts ?

34

Intérieur nuit – Hall.

« Magda, vous avez accepté de revenir au cœur même d'un lieu qui a marqué votre existence. Que ressentez-vous ce soir ?

— Difficile à décrire... Pardon, je dois fixer la caméra ?

— Oubliez-la et regardez-moi.

— Comme ça ?

— Parfait. Reprenons... Je suppose qu'être assise dans ce hall ravive une foule d'émotions ?

— J'aimerais en retrouver certaines, mais ce n'est pas le cas.

— Vous avez pourtant l'air soucieuse. À quoi pensez-vous ?

— Au sang. On raconte qu'il s'est incrusté partout. C'est là, tout autour de nous... En grattant bien, nous pourrions encore décoller d'infimes plaques séchées.

— Du sang, oui. Mais aucun corps. Comment l'expliquer ?

— Eh bien... La maladie des vignes avait déjà exterminé bon nombre d'enfants et d'employés. Il restait peu de survivants cette nuit-là... Une trentaine, tout au

plus. Les anciens prétendaient que les "épargnés" avaient pris la fuite pour échapper à la contamination. Ils supposaient également que les souffrants avaient rampé en traînant leurs plaies ouvertes sur le plancher. Les pauvres ont dû périr ici même en se vidant littéralement…

— *Les cadavres auraient été évacués par un tunnel débouchant sur la clairière.*

— *C'est exact. Le passage mortuaire partait du sous-sol et courait tout le long. Il a été condamné quelques mois plus tard à la suite d'une infestation de rats.*

— *Les derniers survivants auraient donc pu enterrer leurs défunts hors de la propriété avant que l'alerte de leur disparition soit donnée ?*

— *Pour s'enfuir ensuite ? Ma foi, s'ils ont planifié leur départ, ça se tient. À une nuance près… Bien que ma mère ait démissionné une semaine avant les faits, elle s'opposait à la version des anciens. Pour elle, tout était la faute de Colette.*

— *L'une des rescapés du Val Sinestra.*

— *La pire des trois.*

— *Des cinq…*

— *Ses enfants ne comptent pas.*

— *Pourquoi ça ?*

— *Ils n'étaient pas atteints du même mal… Valère pâtissait d'une absence d'émotions, et Ana se languissait d'espoirs. Des maux inoffensifs pour les autres, fort heureusement ! Mais croyez-moi, Colette brandissait fièrement l'étendard de sa folie… À l'inverse, ses jumeaux étaient plus raisonnés. Tous deux avaient bien conscience que leur mère abritait un monstre déguisé en madone. À notre époque, le terme approprié est sociopathe, je crois…*

— Vous devez faire erreur sur la chronologie, Magda. Colette aurait succombé à l'épidémie de phylloxéra. Comment aurait-elle pu être à l'origine des évènements survenus après sa mort ?

— Vous n'écoutez pas. Je vous parle d'un être démoniaque, capable de mener une infirmière catholique au suicide en la convainquant que son ventre arrondi portait le fruit d'un péché fraîchement consommé. D'un monstre susceptible d'intoxiquer l'esprit d'un jeune garçon au point de le rendre aussi sadique qu'elle. D'une diablesse amputée à la base du poignet, terrorisant des hordes de chiards plus habiles que les siens. Je vous parle du mal. La rouquine manipulait tout ce petit monde, envoûtait les âmes en y plantant sa colère. Elle aurait pu endoctriner n'importe qui de son vivant et le pousser à la frénésie meurtrière. Avez-vous entendu parler du pouvoir de la suggestion ? C'est l'un des phénomènes les plus intéressants parmi les innombrables occurrences dans l'esprit humain. De nos jours, Colette aurait fait un formidable cas d'école.

— C'est ce que racontait votre mère ?

— Tous les jours. Je crois d'ailleurs me rappeler que les examens médicaux pratiqués post-mortem sur Jeanne ont mis fin aux rumeurs de grossesse... Pour cause d'infertilité. L'ironie atteint parfois de cruels sommets, non ? Si vous voulez mon avis, le commis de cuisine a abusé des sentiments de cette brave dévote à la cuisse un peu trop légère ! Certains regards ne trompent pas. Elle semblait éperdument éprise de cet homme dégoûtant. Un bon marmiton doublé d'un épouvantable coureur. Pauvre Jeanne... Colette s'est servie de sa foi et l'a retournée contre elle. Elle a enduit son âme

de honte et de remords. Un enfant conçu hors mariage, vous imaginez ? Ça l'a tuée… Juste là-bas. »

((Zoom avant. Profondeur de salle. Cadrage. Plan fixe. Zoom arrière.))

« Vous avez aidé votre mère qui officiait entre ces murs et côtoyé la plupart des résidents. Selon vous, lequel d'entre eux aurait pu se laisser influencer au point de commettre de tels actes ?

— Tous. Sans exception.

— Vraiment ? Même un enfant de cinq ans ?

— Ne soyez pas ridicule. Comment un jeune gamin aurait-il pu s'en prendre physiquement à des adultes mesurant deux fois sa taille ? Vous confondez force et courage. Caroline aurait manqué d'audace, et Joseph, de vigueur. Après l'épisode de l'étang, le gamin a disjoncté. Il a cessé de s'alimenter et refusait de participer aux travaux communs. La dernière fois que je l'ai aperçu, ses muscles avaient fondu comme neige au soleil. Il survivait avec une indicible peur au ventre. Voilà quel genre d'assassin il était. Quant à sa sœur, il n'y a pas grand-chose à en dire. La petite paraissait tristement insignifiante dans cet immense décor.

— D'après vous, les jumeaux auraient-ils pu fuir l'orphelinat cette nuit-là ?

— Eh bien, je m'en souviens à présent… Des bruits ont rapidement circulé dans le village. Nos voisins soutenaient mordicus qu'ils avaient surpris deux jeunes enfants qui rôdaient dans leurs champs. Pour d'autres, ils étaient apparus à l'orée de la forêt ou encore près du lac. Certains leur ont même attribué quelque menu larcin, jusqu'à ce que les véritables coupables – le plus

souvent, les dénonciateurs eux-mêmes – soient démasqués. Au printemps suivant, l'intérêt suscité par ces apparitions s'était déjà émoussé. Les gens se lassent vite par ici, vous savez… D'ailleurs, je ne sais par quel sortilège l'Heure fantôme a dérogé à la règle ! À la semence des blés, Caroline et Joseph tombèrent définitivement dans l'oubli. On ne parla plus de rien. Ni d'eux ni des morts. Les Beaumontois reprirent le cours d'une laborieuse existence faite de sécheresse et de récoltes perdues. Survivre après guerre favorisait le déni. Dès lors que la rumeur perdit son pouvoir, elle ne fut plus d'aucune utilité. Jusqu'à ce que l'ancien maire remette le massacre au goût du jour.

— L'actuel propriétaire de l'orphelinat ?

— Un enfant du cru, pure souche ! Le genre d'homme capable d'exploiter une légende, pourvu qu'elle alimente son compte en banque…

— Magda ? Que se passe-t-il ?

— Je… Vous avez entendu ça ?

— Entendu quoi ?

— Derrière vous. »

35

Barbara devine un souffle puissant gonfler derrière la porte. Elle redoute l'instant où tout volera en éclats, charnières arrachées, portes dégondées et, plus insoutenable encore, l'écho avorté du tournage.

« Bloquez les battants ! » hurle Barbara.

Le grondement se déporte. Une vitre explose dans le réfectoire. Ni l'assaut du vent ni les branches enragées ne provoqueraient une telle déflagration sans une intervention humaine. Sous une pluie battante, des cris victorieux célèbrent brièvement l'exploit. En proie à une fureur sans égale, Warren abandonne sa caméra. L'excitation des cinq vandales agglutinés au carreau éventré retombe soudain comme un soufflet. Ils ont perçu la menace du géant présent dans l'obscurité. La peur a changé de camp. Le danger aussi.

« Où vous courez comme ça ? Revenez ici, bande d'enfoirés ! » s'écrit Warren.

Dans les faisceaux croisés des lampes frontales, Barbara entrevoit la brique lancée avec force, les bris de verre scintillant comme des étoiles coupantes sur le sol damé. Un long sifflement s'engouffre dans les micros et déplace une boucle blanche sur le front de Magda. Les doigts gantés de la vieille dame glissent dans le champ de la caméra et plongent sous un chignon serré pour y coincer la mèche indisciplinée. Une coquetterie émouvante, bien vite supplantée par l'inquiétude. L'arthrose la condamne à sa chaise, alors son cou se tord et craque tandis que l'échine ploie sous la douleur. Magda cherche à comprendre l'origine du raffut dans le réfectoire. Barbara retourne auprès d'elle et la rassure. *Par une nuit pareille, rien de moins prévisible qu'une mauvaise farce*. Les anniversaires attirent toujours des pique-assiettes. Plus la fête est sinistre, plus les participants s'avèrent gourmands.

« Tout ira bien. »

C'est faux, bien sûr. Rien n'ira jamais dans un monde où Emma n'existe pas.

Brusquement, planté comme un pieu dans l'air humide, un cri strident vibre de tous côtés. Les tympans déchirés, David retire prestement son casque. Plus pâle que jamais, il sonde le néant dans lequel s'étend l'ancienne aile gériatrique. Sa torche balaie timidement le seuil. Par mimétisme, Magda agrippe sa canne et tourne un regard méfiant dans la même direction.

« Quelqu'un veut entrer, chuchote-t-elle à Barbara. Vous devriez vérifier qui vient prendre un enfant…

— C'était il y a soixante-neuf ans, Magda…

— Et pourtant, d'autres disparaissent encore aujourd'hui. Lizzie, Emma… Jamais ça ne s'arrêtera. »

Barbara refuse d'associer sa fille à tout ça. Avant le drame, Emma se repaissait de l'affection d'une mère. Rien à voir avec ces orphelins monnayables confiés aux mains d'étrangers douteux. Les torrents ont pris sa fille et ne l'ont jamais rendue. Elle s'oblige à écarter toute autre option. Quant à Lizzie, il s'agit d'un autre combat. Celui d'une autre mère. Pas le sien. Alors pourquoi ses joues sont-elles inondées de larmes quand elle songe à la petite Lamourelle ?

Sa douleur entre en résonance avec ce satané bruit projeté contre les murs comme un appel à l'aide.

Dring ! Dring !

Magda a raison sur un point. Quelqu'un cherche à pénétrer dans le bâtiment désaffecté – mais certainement pas en s'annonçant à l'aide d'une sonnette qui n'est plus reliée à rien depuis longtemps. Barbara exclut les briseurs de vitres. Ceux-là ont détalé en apercevant Warren.

D'ailleurs, où est passé son chef-opérateur ?

Elle ne distingue plus son ombre furibonde arpenter le réfectoire. N'entend plus fuser ses insultes. Il s'est évaporé dans l'immensité chagrine du lieu en laissant la caméra enregistrer ce que l'œil humain demeure incapable de distinguer. Braquée sur Magda, l'optique capte son allure désappointée. Barbara entre dans le viseur.

« Par où emmenaient-ils les orphelins ?

— De ce côté-là. »

Magda désigne la portion anciennement resérvée à l'aile gériatrique. Intriguée, Barbara scrute la noirceur ensorcelante qui s'étend dans cette partie du bâtiment.

« La végétation a totalement recouvert la porte. À tel point qu'elle est indécelable de l'extérieur.

Mais le boîtier demeure visible. Je n'invente rien, quelqu'un a même crayonné "sonnette de nuit" en lettres majuscules, juste au-dessus ! Pour guider les visiteurs nocturnes, je suppose. Et s'assurer qu'ils se manifestent par une entrée discrète. »

Barbara pressent cependant qu'elle ne trouvera rien derrière l'encadrement fantôme, sinon les bourrasques exhalées par la nuit. Au pire, affronter un groupe de gamins déterminés à pourrir son tournage ne l'effraie pas.

David attrape son bras. Il chuchote :

« N'y va pas.

— Pourquoi ?

— Quelque chose est sur le point d'arriver... On ne pourra plus jamais revenir en arrière après ça.

— Bon sang, qu'est-ce qui te prend ? »

Si seulement David s'était montré aussi prévenant avant son départ pour le village de Sent, elle n'en serait pas là, à suicider sa vie, pour la réanimer constamment à coups de bonbons bleu plénitude.

« Je l'ai vue, Barbara. J'ai vu Emma.

— S'il te plaît, arrête...

— Non, tu ne comprends pas. Je l'ai vue *ce soir-là*.

— Tu n'es pas dans ton état normal, David.

— C'est vraiment ce que tu crois ?

— Lâche-moi ! Tu me fais mal. »

David relâche la pression. Le Val l'a bousillé, lui aussi. Mais, cette fois, il va trop loin. Barbara sent son regard peser sur ses épaules tandis qu'elle s'éloigne, bouleversée, pour disparaître tout à fait dans l'ancien mouroir.

Le plancher inégal ondule étrangement sous ses pas. *Splash, splash*. À certains endroits, une eau sale lape langoureusement les plinthes. Sa lampe frontale balaie les recoins dans lesquels se faufile la vermine. Une araignée velue se carapate dans une fissure tandis que sa proie agonisante brasse vainement la boue stagnante avec ses pattes. *La réplique miniature de la bestialité humaine réduite à l'échelle d'un insecte*, pense-t-elle tristement. À la verticale, les parois lépreuses frissonnent, comme si les respirateurs s'activaient encore à puiser l'oxygène pour maintenir vivantes des rangées de spectres.

Le faisceau lumineux la guide au bout de l'aile inexplorée. Barbara imagine la souffrance des mourants, enchaînés à leurs lits par une multitude de tuyaux, maintenus conscients par des pompes artificielles qui jamais ne remplaceront les battements authentiques d'un cœur.

Elle sait précisément ce qu'on ressent quand ce luisant organe n'est plus vraiment là. Quand le vide s'installe en lieu et place d'un corps constitué de chair, d'os et de sang.

Elle sait. Tout cela n'est qu'illusion. Sourire, parler, bouger sont des mécanismes de survie, des verbes apposés sur des apparences. Elle les expérimente en permanence.

La courte plainte électrique s'élève de l'autre côté d'une porte sans poignée ni serrure. *Dring! Dring!* La paroi vibre sous ses paumes en sueur. Deux planches clouées laissent passer suffisamment de lumière pour qu'elle puisse distinguer le chaos s'abattant sur le domaine de la Haute-Barde. Si quelqu'un attend dehors, elle le surprendra assurément avant le prochain coup de sonnette. Son visage s'écrase contre les bardeaux, explore une percée dans la vitre brisée. La nuit pénètre en elle.

À travers la boue du monde, Barbara peine à interpréter ce qu'elle voit.

Qu'est-ce que… ?

Des ombres oscillent sous l'imposte d'une porte bannie. Elle songe aux monstres de son enfance que les contes populaires cachent bien souvent sous un lit ou au fond d'un placard. Les peurs ne meurent jamais, elles sommeillent. Croire le contraire serait absurde. *Croire au croque-mitaine aussi*, se raisonne-t-elle. Ses pupilles se dilatent pour s'adapter aux jeux cruels des lumières dont raffolent les nuits d'orage.

C'est alors que l'étrange créature de fer se déploie sous ses yeux stupéfaits. Espacées de quelques centimètres, trois cloches se balancent sur une armature dotée d'un petit pendule métallique cognant contre des billes émettant un tintement régulier.

Des cloches de Franklin. Un détecteur d'orage.

Jamais elle n'aurait imaginé que l'effet sonore porterait si fort et si loin. Elle suppose que les fenêtres en verre – bien que majoritairement obstruées – amplifient la résonance au point d'imiter ce que Magda appelle « la sonnette de nuit ».

Ça n'a aucun sens, pense-t-elle. *Pourquoi s'amuserait-on à suspendre ce genre d'artifice devant une porte condamnée ? Qui plus est sur une propriété privée laissée à l'abandon ? Ce n'est pas plus dingue que de démembrer une poupée ou d'en suspendre toute une flopée aux branches d'un arbre…*

Un brouhaha enfle dans son dos.

On ne pourra plus jamais revenir en arrière après ça.

Un mauvais pressentiment s'empare d'elle.

Dans le hall qu'elle a fui, le vent hurle, le vent gémit.

Et sa plainte ressemble à s'y méprendre à des râles humains.

36

« Parlez plus lentement... Je vous en prie Sandra, calmez-vous. »

Posté derrière la fenêtre de son salon, Arnold observe la nature déchaînée prendre possession de la nuit. Son téléphone portable vissé à l'oreille, il écoute la mère de Lizzie décrire le tic-tac sadique de l'horloge qui réduit son cœur en miettes par petits bouts. Sa fille a disparu depuis près de deux jours. De source sûre, les gendarmes n'ont récolté aucun indice, ni chez elle ni ailleurs. Ils ont fouillé sa cave, retourné sa maison de fond en comble, pour ne laisser qu'un désordre innommable dans la tête de ses quatre autres enfants. Si la fatigue ne l'avait pas fait dévier de la route ce soir-là, sans doute auraient-ils gagné un temps précieux au lieu de se perdre en conjectures. Sandra le rassure sur sa santé. Plus de tôle froissée que de mal. Hormis la plaie recousue sur son cuir chevelu, son corps tatoué d'hématomes n'a subi aucun dommage majeur. Les urgentistes voient en elle une femme miraculée, quand les gendarmes soupçonnent un potentiel infanticide.

« Ils me traitent comme une criminelle… », se lamente-t-elle.

Obnubilé par les éclairs zébrant le ciel, Arnold attend le bon moment pour crever l'abcès qui empoisonne son esprit depuis des heures. Profitant d'une pause baignée de larmes, il s'attaque au cœur du sujet :

« Quelles raisons auraient pu amener les gendarmes à vous suspecter ? »

Le silence s'éternise, suivi de près par une respiration étouffée.

« J'ai menti lors de ma déposition. Je n'étais pas à l'usine la nuit de mon accident.

— Bien. Où étiez-vous ?

— Dans un motel.

— Seule ?

— Non. »

Arnold soupire.

Cet orage ne finira donc jamais ?

« Entretenir une relation n'est pas un crime, reprend-il. Le mensonge n'est certes pas la meilleure option, mais vous aviez peur d'être accusée de négligence envers vos enfants, c'est compréhensible. L'homme avec lequel vous vous trouviez aurait pu vous fournir un alibi. Alors, y a-t-il quelque chose que je devrais savoir ? »

Sandra ravale un sanglot.

« Ils n'ont pas pu l'interroger.

— Et pourquoi cela ?

— J'ignore le nom de mes clients.

— Vos… clients ? »

Les paupières fermées, Gabe prend la mesure de la tragédie. Faut-il être au désespoir pour en arriver là ? Sandra perçoit la gêne, l'incompréhension et tant d'autres meurtrissures qu'elle se sent contrainte de se justifier :

« Mon travail à l'usine ne suffit pas à nourrir six bouches. À sa mort, mon mari ne nous a rien laissé, à part des dettes qu'une vie entière n'épongera pas… Alors, oui, il m'arrive de devoir m'absenter jusqu'à tard le soir pour remplir le frigo. Les enfants ont besoin de vêtements chauds. L'hiver approche…

— Je ne vous juge pas.

— Oh, non ! Mais d'autres s'en chargeront ! Tout le village finira par savoir quel genre de femme je suis. Une traînée qui vend ce qui lui reste d'honneur au plus offrant. Et ils auront raison… Quelle mère responsable confierait ses enfants à l'aîné de douze ans ? »

Les services sociaux évalueraient la moralité des *activités* annexes de Sandra Lamourelle comme une information préoccupante. Gabe refuse d'imaginer le déchirement qu'engendrerait le placement en famille d'accueil de ces cinq gamins dispersés aux quatre vents. Pour le moment, sa priorité se focalise exclusivement sur Lizzie.

« Votre fils aîné vous a-t-il fait part du bracelet retrouvé à l'orphelinat ?

— Celui qu'il a laissé chez vous ? Oui, il m'en a parlé… C'était le préféré de Lizzie. J'ai dû lui extorquer la vérité, vous savez ! Malgré mes interdictions, ces inséparables se sont rendus dans cet affreux endroit pour y accrocher la poupée de ma fille. Il jure qu'ils n'y sont allés qu'une seule fois, la veille de sa disparition. Bon Dieu, j'étais dans ma chambre et je n'ai rien entendu ! ajoute-t-elle en sanglotant.

— Vous a-t-il dit autre chose ?

— À propos de quoi ?

— D'une personne qu'il aurait croisée à l'orphelinat ?

— Non.

— A-t-il parlé du bracelet aux enquêteurs ?

— Il ne s'est confié qu'à vous.

— Lizzie le portait-elle, cette nuit-là ? »

Un froissement semblable à celui du papier atténue la voix de Sandra. Gabe comprend qu'elle s'est éloignée du haut-parleur pour interroger une autre personne présente dans la pièce.

« Mon fils assure qu'elle ne l'avait pas. Lizzie l'enlève toujours pour aller dormir, de peur d'écraser une licorne dans son sommeil… Arnold, qu'est-ce que ça veut dire ?

— Rien en particulier. Si ce n'est qu'elle est probablement retournée là-bas… »

La conversation s'achève sur une promesse. Dès le lever du jour, Gabe apportera au poste de Neuvy-le-Roi une demi-douzaine de licornes en guise de pièces à conviction. Il lui faudrait expliquer la manière dont elles sont tombées en sa possession – quitte à trahir les confidences du frère de Lizzie. Mais la plus ardue des tâches sera de convaincre le commandant de compagnie nouvellement affecté du bénéfice de leur collaboration. On disait de ce dernier qu'il avait la gueule d'un pitbull et l'amabilité d'un cocu fraîchement remercié. Sans pour autant définir son efficacité sur le terrain, ce portrait unanime augurait une approche difficile. Son prédécesseur s'asseyait allègrement sur les procédures et, jusqu'à présent, il n'avait pu que s'en féliciter. Dans les situations inextricables, le concours peu conventionnel d'Arnold était toujours bien accueilli. Il espérait que le flambeau passe d'un chef à l'autre sans trop d'étincelles.

Il se doutait que, en amont des investigations, l'équipe en place avait dû éplucher les anciens rapports d'enquête. La petite aimait les lieux isolés, mais s'assurait toujours de demeurer à proximité de l'étang où s'érigeait le cocon familial, son *vrai* refuge. Elle ne récidivait jamais au même endroit. *Et on la retrouvait toujours*, songe Arnold, sans volonté de s'attribuer le mérite exclusif de ces issues heureuses.

Répondant en tout point à ces critères, l'orphelinat s'inscrivait naturellement comme une cache privilégiée. Auquel cas, il faudrait désormais ajouter un paramètre crucial dans le schéma de Lizzie. Pénétrer par effraction sur une propriété privée ne l'effrayait pas. Pire, elle s'affranchissait à présent de l'autorité maternelle. La petite gagnait en indépendance, et si cette évolution marquait une amélioration dans son développement mental, elle la rendait également incontrôlable.

La tempête le tient éveillé comme au temps où sa mère ployait sous les coups, sa paume entaillée par le fer d'une clef aussi symbolique qu'une croix. Il observe l'escalier. Détourne le regard. Seul, il ne peut atteindre les sommets de sa propre maison. Alors, il s'empare d'une obsession accessible à portée de main. L'étagère basse du vaisselier compte une belle rangée de DVD parmi lesquels se nichent les reportages de Barbara Blair.

Il envisage de repasser en boucle ces joyaux d'images sous prétexte que ce qui l'occupe ne le tuera pas – et vice versa.

Deux ans auparavant, ébranlé par la découverte de son histoire au Val Sinestra, il s'était procuré l'intégralité de ses productions. Il n'avait pas menti à Warren Tasselier. Chaque lieu visité semblait prendre vie à travers l'écran. Les ombres induites par le jeu du caméraman accentuaient une troublante illusion d'optique. Gabe se souvenait de cet effet hypnotique qui l'incitait à tendre l'oreille.

Comme si les pierres pouvaient respirer…

L'annonce de sa venue à Beaumont-la-Ronce l'avait troublé. Rares étaient les célébrités qui dérivaient sciemment jusqu'à ces terres oubliées de la géolocalisation. Il y avait vu l'occasion inespérée de rouvrir un dossier au point mort.

Celui du Val Sinestra.

Une fenêtre claque à l'étage. Gabe lève les yeux au plafond comme s'il pouvait voir au travers. Il peste contre son aide à tout faire. Par une nuit pareille, Cathy aurait dû s'assurer que toutes les issues étaient hermétiquement fermées. Sa manie d'aérer de la cave au grenier, même au plus fort de l'hiver, finirait par lui coûter une mort prématurée par pneumonie.

Puis il prend conscience qu'à aucun moment elle n'est descendue dans l'une, ni monté dans l'autre. Il tend l'oreille. Rien ne se produit. Aucune vague de froid ne dévale les marches, pas un souffle d'air. À coup sûr, la nuit tempétueuse alimente son imaginaire comme lorsqu'il était encore un petit garçon cramponné aux barreaux de l'escalier.

Soucieux de retrouver un semblant de lucidité, Arnold parcourt sa précieuse vidéothèque. Classées par ordre chronologique, les jaquettes dénotent une évolution graphique à la mesure de leur contenu :

2006 – « L'Enfer cannibale » – Hôpital Khovinski – Moscou – Russie.

2009 – « Fox Hollow Farm » – Propriété du tueur en série Herbert Baumeister – Indiana – États-Unis.

2011 – « La Maison noire » – Villa Belz – Biarritz – France.

2013 – « Les Chemins de ronces » – Manoir médiéval – Dorset – Sud de l'Angleterre.

2014 – « Les Grottes de Burgos » – Chapelle San Barnabé – Province de Burgos – Espagne.

Il était remonté plus loin dans la filmographie de Barbara Blair. Ses anciennes productions n'étaient cependant plus disponibles à la vente – pas même d'occasion –, mais nul doute qu'elles amorçaient déjà un potentiel voué à nourrir une brillante carrière. Son intérêt s'était donc cantonné aux films commercialisés. Cinq en huit ans. Auxquels aurait dû s'ajouter, en 2015, « SINESTRA », si le destin n'avait pas commis le pire des crimes : arracher brutalement une enfant à sa mère.

Barbara Blair avait basculé en enfer cette année-là. Le genre d'enfer capable de l'envoyer dans une chambre capitonnée pour le restant de ses jours. Pourtant, quatre ans plus tard, elle revenait tourner un énième reportage à l'orphelinat de la Haute-Barde. Même si Warren Tasselier éludait le sujet, la finalité de cet épisode tendait à clore le précédent. Quoique ses motivations profondes échappassent à l'entendement, cette femme ne cesserait jamais de courir après le fantôme de sa fille.

Gabe ne connaissait pas plus solide camisole que la culpabilité. Cinq reportages en huit ans signifiaient de longues absences – loin d'Emma, cette enfant qu'elle avait sans doute à peine vue grandir. Rien d'étonnant à ce qu'elle s'accroche à son souvenir, alors même que la disparition de Lizzie devait raviver les cendres chaudes d'un malheur consumé.

Emma. Lizzie. Emma. Liz…

Mû par une intuition fulgurante, Arnold ouvre son calepin et relit ses dernières notes :

Deux fillettes du même âge disparues
à quatre ans d'intervalle.
L'une, présumée morte aux abords du Val Sinestra.
La seconde, évaporée à proximité de l'orphelinat
de l'Avenir du Prolétariat ???
La première est née sourde.
L'autre souffre d'un trouble léger
du spectre autistique.
En incluant le passé violent similaire aux deux
établissements et le passage des trois jeunes réfugiés
français, ~~les coïncidences s'arrêtent là.~~
Autre dénominateur commun : Barbara Blair.

À la suite de quoi, sa main mal assurée trace à l'encre noire ce que tout homme sensé aurait entrepris :

Remonte le temps. Des provinces de Burgos aux faubourgs de Moscou, vois ce qui est demeuré caché.

C'est ainsi que, bien avant l'aube, les doigts engourdis par d'interminables recherches, Arnold s'affaisse sur un maigre butin. Il avait ciblé sur le Net les faits graves mettant en cause des mineurs. Aucune disparition non élucidée ni agression avérée n'étaient signalées à proximité des lieux où s'était rendue Barbara Blair – du moins, pas durant la période où elle y séjournait. De 2006 à 2011, il avait fait chou blanc, renonçant presque à sonder cette voie sans issue qui l'avait conduit à penser que le destin s'acharnait étrangement partout où la réalisatrice passait.

À l'été 2014, il y avait bien eu une plainte déposée dans la province de Burgos pour tentative d'effraction – la presse locale s'était emparée du sujet en raison du caractère religieux de l'affaire. La maison visée, où vivaient pieusement une jeune veuve et ses deux enfants, se trouvait à trois kilomètres de la chapelle San Barnabé. Dans la chambre qu'il partageait avec sa sœur, le garçon avait déclaré qu'*el diablo* avait tenté d'en forcer la fenêtre. Personne n'avait remis en cause la description monstrueuse du rôdeur, qui, selon lui, aurait escaladé la façade plus lisse que les ailes d'un ange à l'aide d'une paire de griffes. Si la vitre brisée de l'extérieur et les empreintes de pas relevées dans l'herbe boueuse attestaient d'une présence malveillante, il était cependant peu probable que le diable ait chaussé une paire de baskets taille 45.

Un an plus tôt, dans le Dorset, une petite fille de sept ans avait été découverte dans la lande. Au milieu de l'étendue sauvage séparée du manoir médiéval par un simple cours d'eau, des randonneurs l'avaient trouvée entièrement dévêtue, prostrée sous un arbre sans qu'il soit possible de l'en déloger. La fillette n'avait heureusement pas subi d'outrage. Son menu corps ne présentait aucune marque de coups, pas même une ecchymose. Quand, après des heures de silence, on était parvenu à interroger l'enfant, elle assurait qu'une voix dans sa tête lui avait ordonné de se déshabiller. En outre, la robe blanche qu'elle portait ce jour-là avait été retrouvée roulée en boule derrière l'arbre. Les analyses effectuées à partir du tissu n'avaient rien révélé d'autre que la présence de terre et de brindilles. La santé mentale de l'enfant – de fragilité notoire – fut donc incriminée sans que l'on puisse toutefois élucider totalement le mystère de la lande.

Au demeurant, jamais une voix imaginaire n'aurait subtilisé une petite culotte.

37

Derrière elle, Barbara entendait l'écho entêtant des cloches de Franklin. Dans son esprit, le son cristallin figurerait à tout jamais les cris d'un enfant dont on vient négocier le prix. Comme pour leur échapper, elle continuait à suivre les râles provenant du hall ; une étrange résonance créée par le vide.

Parvenue sur le seuil, la réalisatrice peine à comprendre ce qui s'est joué en son absence. Les réflecteurs de lumière occultent la zone de tournage, tant et si bien que la caméra montée sur trépied ressemble à un squelette solitaire. Barbara contourne prudemment les toiles tendues par Warren.

Les yeux rivés droit devant, Magda semble paralysée sur sa chaise. La terreur la condamne à n'en pas bouger. Voyant la réalisatrice approcher, elle désigne du menton une forme recroquevillée près de l'ascenseur.

Barbara se dirige vers l'être humain qui n'émet désormais plus un bruit. Elle le reconnaît, tombe à genoux et soulève la masse de cheveux filasse qui lui colle au visage. David a l'air si paisible, presque endormi contre la grille rouillée. Sous lui grandit un lit poisseux dans lequel elle patauge impunément.

Elle ne peut pas – ne veut pas – voir la main qui pend mollement à l'extrémité de son poignet. Elle semble ne plus tenir qu'à la volonté de quelques ligaments. L'entaille dans sa paume crée un étrange effet d'optique, parce qu'en vérité l'appendice recourbé est parfaitement rattaché au bras de David. Barbara plonge dans l'abomination lorsqu'elle considère son autre main, serrant encore le tesson de verre qui lui transperce l'abdomen.

« Comment est-ce arrivé ?! » hurle-t-elle, comme si l'essentiel se limitait aux circonstances et non aux conséquences.

Masquée par un flot d'obscurité, Magda semble avoir perdu l'usage de la parole. Sa bouche émet un borborygme proche du gémissement. Barbara se frappe successivement la poitrine et le front, puis signe son incompréhension en balayant l'espace d'un doigt nerveux, comme elle le faisait avec Emma.

Elle dit : *je ne comprends pas !*

Magda non plus. La langue des signes est pourtant le seul moyen pour Barbara d'exprimer son sentiment d'horreur.

Au pied de l'ascenseur, un soubresaut soulève la poitrine de David. Il n'est pas encore mort, ni tout à fait vivant d'ailleurs. Son corps mou s'abandonne aux bras de Barbara, exposant la gravité de sa blessure. Elle voudrait connaître les bons gestes, trouver des mots rassurants, recoudre la plaie d'une manière ou d'une autre. Sous l'effet de la panique, elle s'apprête à retirer le corps étranger qui entame profondément sa chair, quand, surgie de nulle part, une ombre géante fond sur elle.

« Ne fais pas ça ! Si une artère est touchée, ça le tuera ! »

Barbara arrête son geste et retire prestement ses mains du fragment de verre. En état de choc, elle lutte contre l'indescriptible rancœur à l'égard du monde qui ne lui a pas appris comment sauver un homme éventré, comment sauver une mère malade, un mariage raté, une enfant mal née.

Portable en main, Warren se plaint de la saturation des lignes téléphoniques, maudissant ces satanées nuits d'orage qui démultiplient les peurs au point de mobiliser toute ressource extérieure. Les secours ne viendront pas, alors sa décision tombe, muette et sans concession.

« Où vas-tu ? s'écrie Barbara.

— Chercher de l'aide.

— Je viens avec toi !

— Non, tu restes avec Magda et David. Mieux vaut éviter de le déplacer, répond Warren. Le transport risquerait d'aggraver son état. Restez à l'abri et, quoi qu'il arrive, ne tentez rien. À mon retour, on quitte cet endroit… Tu verras, ça ira. »

Quelque chose est sur le point d'arriver. David en était convaincu. Elle n'a pas voulu l'écouter.

Et maintenant, tout ce qu'elle voit, c'est un ami mourant qu'un autre abandonne. C'est du sang. Partout. Sur ses mains, ses vêtements, ceux de Warren. Lui qui pourrait soulever un buffle comme s'il ne pesait rien.

Ce qu'elle *voit* n'est pourtant pas une question pertinente. La véritable énigme réside dans ce qu'elle n'a pas vu.

Quand cette chose a transpercé le ventre de David, où étais-tu, Warren ?

David s'affaisse contre son épaule telle une poupée molle. Son poids la cloue au sol tandis que la porte s'ouvre comme une gueule béante, gobant Warren en un rien de temps.

« Magda ? Vous allez bien ? » s'inquiète la réalisatrice.

En état de choc, la vieille dame ne répond pas. Ses yeux sont rivés sur l'entrée. Barbara imagine alors la fourgonnette s'éloigner, ses feux rougeoyants perçant la nuit noire.

À l'autre bout du bâtiment, les cloches de Franklin fanfaronnent toujours.

38

Putain, c'est quoi, ça !

Une odeur nauséabonde infecte la cabine de son vieux tacot au point de lui filer la nausée. Le moment est mal choisi pour débusquer un rat crevé – ou quelle que soit l'origine de cette puanteur. L'évidence crève le pare-brise massacré par la pluie : jamais il n'atteindra les urgences à temps. D'après le GPS, l'hôpital le plus proche se trouve à vingt kilomètres de Beaumont-la-Ronce, mais le tracé rouge d'une déviation allonge considérablement la distance. Tout le monde sait ça, les nuits d'orage provoquent des accidents. Les accidents créent des ralentissements. Les ralentissements entraînent la mort des gens. Et le cycle infernal se répète des heures durant. David ne tiendra pas aussi longtemps. Warren allume les feux de croisement. La vision mentale de son ventre déchiqueté supplante celle de l'allée où l'arbre aux poupées s'est déjà délesté d'un grand nombre d'entre elles.

Les limites du domaine franchies, il accélère sur la route qui sépare l'édifice du château. Il déteste l'idée d'abandonner Barbara à l'influence de l'orphelinat. Une sourde appréhension le gagne depuis qu'il a fait fuir les casseurs. Seule, comment pourrait-elle se défendre ? Si un autre groupe débarquait, la vieille folle parviendrait à peine à brandir sa canne. Quant à David… Bon Dieu ! Comment diable a-t-il pu s'empaler de la sorte ? À supposer qu'il ait glissé face contre terre à l'endroit exact où se concentraient les bris de verre, quel scénario ubuesque aurait contré les lois de la gravité au point de dresser une pointe coupante à la verticale ? Ça n'a pas le moindre sens. Personne n'y croira. Néanmoins, les coupures apparentes sur ses paumes s'avéraient cohérentes si l'on imaginait le geste désespéré d'un homme s'acharnant vainement à retirer le pieu de la plaie. Quoi qu'il en soit, avant de livrer sa version des faits, David aura déjà rejoint le monde des entités qu'il a passé son existence à traquer.

Warren maudit son foutu caractère. Comment ose-t-il tourner en dérision les croyances d'un ami étendu sur son lit de mort ? Le chicaner est devenu une mauvaise habitude, une manière persistante de tester ses limites. Au fond, il se comporte exactement comme sa mère. Elle ne manquait jamais une occasion de rabaisser quiconque ne cadrait pas avec son statut. Tout ce qu'il détestait en elle coule chaudement dans ses veines. Barbara a raison, sans doute devrait-il apprendre à se maîtriser… Mais ça n'arriverait pas aujourd'hui.

Ses mains s'agrippent au volant. Dans la foulée, un voyant rouge se met à clignoter sur le tableau de bord. *Merde !* Au mieux, la jauge d'essence est morte. Au pire, la panne est imminente. Jouer à pile ou face est trop risqué. Sa dernière chance est derrière lui. Dans le rétroviseur, le château de la

Haute-Barde se fond dans le paysage, le défiant par ses tourelles dressées comme d'invincibles sentinelles. Un monstre de plus à leur palmarès désenchanté. Warren décide de faire demi-tour.

Au premier étage, une faible lumière glisse furtivement derrière les voilages avant d'être absorbée par l'obscurité. Un simple cillement aurait occulté l'apparition éphémère, une seconde d'inattention aurait suffi à la rendre inexistante. Pourtant, à cet instant, rien n'échappe à sa vigilance.

Monsieur Marlois prétendait devoir s'absenter pour toute la durée du tournage. À moins de se rendre coupable d'un mensonge, l'ancien maire avait à coup sûr avancé son retour. Une aubaine. Il pourrait leur porter assistance et convaincre n'importe quel médecin alentour de quitter son lit au beau milieu de la nuit pour secourir un parfait inconnu. Et s'il n'y parvenait pas, Warren s'en chargerait lui-même. Rares étaient les fous qui se frottaient à son pouvoir de persuasion. Ceux qui s'y risquaient terminaient généralement dans un état critique.

Warren bondit hors de l'habitacle et s'élance vers le portail étonnamment entrouvert. À travers le rideau de pluie, il poursuit sa course jusqu'au porche. Poings fermés, il cogne à la porte, et ses coups répétés font vibrer les gonds alors même qu'il voudrait tout défoncer. Quelque chose ne va pas derrière ces murs… Warren devrait entendre les aboiements d'un chien, le pas traînant du propriétaire. Il frappe encore, si violemment que ses phalanges se brisent. Il appelle à l'aide, s'égosille :

« Il y a eu un accident ! »

Un accident, vraiment ? s'interroge Warren.

« Marlois ! Vous m'entendez ? David est en train de crever ! »

Mais ce couard de châtelain reste planqué dans sa tour d'ivoire. Warren se rappelle le discours ampoulé sur les frais que sa responsabilité civile ne couvrirait pas en cas de malheur.

Ce connard doit se pisser dessus à l'idée de perdre ses acheteurs.

Il ne lui reste qu'une seule alternative.

Même si la perspective de se rabattre sur le concours d'Arnold Gabe lui répugne, l'accueil sera toujours plus cordial que celui réservé par sa voisine, dont l'unique talent se résume à l'insane exhibition de ses attributs.

En dépit de son pedigree, le type en fauteuil ne lui inspire aucune confiance. Sa façon de décortiquer l'horreur dans les moindres détails, sa capacité à pénétrer dans la tête d'un autre, tout en lui augure un esprit pernicieux. Et une intelligence de terrain à ne pas négliger. Entre la peste et le choléra, Warren n'a pas vraiment le choix.

Sur le perron, il fait volte-face. Mais un obstacle imprévu se dresse devant lui. Dans la nuit tempétueuse, une silhouette en uniforme progresse dans sa direction, un sourire de façade réduit à peau de chagrin. Au-delà du portail, Warren remarque la présence d'un coéquipier posté près d'un véhicule de service, observant la scène à la manière d'un veilleur impassible.

« Monsieur, que faites-vous ici ? C'est une propriété privée.

— Mon confrère est grièvement blessé…
— Vous n'avez pas répondu à ma question.
— Le portail était ouvert. Je n'ai enfreint aucune règle.
— Et où est votre confrère ? »
Warren pointe l'orphelinat du doigt.
« La blessure, de quelle nature ?
— Vous déconnez ? Il a un putain de trou dans le bide ! Vous captez ?
— Calmez-vous, monsieur.
— Que je me calme ? Et vous attendez quoi pour bouger vos gros culs ? »
Le gendarme porte une main au ceinturon. Son binôme vient en renfort au vu d'une situation qui manifestement dégénère.
« Tout doux. Vous êtes blessé, monsieur ?
— Moi ? Non ! C'est quoi, votre problème ?
— Vous êtes couvert de sang.
— Faut vous le dire en quelle langue ? Ce n'est pas le mien ! »
Le ton monte. Le premier gars fronce les sourcils. Le second hoche la tête. Ce doit être un code entre eux parce qu'on lui enjoint aussitôt de présenter ses papiers d'identité.
« Sérieusement ? OK ! Ils sont dans la boîte à gants. Mon nom est Warren Tasselier. Monsieur Marlois a dû vous prévenir de la présence d'une équipe de tournage…
— Désolé, monsieur Marlois n'a prévenu personne. »
Foutu sésame en carton.
« Déverrouillez les portes arrière de la fourgonnette.

— Pourquoi ?

— Parce qu'on vous le demande gentiment.

— Allez vous faire foutre !

— On se détend, OK ? tempère l'autre. Une gamine a disparu. Simple contrôle de routine.

— Je sais pas où est la gosse, connard !

— Un an d'emprisonnement pour outrage à l'égard d'un agent dépositaire de l'autorité publique, ça vous tente ?

— Très bien, finissons-en », rétorque posément Warren, se souvenant de la promesse faite à Barbara quant à maîtriser son tempérament.

Il ouvre les portières, s'écarte pour laisser le champ libre au faisceau d'une lampe torche qui balaie le plancher crasseux. Complices, les vignes voisines s'éclairent sous un ultime impact de foudre, frappant sa conscience en même temps que la leur.

« Attendez ! Ce n'est pas ce que vous croyez !

— Vous savez le genre de sévices que les détenus font subir aux tueurs d'enfants ? Paraît même que les matons préfèrent utiliser leurs matraques... Question d'hygiène.

— Vous êtes dingues ! Je n'ai pas touché à la gamine ! »

Ce n'est pourtant pas ce que raconte l'arrière de sa fourgonnette : au milieu d'autres immondices indéfinissables, une masse de cheveux dépasse d'un sac-poubelle mal fermé. Blond cendré teintés de rouille.

39

Une chose hideuse…

C'est tout ce qu'il reste de moi. J'en veux pour preuve l'indescriptible calvaire enduré par mon succulent sucre d'orge. Si tu savais comme je me suis délecté en suçant la sève délicate d'une enfant ! Elle était aussi juteuse qu'un fruit bien mûr au milieu d'une vigne sans saveur.

En tires-tu quelque fierté ?

Évidemment, je sais que non.

L'amour ne s'apprend pas, et le respect se mérite. Tu l'as répété tant de fois que j'espérais un jour te mépriser en toute insolence…

C'est un aveu d'échec.

Je ferais n'importe quoi pour te plaire, pour susciter ton attention, mais ton cœur est plus dur que le roc et ta bouche plus avare qu'un marchand de silence.

Je ne gagnerai rien à ce jeu de lettres demeurées sans réponses et, pourtant, je t'invite solennellement à clore mon festin parce qu'il n'est rien de plus misérable qu'un dîner inachevé.

J'imagine qu'en lisant ces mots tu doutes encore de mes aptitudes à infliger souffrance et déshonneur. Tu as certainement enchaîné les bulletins d'information pour t'assurer que le prix du menu en vaut la peine. Tes doigts mauvais ont tellement usé de touches que la télécommande est désormais aussi bonne à jeter que toi.

À ce jeu-là, la disparition de mon papillon sans ailes ne t'aura donc pas échappé.

Sans cela, tu ne m'en aurais jamais cru capable, n'est-ce pas ? Malgré toutes ces lettres que je manie au scalpel, tu ne pouvais t'empêcher de rabaisser mes actes à des mots creux.

Alors, savoure et avale tout ce que tu pourras, car il n'y aura pas de deuxième fournée. Espérons que la première te suffoque assez pour susciter un brin d'admiration… Autrement, étouffe-toi à mort avec ta putain d'indifférence ! Et je viendrai moi-même enterrer tes os si profondément que le monde oubliera que tu as jamais existé.

Bien, où en étais-je? Ah oui !

Dès le premier regard, j'ai su qu'elle serait la prochaine.

Je me souviens du jour où je l'ai rencontrée. Le soleil embrasait tout. Et ce petit bout de femme m'a souri comme on ne devrait jamais sourire à quelqu'un comme moi.

Je n'ai pas su devenir quelqu'un d'autre ni repousser l'abominable créature. Peut-être que je ne le voulais pas. Par amour pour toi.

Je l'avais déjà observée tant de fois, fantasmant d'innommables sévices auxquels exposer son corps de fillette, que, au moment où mes mains se sont refermées sur sa nuque, ma jouissance s'en trouva amoindrie.

Oh, je suis confus… Commencer par la fin te prive de la meilleure part du gâteau ! Quel dommage, il ne faudrait pas brûler les étapes, n'est-ce pas ?

Bien, reprenons…

Il pleuvait à verse cette nuit-là. Le vent fouettait les arbres et les dépouillait de leurs aiguilles. J'avoue que le climat exécrable a favorisé mes projets infects. Personne ne lève la tête quand il drache. Chacun baisse égoïstement les yeux vers ses pieds en fonçant droit devant lui sans se soucier des innommables dangers.

Excepté les chasseurs d'enfants. Ceux-là ne craignent rien d'autre que perdre de vue leur proie. La mienne a trouvé refuge dans un endroit isolé, précisément là où personne ne penserait à venir la chercher.

Ma poupée s'est crue à l'abri de la tempête.

Je suis son semeur de vent.

Je reconnais que c'est de loin mon meilleur piège.

Ici, personne ne la retrouverait. Et pour peu que je sache doser le degré de supplice, elle m'appartiendrait pour l'éternité.

Fort d'une excitation indécente, je me suis approché, reniflant l'odeur divine de sa virginité.

Les parois de sa cachette gorgée d'humidité luisaient à chaque impact de foudre… J'aurais pu rester des heures à faire le guet, masturbant ce qu'il me restait d'humain pour satisfaire le monstre en moi.

Mais c'est elle que je désirais posséder.

(Ou ton amour, je ne sais plus…)

Je me suis introduit sans bruit sous cette voûte glacée imprégnée d'innocence. Elle m'a souri, comme on ne devrait jamais sourire à quelqu'un comme moi. Je crois même que le tonnerre a cessé de gronder l'espace d'un instant, rien que pour nous laisser savourer cet ultime moment de civilité.

Ce que je lui ai fait ensuite ?

Tu le sauras…

Le jour où nous nous reverrons.

Eh oui, vois-tu, pour une fois dans ma vie, je décide de ce qui doit être dit ou pas.

Oh ! Croyais-tu vraiment bouffer à l'œil ?

Terminées, les pages d'écriture et les jouissances épistolaires dont tu rends les plaisirs si solitaires.

Si tu veux manger à sa table, il faudra désormais t'accommoder du boucher.

Je sais, je sais…

Tu t'étrangles de rage, écœurée à l'idée de me revoir, moi, ta monstrueuse créature.

Mais cela finira par arriver, tu n'as jamais su résister à l'odeur d'un massacre.

Encore moins à celle d'un enfant.

Alors, vas-y, goûte les dernières paroles soufflées au crépuscule de sa vie, lorsque j'ai murmuré son prénom, encore et encore, jusqu'à ce que mes lèvres en perdent la saveur…

Emma.

40

Est-ce la même vision qui s'est imposée aux enquêteurs débarqués soixante-neuf ans plus tôt ? Ont-ils frémi à la vue du sang ? Ont-ils vomi en raison de l'odeur, comme elle s'apprête à le faire ?

Barbara tente de réprimer la nausée.

Il est trop tard pour ça.

La bile se mêle aux caillots s'agglomérant autour de l'étrange sourire creusé dans le ventre de David. C'est un miracle qu'il soit encore en vie. Elle vérifie une nouvelle fois. La mort sait si bien s'habiller de perfidie qu'elle tromperait n'importe qui.

Lové dans ses bras, il balbutie quelques mots délirants de fièvre.

« Chut… Ne parle pas. Économise tes forces. »

En évitant tout geste brusque, elle attrape les bretelles du sac à dos de David, au fond duquel se trouve une bouteille d'eau.

« Bois. »

Il s'étouffe entre deux gorgées et recrache.

« Dis-moi ce qui t'est arrivé, David. »

Elle qui le sommait de se taire réclame à présent qu'il s'épanche. L'ignorance est la pire ennemie de l'homme. Elle porte en elle un fardeau au nom duquel on s'aime, on se tue, on s'entredévore, persistant à fermer les yeux quand la vérité s'annonce dérangeante. David geint. Barbara croit entendre le nom de Magda jaillir dans sa bouche comme un rappel à l'ordre. Et c'est vrai qu'elle en aurait presque oublié sa présence, tant la vieille femme se fait discrète.

Depuis sa chaise, Magda lance des regards abattus à tout ce que le vent déplace. Là, un tas de feuilles s'envole, ici un volet calciné claque, une forme à contre-jour se balance. Et ce sont autant de frissons secouant ses vieux os.

« Avez-vous vu ce qui s'est passé ? »

Ce n'est qu'à l'écho de sa propre voix que Barbara prend conscience du calme régnant dans le hall. Les cloches de Franklin ont cessé de chanter. Si, par chance, l'orage s'éloigne, il laisse désormais place à un silence par trop solennel. La vieille dame resserre ses mains contre son manteau blanc. On dirait une enfant que la nuit terrorise.

Elle raconte que David trifouillait sa console. Désigne le matériel abandonné sous une fenêtre située derrière elle. L'instant d'après, encore indemne, il s'éclipsait dans le réfectoire. Quelque chose avait dû l'attirer de l'autre côté.

« Où était Warren à ce moment-là ? »

— Je ne sais pas. Je l'ai revu au même moment que vous, souffle Magda.

— Vous tremblez… »

La vieille dame hoche la tête.

Invoquant tant de mauvais souvenirs, la nuit de l'Heure fantôme ne faillit pas à sa sinistre réputation et l'accule de sensations éprouvantes.

« Vous devriez rentrer chez vous, Magda.

— Non. Je refuse de vous abandonner avec un mourant dans les bras. Et puis, je ne serais pas capable de traverser la tempête sans me casser les os. »

Barbara ne bouge pas, mais ne se résout pas non plus à demeurer prostrée contre une porte d'ascenseur jusqu'au retour de Warren, à regarder impassiblement mourir *son ami*, bien qu'il n'en fût pas toujours ainsi. Elle les avait haïs tous les deux, autant qu'il est possible de se détester soi-même. Si seulement ils l'avaient retenue avant son départ pour le village de Sent…

Certains spécialistes parlaient de transfert de responsabilités, d'autres lui préféraient la théorie du déni. Quatre années de psychanalyse pour arriver à la conclusion que personne n'aurait pu contrer l'inéluctable – fléau de malheur ou malédiction, peu importe le nom qu'on lui donne.

Elle soulève doucement la tête de David. Un faux mouvement, et la plaie se déchirerait. Un geste inapproprié le tuerait. Elle bascule avec précaution son poids – presque – mort contre la grille, puis retire sa doudoune et la roule en boule, improvisant un oreiller aussitôt imbibé d'une eau sale. Le buste légèrement relevé contre la cage d'ascenseur, David semble déjà reposer en paix. Désormais libre de ses mouvements, Barbara traverse le hall pour venir s'accroupir aux pieds de Magda.

« Il s'en sortira. C'est un dur à cuire, votre ami.

— David respire à peine… Il ne passera pas la nuit.

— Ne dites pas de sottises ! Warren reviendra bientôt avec les secours.

— Et s'il ne revenait pas ? »

Magda accueille cette éventualité avec une moue soucieuse.

« La seule raison qui justifierait sa désertion serait qu'il se trouve impliqué dans *l'accident* de David. Vous ne croyez pas à une blessure accidentelle…

— Laissez tomber, Magda. Je ne veux pas en débattre maintenant. »

La vieille dame plisse le nez comme pour chasser un grain de poussière résolument coriace.

« Vous soupçonnez Warren d'avoir fait pire encore, n'est-ce pas ? »

Barbara refuse d'admettre que sa nature violente l'effraie parfois. La manière dont il a repoussé le frère de Lizzie Lamourelle hors des murs était inutile et cruelle. Des anecdotes du même acabit, elle en collectionne à la pelle. Warren est un faiseur de peurs, un croque-mitaine des temps modernes, capable d'insuffler la terreur d'un simple regard. Mais ce n'est qu'une façade protectrice. Elle ne veut pas entrer sur le terrain glissant où l'entraîne inexorablement Magda.

S'ils n'ont jamais retrouvé votre fille, il existe une infime probabilité qu'Emma soit toujours en vie…, lui avait-elle soufflé sans en mesurer la portée.

« Il y a toujours des signes avant-coureurs, insiste-t-elle.

— Quels signes ?!

— S'intéressait-il à Emma ?

— Évidemment, c'était ma fille !

— La couvait-il d'attentions ?

— Qui ne l'aurait pas fait ?

— Je parle de regards inappropriés.

— Jamais.

— Insistait-il pour passer du temps auprès d'elle ?

— Non !

— Pourtant, vous n'écartez pas l'idée que Warren soit à l'image des ravitailleurs qui s'en sont pris à Colette…

— C'est vous qui n'en démordez pas ! Ma fille a chuté dans un ravin, rappelle-t-elle sèchement.

— Vous avez raison. Par tous les diables, oubliez ça ! Cet endroit ravive tellement d'horreurs qu'elles déteignent sur moi. Je n'aurais jamais dû vous parler d'Emma. À l'époque déjà, chaque fois que je regardais les jumeaux Hoffman, je ne pouvais m'empêcher de les voir comme les fruits d'un viol. »

Hoffman.

L'évocation de ce nom agit comme un électrochoc, au point d'évincer l'hypothèse impensable selon laquelle Warren serait un prédateur d'enfants.

Hoffman.

Magda lui avait appris l'identité de Colette alors qu'elles étaient seules dans les hauteurs de l'orphelinat. Personne alentour. Pas un micro pour capter leur conversation. Pas un mur sain pour en répercuter l'écho.

Jusqu'à présent, aucune personne interrogée n'avait jamais prononcé le patronyme de la rouquine. Il ne figurait pas davantage dans les archives du Val, contrairement à ceux d'Ana et Valère. Barbara se souvenait en avoir appris plus en quelques minutes qu'en quatre ans d'investigations.

Dans la foulée, elle avait chargé David de faire des recherches sur Internet pour qu'il trouve des informations sur Joseph et Caroline. Juste *Joseph et Caroline*. Mais pas une seule fois il n'avait demandé leur nom.

Perturbée, elle repasse mentalement tous les enregistrements focalisés sur Magda. À aucun moment, la vieille femme ne les avait appelés autrement que par leurs prénoms. Barbara se souvient du malaise qui l'avait saisie lors de leur débriefing infructueux, alors même que David jurait qu'il n'existait aucune trace de Joseph et Caroline Hoffman dans la tranche d'âge qui les intéressait.

Il connaissait déjà leur nom.

« Magda, vous est-il arrivé de parler à David ? En tête à tête ?

— Votre ami n'est pas un grand bavard. Il m'a vaguement mise au fait de sa collection de cartes postales, mais c'est à peu près tout.

— À propos des enfants du Val, précise Barbara.

— Non. Il n'a jamais posé aucune question. Ça n'avait pas vraiment l'air de l'intéresser… »

Son esprit se focalise sur des détails sans importance. De quoi accuse-t-elle David exactement ? De trahison à l'encontre de leur projet ?

Elle aurait pu elle-même lâcher leur nom au détour d'une conversation, l'écrire quelque part au milieu des centaines de notes apportées au script, et alors ? Sous peine de divaguer complètement, elle doit impérativement remettre de l'ordre dans ses idées, se débarrasser des soupçons infondés, se recentrer sur la substance tangible qui l'a guidée jusqu'à l'orphelinat.

Il y a encore tant à apprendre de la madone rousse, de son histoire, sa descendance. L'aventure d'"ENIGMA" ne peut pas se terminer là, au milieu d'une immense pièce aussi avenante qu'un cimetière bourré de courants d'air. Elle refuse d'affronter un nouvel épilogue à la "SINESTRA". Et pourtant, les évènements l'entraînent vers un autre abandon, un avortement forcé dont elle ne se remettra pas.

Elle avait perdu Emma par amour pour les enfants du Val. Ils avaient une dette envers elle. Une dette contractée par le sang de sa fille, par sa propre défection, par l'obsession d'une mère qui ne possédera jamais plus d'autre repère qu'un assemblage confus d'enfants morts.

« Vous ai-je raconté le jour où Caroline et Joseph ont été surpris dans une situation délicate pour un frère et une sœur ? »

Sur fond d'une situation irréelle, Barbara s'imprègne une dernière fois des confessions de Magda. Comme si, par le biais des mots, les enfants du Val livraient une menue compensation à son désespoir.

Alors, sans un écho pour répercuter sa parole, la vieille dame raconte.

Peu de temps avant que se déclare la maladie des vignes, on enterra Jeanne, la jeune suicidée dont la corde avait affreusement rompu le cou. Par malheur pour Magda, ce jour-là, l'infirmière en chef avait insisté auprès de sa fille pour qu'elle l'accompagne à l'orphelinat. Comme la coutume l'exigeait, la procession s'était rassemblée au sous-sol, courbant l'échine pour s'introduire dans le tunnel qui débouchait sur la clairière. Le cercueil de fortune égratignait les parois tant le passage s'avérait étroit. Une boîte confectionnée si grossièrement que les orteils de la morte dépassaient du coffre capitonné de feuilles racornies. Ce jour-là, Magda avait pour mission de porter la couronne mortuaire.

Valère, « l'eunuque », avait cueilli des fleurs d'automne qui disparaissaient derrière un tressage de chrysanthèmes et de dahlias. Elle se rappelait les orphelins reniflant dans son dos, plus par crainte de traverser la pénombre que par tristesse. Ana, Valère et Colette ouvraient le cortège, déjà en position de force par leur autorité naturelle et, comme à l'accoutumée, Joseph et Caroline trottinaient main dans la main. Si on ne voyait rien à redire à cela, on s'offusquait de leur attitude fringante. La jeune Colette aurait dû leur apprendre à mieux se tenir – ce qu'on se gardait bien de lui rapporter.

Une heure plus tard, tous abandonnèrent la suicidée au fond d'une fosse. Quelques pétales colorés furent jetés sur sa tombe.

La corvée achevée, on se précipita pour rentrer. On procéda à l'appel – au cas où un résident aurait eu l'intention saugrenue de s'échapper. Joseph et Caroline furent portés manquants.

La plupart des enfants redoutaient le courroux de Colette, qui matait les récalcitrants d'une main de fer – si tant est qu'on puisse parler ainsi d'une jeune femme amputée de son précieux appendice. Ils en venaient à plaindre les jumeaux d'avoir une mère, eux qui rêvaient pourtant si souvent d'un sein où poser leur chagrin.

Colette rebroussa chemin et les retrouva enlacés près de la tombe fraîchement creusée. Infâme inceste qu'elle condamna si sévèrement que le secret s'ébruita dans tout l'orphelinat. On amplifia l'acte blasphématoire à son paroxysme, jugeant que la fornication sur l'autel d'une morte était une allégeance à Satan. Quand l'épidémie de phylloxéra commença à décimer les pensionnaires, certains virent même la confirmation d'une alliance diabolique.

« Joseph et Caroline n'étaient que des enfants privés d'amour n'ayant trouvé d'autres moyens que s'en apporter mutuellement, achève Magda.

— J'aurais tellement voulu savoir ce qu'ils sont devenus...

— Vous finirez par le découvrir. »

Barbara baisse les yeux sur le parquet crasseux.

Pas si tout s'arrête maintenant.

Sans vraiment les voir, son regard s'attarde sur les lignes pourpres s'étirant à ses pieds en sillons étoilés. C'est étrange, d'ailleurs, tout ce sang versé là... Comme si David avait rampé à cet endroit, se vidant aussi sûrement que les mourants de l'Heure fantôme. Quelque chose ne cadre pas avec la version de Magda. Si tout s'est déroulé comme elle l'a dit, pourquoi les traces se concentrent-elles précisément près de cette chaise qu'elle ne quitte pas ?

« Coupez la caméra, s'il vous plaît, demande soudain Magda. J'ai l'impression d'être une bête de foire. »

Barbara observe le témoin lumineux confirmant l'ininterruption de l'enregistrement.

Le film, bien sûr ! Tout ce qu'il s'est passé se trouve enfermé là-dedans !

Elle s'apprête à visionner les bandes quand un bruit mat secoue la terre sous ses pieds. Celui d'un corps échoué.

Près de l'ascenseur, David a basculé de tout son poids, la tête percutant le plancher. Barbara se précipite pour le relever. Une odeur fécale signe un abandon définitif. Tout est fini. David a cessé de respirer. Muette face à la mort, elle s'effondre.

Toutes les larmes qu'elle versera ne le ramèneront pas. Elle repousse doucement ses cheveux sales et mal coupés, pour rendre un peu de dignité à l'heure d'un pardon qu'elle n'arrive pas à formuler.

Une ombre glisse alors sur le visage exsangue, comme la manifestation de ces anges auxquels elle ne croit plus. Dans son sillage flottent les fragrances d'un parfum qui lui semble un instant familier.

« Magda, vous devriez éviter de regarder… »

Tout à sa mise en garde, Barbara tourne lentement la tête, lève les yeux vers ce qu'elle imagine être une vieille dame courbée.

Elle a juste le temps de comprendre son erreur avant qu'une douleur foudroyante explose dans ses tempes.

41

Hier commémorait l'Heure fantôme.

Aujourd'hui fête tous les saints.

Demain, ce sera au tour des morts.

Sinistre saison d'automne.

Toutefois, le climat exécrable profite admirablement à sa condition d'ermite. Ce n'est un secret pour personne, Gabe préfère de loin se passer de la compagnie des humains pour se consacrer à celle des livres. Pourtant, au petit matin de ce premier jour de novembre, poussé par une promesse, il quitte sa tanière nichée au bout d'une impasse.

Le ciel clément dévoile à peine les scories des orages de la nuit, suspendant des fils d'ambre aux nuages cotonneux. L'air sec le saisit dès qu'il passe la porte, traînant ses jambes mortes grâce au soutien de ses inséparables béquilles. Exécutant une chorégraphie maintes fois répétée, il se cale contre la tôle, déverrouille son carrosse et se laisse choir sur le siège conducteur. Les béquilles terminent côté passager. Vient ensuite la manœuvre éprouvante de soulever une jambe après l'autre, à la force des bras. Voilà qui est fait. Il reprend son souffle, vérifie que le sachet de licornes bombe toujours la poche de sa veste en velours. Parfait. Il ne lui reste plus qu'à faire chauffer le moteur avant d'actionner les commandes au volant. Sursollicité, son cerveau emprunte le même circuit brûlant. À la lumière du jour, ses brillants recoupements semblent soudain bien fades.

El diablo de la province de Burgos, la voix imaginaire de la lande... Quoique troublants, ces deux faits divers se basaient sur des témoignages si peu documentés qu'il était pure folie de leur accorder le moindre crédit. Fort de l'incendie ravageant son crâne, Arnold admet que la corrélation avec la proximité systématique de Barbara et de son staff relève de conjectures tout aussi grotesques. Elles apportent seulement de l'eau au moulin de son intuition selon laquelle le destin d'Emma scellait celui de Lizzie.

À dire vrai, le cerveau retranscrit les informations en fonction de ce qui l'arrange. Il compose avec les croyances de son détenteur sans distinguer le vrai du faux. Souvent, les accommodements de l'esprit sont de considérables pertes d'énergie. Pourtant, quelque chose en lui persiste à croire qu'il n'existe de hasard que pour les gens laminés par trop de défaites. Qu'il ne s'agit pas là d'un conditionnement mental lié à la répétition d'expériences professionnelles traumatisantes.

L'intuition est un perpétuel tournoi de poker. Perdre fait partie du jeu et, si la distribution des cartes demeure aléatoire, la victoire dépend de la manière dont le joueur déploie l'éventail des possibilités. Il lui reste un atout majeur à abattre sur table : *Adrienne Meier*.

Jusqu'à présent, il n'avait jamais eu à douter des circonstances accidentelles entourant la disparition d'Emma. C'était avant celle de Lizzie, avant le diable de Burgos, avant la jeune fille de la Lande.

Le nom de la directrice hôtelière figurait sur les brochures touristiques du Val Sinestra. Peut-être se souviendrait-elle de détails ignorés par la presse ? Apporterait-elle une vision différente des évènements ? Accepterait-elle seulement de répondre à quelques questions ?

Coincé derrière son volant, il navigue sur le Web. Un numéro s'affiche. À cette époque magique où tout est ultra-connecté, deux clics suffisent pour annihiler la distance entre la France et la Suisse.

La standardiste *is sorry*.

Madame Meier is currently absent. Yes, she can take a message. You're welcome, Sir ! Have a good day !

Arnold raccroche et glisse son portable dans la poche intérieure de sa veste. Il a utilisé son va-tout. Et si elle ne le rappelle pas, probable qu'il abandonnera définitivement la partie.

Sursautant aux vibrations contre sa poitrine, il maugrée contre ces foutus engins de haute technologie qui n'ont pas encore l'intelligence d'épargner son cœur.

Sandra Lamourelle.

« Bonjour, Sandra. Je suis en route pour… Attendez, parlez moins vite. »

À l'autre bout de la ligne, la mère de Lizzie déploie des efforts considérables pour contrôler un début d'hystérie. Entrecoupée de hoquets, l'annonce de l'arrestation d'un suspect le désarçonne. Arnold écoute la femme dérouler le scénario de la nuit à travers le chaos d'un millier de sanglots.

Une équipe patrouillait dans le centre du village lorsqu'elle avait reçu l'ordre de se rendre à la Haute-Barde. Pourquoi ? La mère de Lizzie ne le précise pas. Elle savait seulement qu'arrivés sur place les gendarmes avaient interpellé un individu montrant des signes d'agressivité.

« Continuez, Sandra. »

Les mots s'étranglent dans sa gorge comme enduite de poison. Elle en mourra, c'est sûr ! Et ses enfants grossiront bientôt les rangs des orphelins de Beaumont-la-Ronce.

« Ne dites pas ça. »

Oh que si ! Elle le répète et le pense sans le moindre doute, elle n'y survivra pas !

La poupée de Lizzie se trouvait à l'arrière d'une fourgonnette, sa tête décapitée enveloppée de linges maculés de taches brunes. Ils doivent penser que c'est le sang séché de sa fille, sinon pourquoi se seraient-ils excusés d'avoir retourné sa maison ?

Médusé, Arnold sent monter les larmes – lui qui n'avait plus pleuré depuis qu'il était en âge de s'abstraire d'un monde où l'on battait sa mère. Il les contient, non par souci de virilité, mais parce qu'imaginer le pire n'a jamais été une option.

Sandra poursuit sa diatribe, arguant que ces *fumiers* ont mis sous scellés des preuves à conviction dont ils refusent de communiquer la nature.

« Ont-ils lâché son nom ? demande-t-il à brûle-pourpoint.

— Ça aussi, ils me l'ont refusé ! Dites-moi, pourquoi protègent-ils ce monstre ? »

C'est souvent l'image que renvoie l'absence d'informations. Difficile d'expliquer à une mère affligée que ces précautions ont pour but de ne pas polluer les investigations par des fuites médiatiques préjudiciables. D'autant que suspecter un tueur de poupée n'en fait pas un bourreau d'enfants. Jusqu'à preuve du contraire, Lizzie est toujours en vie, quelque part.

« Que vous ont-ils dit d'autre ?

— Quelqu'un a donné l'ordre d'envoyer des patrouilles à l'ancien orphelinat… Vous croyez que ma fille est là-bas ?

— Je l'ignore, Sandra.

— Mais vous vous en doutiez ! s'emporte-t-elle. C'est pour ça que vous m'avez questionnée à propos de son bracelet ?

— Oui.

— Et vous ne leur avez rien dit !

— J'allais le faire.

— Si vous l'aviez fait plus tôt…

— J'ai commis une erreur.

— Seigneur ! Je vous faisais confiance ! Vous n'êtes rien de plus qu'un complice de l'ordure qui… »

Sa phrase reste suspendue au vide abyssal des innombrables possibilités qu'aucun d'eux ne souhaite envisager. Si Lizzie était tombée entre les mains d'un pédophile, qu'on la retrouvât vivante serait une victoire entachée de tortures indescriptibles.

Ces accusations, portées sur le coup d'une colère légitime, lacèrent Gabe jusque dans sa chair. S'il n'a pas su sauver Lizzie, à quoi tout cela aura-t-il servi ? Ces heures perdues à disséquer la psyché humaine, ces plongées récurrentes dans l'horreur, pour que ce petit bout de femme finisse à jamais meurtrie ?

Sa foi en la justice divine se brise comme la horde de licornes disséminée au fond de sa poche. Se rendre à la gendarmerie de Neuvy-le-Roi se transforme en démarche accessoire. Outre le contexte parfaitement inadapté aux présentations, le nouveau commandant de compagnie lui claquerait la porte au nez dès lors qu'il tenterait de l'y fourrer. Bien entendu, on lui interdirait tout contact avec le gardé à vue, et s'il n'avait pas opéré un demi-tour d'ici là, on lui promettrait une cellule suffisamment spacieuse pour caser son fauteuil.

À moins d'y être invité, Gabe n'avait aucun droit d'intervenir sur une enquête en cours. Il avait perdu ce privilège à la minute où son ministère l'avait radié des cadres. Sa retraite forcée pour invalidité, Arnold l'avait acquise dans un fossé. La pire épreuve étant de n'avoir personne d'autre que lui-même à blâmer. Gagné par l'amertume, il songe à tout ce qu'il a précisément perdu au même endroit. Si l'usage de ses jambes figure en tête de liste, sa dignité pataugé encore dans la bourbe des ornières aux côtés des remords. Il devrait peut-être remercier le destin d'avoir épargné sa tête – ou le maudire.

Officiellement dans l'incapacité d'agir sur le terrain, Gabe décide d'entrer au cœur du système par une porte dérobée. En homme de parole, il ira jusqu'au bout. Après tout, personne n'avait encore autorité pour interdire à un vieil estropié en balade l'accès au domaine de la Haute-Barde.

42

La notion de temps n'existe plus dans cet enfer élastique où ses perceptions abondent et se rétractent en permanence. L'absence de repères va à l'encontre de tout ce qu'elle a connu. *Avant*, les règles régissaient l'équilibre chimique de son esprit, si complexe aux yeux du monde qu'elle s'en croyait exclue. Si les gens entraient dans sa tête, ils comprendraient. Maman dit que la différence effraie la plupart des gens, qu'ils sont prisonniers de leurs propres repères.

Les élancements dans ses jambes ont cessé, tout comme le poignard dans son ventre ou le marteau contre sa tête. La faim et la soif ont elles aussi déserté son corps inhabité. C'est peut-être ça que ressentent les gens normaux ? Lui a-t-on pris son cœur aussi ? Sinon il cognerait dans sa poitrine, non ?

RIEN. Lizzie ne ressent plus rien. Elle ne sait pas si c'est bien.

Son grand frère lui a dit un jour que, lorsque les gens souffrent beaucoup, d'autres gens les piquent afin qu'ils ne souffrent plus. Finalement, ils ne souffraient plus jamais. Parce qu'ils mouraient.

Est-elle morte ?

À moins que le paradis soit un navire flottant au milieu d'une eau sale, elle n'en est pas sûre du tout. Elle sentirait la présence de la veuve marchant près de son cercueil comme elle le fait chaque fois que le village met quelqu'un sous terre, non ? Elle entendrait sonner le clocher de l'église et tomber les pelletées de terre tandis que le curé prononcerait l'homélie ? Elle distinguerait les murmures éplorés de sa fratrie. Mais, autour d'elle, il n'y a plus que l'obscurité comblée de choses inanimées dénuées de saveur. Des bouts de carton ramollis, des outils en acier, une boîte à musique. Elle y a perdu trois dents. Maman serait fière qu'elle ait goûté à tout !

Maman !

Lizzie hurle tout l'amour que sa différence exprime quotidiennement au moyen de cris. Elle hurle à la mort comme un chiot abandonné au milieu de nulle part.

Seule.

Elle se souvient qu'elle ne l'est pas vraiment. Elle a trouvé un refuge où cacher sa différence, un palais solitaire qui lui ressemble : pas tout à fait dans la norme, mais pas encore détruit par la malveillance de l'homme. Elle se rappelle ses arabesques dans les couloirs venteux, la sensation de liberté déroulant ses mouvements à l'infini, le quatrième mur de ce théâtre peint aux couleurs de la nuit. Puis, comme une ombre au tableau, elle se souvient du géant arpentant les jardins, de sa course effrénée dans les escaliers. Du tour de clef.

Tandis que toute sensation physique disparaît, elle se remémore sa descente infernale dans les sous-sols, l'eau flattant ses chevilles aux confins de boyaux obscurs, l'huisserie riant sur son passage comme une horde de hyènes. Elle visualise les poutres rongées par l'humidité, les planches affaiblies, le désastre dans lequel elle s'enfonce en battant des poings l'éternité noire qui se resserre. Jusqu'à ce que la douleur la laisse pour morte au fond d'une galerie.

De tous les endroits qui l'ont accueillie, aucun ne l'a autant fait souffrir que celui-ci. Par peur d'un géant de chair, elle a succombé à l'appel d'un monstre de pierre. Elle est incapable de faire la différence entre la perversion humaine et le danger d'une structure délabrée. Tout ce qui lui fait du mal ne revêt qu'une seule identité. Tout ce qui lui fait du mal abrite le monde entier. Une profonde tristesse leste son petit corps qui s'enfonce sous les eaux fluctuantes.

À l'encontre de tous, Lizzie avait appris à aimer l'orphelinat. On pouvait dire de lui qu'il était étrange ou malveillant, il n'était pas différent d'elle. Même si tout ce qui entre par là n'en ressort jamais, Lizzie ouvre grand les yeux. De minuscules bulles remontent vers la surface soudain balayée de lueurs. Elle ne réagit pas. Elle flotte, replonge, émerge, bercée par les notes discordantes d'une boîte à musique, et peu importe que les flammes du paradis éclairent son enfer, il est trop tard. La vie s'échappe, fuit ce monde qui n'a pas plus de sens que cette voix qui répète son prénom, encore et encore…

Lizzie ? Lizzie !

43

Dès son arrivée à la Haute-Barde, Arnold Gabe s'aperçoit que le village entier s'est donné rendez-vous pour assister aux conséquences d'un anniversaire tristement célèbre. Une foule compacte se presse derrière le périmètre de sécurité établi autour de l'édifice. Manifestement, les habitants ne voient pas d'inconvénient à piétiner le terrain d'une propriété privée qu'hier encore tous craignaient d'approcher. Au demeurant, la rumeur selon laquelle Lizzie aurait été localisée s'était répandue comme une affection virale. Personne n'avait jugé bon de le contaminer. Arnold savait se faire oublier, et c'était bien là l'écueil d'une vie d'ermite.

Bloqué derrière son volant, il observe ses propres voisins s'indigner d'une probable tragédie tout en tendant le cou pour ne rien perdre des interactions susceptibles de nourrir leur curiosité.

« Ils ont retrouvé la gamine !

— Dieu soit loué !

— Pauvre enfant… Elle est restée enfermée là-dedans pendant trois jours, paraît-il.

— Regardez sa mère, c'est à peine si elle tient debout. Elle doit se sentir minable. C'est ce qui arrive quand on abandonne ses gamins pour vendre son c...

— Arrête, c'est une brave femme.

— Ça ne l'empêche pas d'être une traînée. »

Gabe imaginait bien que les activités tarifées de Sandra finiraient dans la bouche de quelque empoisonneuse. Et sa plus proche voisine les détrônait toutes.

Engoncée dans une combinaison rose bonbon, la quadragénaire effectue une impressionnante rotation du buste. Mains vissées sur ses hanches larges, la commère de la rue Saint-Armel affûte son regard biaisé.

« Ah ! Vous voilà ! lance-t-elle tandis qu'Arnold peine à s'extraire de l'habitacle. Je vous avais bien dit qu'il y avait un truc pas net chez ce type ! Si vous voulez mon avis, les gendarmes l'ont serré cette nuit... On dit qu'il cachait des trucs dégueulasses à l'arrière de sa camionnette. »

Accoudé à deux béquilles, Arnold regrette déjà son incursion dans le monde supposément civilisé.

« De qui parlez-vous ?

— Du grand gaillard qui prétendait filmer à l'orphelinat !

— Warren Tasselier ?

— Me souviens plus de son nom. Mais je n'oublierai pas de sitôt le regard salace qu'il m'a lancé... Dites, ce pervers s'est arrêté chez vous aussi, non ?

— En quelque sorte. Mais...

— Et vous ne l'avez pas trouvé bizarre ?

— Un peu.

— Ah, vous voyez ! s'extasie-t-elle, prenant à témoin la femme du boulanger qui ne fait pourtant que passer. J'étais l'une des seules à m'opposer à ce que des étrangers viennent fourrer leur nez dans nos affaires. Comme si ce maudit orphelinat ne causait pas déjà assez de problèmes ! »

Sa voisine souffre d'une éminente diarrhée verbale qu'aucun volontaire à ce jour n'a jamais osé stopper. Elle assure que le géant aura certainement filmé les sévices infligés à la *pauvre* Lizzie, son agonie, sa mort en direct – allez savoir ce que ce monstre lui a fait !

Arnold ferme les écoutilles. Il n'a pas l'intention de corroborer ses fantasmes refoulés. Il faudra bien un jour que quelqu'un se dévoue à lui clouer le bec. Ce ne sera pas lui. Pas aujourd'hui en tout cas.

« Vous devriez rentrer chez vous », se contente-t-il de marmonner avant de s'éloigner par à-coups en traînant ses pieds morts. Les jérémiades pleuvent dans son dos tandis qu'il trouve refuge sous l'arbre aux poupées. Pour ce qu'on en fait, ce pauvre effeuillé choisirait certainement qu'on le déracine plutôt que d'amuser la galerie une fois l'an.

Arnold cale son épaule contre l'écorce, dont les nervures craquent et se déchirent. De la pointe de sa béquille, il repousse le baigneur éborgné qui ne cesse de lui sourire. De toutes les atrocités auxquelles sa carrière l'a confronté, les objets inanimés ont toujours tenu une place à part – comme si tout lui rappelait cette maudite clef apparue par un soir d'orage. Comble de malchance, une dizaine de ses semblables s'amoncellent à ses pieds.

Gabe détache son regard des petits monstres défigurés. Plus haut à l'horizon, il cherche un visage ami parmi les gens massés près du dispositif de sécurité, mais n'en reconnaît aucun. Sandra a disparu des radars. Elle n'est plus qu'un prénom murmuré dans la fourmilière des villageois, un nom scandé par des journalistes fraîchement débarqués.

Instinctivement, l'intérêt d'Arnold se focalise sur les forces de l'ordre en intervention. Sur les lieux, le déploiement des techniciens traduit la présence d'un cadavre bien plus que la perspective d'un sauvetage. L'édifice fourmille de combinaisons blanches familières des scènes de crime. Chacun remplira son rôle. *Constater. Examiner. Photographier. Prélever.* Autant de verbes qui conjuguent une vie humaine au passé.

Il était une fois Lizzie.

Arnold refuse de l'envisager. Il combat l'attrait du sol meuble qui cherche à l'enliser, relève la tête comme un soldat défiant quatre mille mètres carrés de pierres noires. Imperturbable, l'orphelinat avale et recrache tous ceux qui pénètrent ses innombrables bouches. Gabe ne croit en rien. Pourtant, il se surprend à prier pour un miracle.

Pataugeant près de la Pierre-Levée, un gamin en uniforme le salue d'un geste de la main. Une maigre aubaine sous le ciel dégagé. Gabe se souvient de l'admiration manifeste de cette jeune recrue intégrée parmi les rangs l'été dernier, alors que Lizzie entamait sa longue série d'escapades. La pertinence de ses raisonnements avait fait mouche au point de paraître héroïque. Statut qu'il n'avait jamais revendiqué. Au contraire, être cité en exemple renforçait son sentiment d'inutilité – paradoxe qu'Arnold se refusait à analyser. Toutefois, quand Gabe lui fait signe d'approcher, le gamin hésite. Il sait d'avance que la manœuvre dissimule un piège qui le précipitera hors du cadre autorisé.

« Vous vous souvenez de moi ?

— Je sais qui vous êtes, monsieur Gabe.

— Parfait. Alors vous savez aussi que je ne partirai pas sans savoir ce qu'il s'est passé ici.

— Je vous ai déjà vu à l'œuvre… J'aurais défendu votre intégrité si le nouveau chef n'était pas si obstiné », s'excuse-t-il.

Arnold comprenait qu'asseoir son autorité commençait par balayer les alliances informelles établies par son prédécesseur.

« Ne vous en faites pas pour ça. Il n'en saura rien. »

Le piège se referme.

En dépit de ses états de service, Gabe incarnait un civil comme les autres sur cette enquête. Divulguer des informations confidentielles à toute personne non habilitée entraînerait – au mieux – une mise à pied. Le jeune brigadier estimait sans doute s'être déjà confronté au pire en apercevant le corps gonflé d'une gamine remonter sur une civière. La première vision sinistre de sa carrière se résumerait à ça. Et tant mieux, après tout, si c'était la dernière.

« Écoutez, monsieur Gabe, si une bande d'ados n'avait pas appelé pour se plaindre d'un type bizarre qui les aurait coursés un peu plus tôt, nous serions passés à côté.

— À côté de quoi ?

— Je ne devrais pas vous parler…

— Mais vous le faites quand même. »

Le gamin jette un coup d'œil à la dérobée. Ses supérieurs sont bien trop affairés pour se préoccuper d'un gendarme volontaire habitué aux infractions mineures. Son débit s'accélère.

« On a retrouvé Lizzie dans les sous-sols.

— Est-elle… ?

— Inconsciente. Son état est critique. Elle a perdu beaucoup de sang… »

Arnold digère la nouvelle avec un soupir indécent. Compte tenu de la batterie d'experts dépêchés sur le site, si Lizzie est vivante, quelqu'un d'autre est mort.

« Comment ? »

Les mâchoires crispées, le brigadier tente de restituer ce que son cerveau a malencontreusement enregistré.

« Une fracture ouverte à la jambe, trois dents manquantes, des morsures au niveau du ventre, un coup porté au crâne… Vous l'auriez vue ! Putain, c'est comme si quelqu'un s'était amusé à lui broyer les os ! La gamine a mariné dans l'eau un bon moment. C'est probablement ce qui l'a sauvée. Sans boire, elle n'aurait pas survécu.

— A-t-elle été violée ?

— Il est trop tôt pour…

— Évidemment. Pourriez-vous me raccompagner à ma voiture ? Personne ne vous blâmera d'escorter un infirme à bon port. Ainsi nous pourrons poursuivre cette conversation sans éveiller les soupçons. Évitons juste d'approcher la hyène déguisée en chamallow. Elle et sa meute croqueraient le moindre de nos mots. »

Le gamin sourit, courageux face aux démons de l'humanité qui le hanteront jusqu'à la fin. L'improbable duo remonte vers la route sans attirer l'attention. Tous les regards sont rivés aux portes de l'orphelinat où se danse un nouveau ballet.

« Connaît-on l'identité de l'homme interpellé cette nuit ? interroge doucement Arnold, lorgnant le spectacle à travers la foule.

— Désolé, je ne peux pas...

— Je comprends. Alors, parlez-moi des preuves à charge, parce que je ne vois pas comment le signalement providentiel d'une bande d'adolescents aurait pu conduire les recherches jusque dans les sous-sols de l'orphelinat. »

En mentor chevronné, Arnold était capable de briser les plus fervents vœux de silence. Et c'est en usant bien mal de son ascendant qu'il apprend le contenu saisi à l'arrière de la camionnette. Le gamin lui parle d'un refus d'obtempérer, d'une poupée démembrée aux cheveux synthétiques gominés par le sang – d'origine animale d'après les premières analyses, d'un sac-poubelle débordant de linge souillé, d'une boîte en fer au contenu obscène.

« Quel genre ?

— Des lettres à caractère pédopornographique, monsieur.

— Ce sont des preuves indirectes, souligne Gabe.

— Qui signent des aveux. »

Arnold fronce les sourcils. Il ne s'attarde pas sur la teneur des correspondances. L'analyse graphologique trahirait le ou les auteurs bien plus que leurs mots. Un autre point le questionne. En dépit de la réactivité des premiers secours, il ne saisit toujours pas ce qui les a conduits là. L'horreur embrouille même les esprits brillants. Nulle surprise, selon lui, à ce que le sien échoue.

« La poupée appartenait à Lizzie…, explique l'autre. Sa mère l'a confirmé.

— Ça ne me dit toujours pas comment vous avez localisé sa fille… »

Avec sa bouille juvénile, le gamin boufferait ses galons qu'on lui donnerait tout de même le Bon Dieu sans confession.

« Quand la patrouille l'a interpellé, l'individu pointait l'orphelinat du doigt. Il prétendait qu'un de ses confrères était grièvement blessé. Les effectifs mobilisés sont intervenus une heure plus tard. La quantité de sang présente dans le hall corroborait les déclarations du suspect. Mais, à ce moment-là, pas de corps pour les confirmer. »

Il marque une pause. Son regard plonge vers l'étang en contrebas, scintillant dans le chuchotement des roseaux.

« Poursuivez », suggère doucement Arnold.

Le jeune gendarme semble revenir de loin. D'un pays imaginaire où les gosses n'agonisent pas sous terre. Où le sang ne coule qu'en vin de messe. Une contrée dépourvue de la folie des hommes et des hommes eux-mêmes.

« La zone d'exploration nécessitait l'intervention des renforts, reprend-il après un atterrissage forcé dans le monde réel. Les équipes se sont déployées des étages au sous-sol. Ce dernier se divise sur plusieurs kilomètres de tunnels dont certains rebouchés après-guerre. Un labyrinthe initialement conçu comme un abri. Le plus long d'entre eux s'étend de l'ancienne chaufferie à la route principale. En raison du délabrement de l'édifice, les pluies diluviennes ont inondé les soubassements à plus d'un mètre du sol. C'est là qu'ils ont retrouvé Lizzie… »

Arnold contemple la lumière grisâtre jaillissant de l'orphelinat, lieu censé protéger l'enfance.

« Nous y voilà. Maintenant, parlez-moi de la seconde victime… », ajoute-t-il en désignant les fourmis blanches visibles à travers la foule.

Le brigadier paraît à nouveau déconnecté d'une situation factuelle que sa jeune expérience refuse d'intégrer.

« Vous me mettez dans une position délicate.

— Vous m'en voyez désolé, assure Gabe. Tenez, ouvrez la portière, s'il vous plaît. Mes bras commencent à fatiguer… Voilà, merci. Le légiste est-il déjà sur place ?

— Oui. Il procède à la levée de corps. »

Une étape fondamentale à l'examen d'un cadavre sur son lieu de découverte durant laquelle le médecin tenterait de préciser les causes et les circonstances du décès.

« A-t-on pu déterminer l'identité de la victime ?

— Pas encore.

— C'est fâcheux, souffle Arnold en se laissant choir sur le siège conducteur.

— L'homme est de type caucasien, s'empresse d'ajouter le jeune homme. Une quarantaine d'années. Le ventre perforé par un éclat de verre. D'après les traces de sang, quelqu'un a traîné son corps sur une centaine de mètres. Certainement dans le but de le dissimuler au fond d'un corridor. Il avait… enfin, ses tripes…

— Épargnez-moi les détails. Mes nuits sont suffisamment courtes comme ça. »

Gabe imaginait mal le suspect présumé d'un potentiel crime pédophile pointer précisément du doigt le lieu où s'était produit un incident mortel d'une autre nature. Orienter les recherches vers l'orphelinat le positionnait en première ligne sur le champ de tir des enquêteurs. Une cible trop facile. Quel que ce soit le drame joué entre ces murs, de nombreuses zones d'ombre entachaient ce que beaucoup tenaient pour une évidence.

« Y a-t-il quelqu'un d'autre à l'intérieur ? enchaîne-t-il.

— Pas d'autre victime pour le moment.

— Des témoins ?

— Aucun.

— Autre chose ?

— Non.

— Et le véhicule stationné dans l'allée ?

— Une 2 CV Charleston immatriculée au nom de Barbara Blair.

— Rien d'étonnant. Elle séjourne à l'orphelinat pour les besoins d'un tournage. Le village ne parle que de ça depuis des semaines… Elle a bien dû laisser des traces ?

— Deux équipes examinent actuellement les pavillons à la recherche d'effets personnels.

— La voiture nous apprend quelque chose d'autre ?

— Si on peut dire. Barbara Blair n'aurait pas pu aller bien loin.

— Pourquoi ça ?

— Les deux pneus arrière sont crevés.

— *Très* fâcheux.

— Rassurez-vous, nous la recherchons activement. »

Arnold n'en doute pas un instant.

À défaut de retrouver son corps pourrissant quelque part, la photo de la réalisatrice serait bientôt épinglée au panneau des suspects, des fils rouges tentaculaires la reliant aux survivants, comme au mort éventré de cette nuit d'orage. Par un étrange paradoxe, le décès d'une poupée retrouvée à l'arrière d'une camionnette adoucissait la fresque funeste. Un tableau sur lequel ne figurait pas Lizzie serait à jamais une œuvre magnifique. Arnold claque la portière. Il est sur le point de démarrer quand le brigadier cogne à la vitre.

« Monsieur Gabe ?

— Oui ?

— On dit que Beaumont-la-Ronce n'avait pas connu un tel carnage depuis…

— Depuis ma naissance, petit, je sais. Depuis ma naissance… », répète-t-il, comme s'il en découvrait soudain le sens caché.

44

Elle se souvient d'un parfum familier, sueur et musc mêlés, d'une silhouette déployée au-dessus de son ami mort, d'une explosion de couleurs associées à la douleur, d'une conscience altérée par l'impact, du raclement de ses chaussures labourant l'herbe boueuse tandis qu'on la traîne comme une poupée de chiffon sous la voûte charbonneuse d'un ciel d'automne.

Après… Il n'y a pas d'après. Sinon la vision d'un escalier enfoncé sous terre et le cri d'une porte qu'on déverrouille. C'était il y a des jours. Ou peut-être hier. À moins que ce ne soit jamais arrivé. S'il existe un dieu – l'infini, l'univers, la source, quel que soit le nom qu'on donne à la miséricorde –, sa mère, en rémission d'un cancer, quitterait sa retraite silencieuse aux confins des Pyrénées pour écarter les rideaux de sa chambre, l'extraire de ce cauchemar qui la dépouille des gens qu'elle aime. Emma bondirait sur le lit maternel avant de se blottir sous les draps. Elle sentirait le poids fragile de son corps contre le sien. David rirait à gorge déployée, et le monde tournerait plus rond qu'il ne l'a jamais fait. Mais c'*était* maintenant. Et c'est au diable qu'elle devait l'instant présent.

À l'image de la souffrance, ses vêtements mouillés lui collent encore à la peau. Du sang coule de sa tête et coagule dans ses cheveux lourds de nœuds. Une porte empêche la lumière d'entrer. Celui qui se tient derrière peine à faire coulisser le battant tant il semble épais et lourd. L'humidité sourd des murs. Barbara pourrait presque sentir les moisissures remonter le long de sa cavité nasale, descendre dans son gosier pour se reproduire dans le nid chaud des muqueuses. Cette brute l'a bâillonnée pour qu'elle ne crie pas.

Ses poignets entravés dans le dos sont coincés contre le dossier d'une chaise qui meurtrit son échine au moindre mouvement. Ses chevilles sont attachées, et c'est comme si ce foutu trône était cloué au sol. C'est un peu l'histoire de sa vie. Une existence paralysée par l'angoisse qu'un sadique a décidé de mettre en scène. Sa vision s'approprie l'obscurité, plante dans un coin du décor les contours d'un lit défait, celui d'un réchaud, d'un renflement à l'angle opposé, d'un lavabo, d'une gamelle sale posée sur une petite table où vibrionne une nuée de mouches.

Un homme pénètre dans cet enfer carcéral où elle n'a pas sa place.

Il vient seul.

C'est un soulagement de courte durée.

Le voilà qui approche.

Il craque une allumette, et tout s'éclaire d'une terreur mordorée.

Projetée par l'âtre crépitant, l'ombre du bourreau se dilue dans son dos. Un souffle effleure le côté gauche de son crâne. D'un geste doux, il retire le bâillon, et c'est pire que tout ce qu'elle craignait. La douceur est réservée aux proies malléables. La douceur est parfois pire que la douleur. Ça signifie que, quel que soit l'endroit où on la séquestre, personne ne l'entendra jamais. Le capitonnage de la porte atténue les sons comme les murs de pierre qui naturellement les isolent. Elle se sait hors du monde.

Mais son corps réclame son dû, se lamente à coups de barre dans l'estomac, martèle son bas-ventre, incendie ses reins. Barbara demande de l'eau. On lui fait boire une dose croupie au goulot. Elle hurle d'arrêter. On balance la gourde. Elle arrête de hurler. Envie de pisser.

On dégrafe son jean. On soulève son bassin, juste assez pour baisser le pantalon sur ses cuisses. Elle a beau résister, la chaise n'oscille pas d'un pouce. Clouée pour de vrai. Les larmes aux yeux, elle observe ses jambes flasques se resserrer, moins pour cacher son sexe que pour contenir sa vessie. Son ventre recouvre de plis disgracieux la définition de sa féminité, la chaleur de la maternité. Mais, à cet instant, l'unique source de chaleur émanant de son corps se répand en un jet brûlant.

Le fumier. Il a creusé un trou dans l'assise. Pour la pisse. Pour le reste. Et le seau placé dessous déborde déjà de tout ça à la fois.

Elle connaît son nom, il va la tuer. *Comme il a éventré David ?* Elle ne veut pas savoir. *Pourquoi aurait-il fait ça ?* Ça non plus, elle ne le demande pas.

L'homme s'éloigne. L'odeur âcre l'incommode. Tout pue dans ce trou à rats humide léché par le bouquet mourant des flammes. Il nourrit le feu à l'aide d'un tisonnier. L'air crépite à peine, donnant naissance à des ombres calcinées.

Profitant du fait qu'il tourne le dos, Barbara tire sur ses liens, mais la manœuvre aveugle écorche sa peau. Elle rêve d'endosser le plumage d'un oiseau. De survoler sa prison d'un battement d'ailes et s'élancer au-dessus d'un océan bleu plénitude. Elle rêve de liberté quand un fou l'enchaîne. Elle rêve de serrer le corps d'Emma dans ses bras, quand un torrent le brise. Elle rêve de rêves dont on ne se relève pas.

Au fond de la pièce, là où l'obscurité embrasse si tendrement chaque recoin, il y a une autre chaise, un autre seau, une autre captive immobilisée au moyen de visseries moyenâgeuses. Barbara tend le cou. Sa vision se dédouble, et la douleur s'accentue là où la matraque a percuté son crâne. Les vieilles dames se chevauchent et se cherchent dans un inconfortable brouillard avant de fusionner dans une même enveloppe.

Magda ?

L'a-t-il frappée, elle aussi, avant de la traîner dans cet endroit immonde ? L'a-t-il forcée à quitter l'orphelinat sous la menace d'une arme ?

Il s'agit forcément d'une erreur. Elles n'ont rien à faire là. Il finira par s'en rendre compte. Un soupir las dégonfle le poitrail sanglé à la chaise. Son manteau blanc épouse la courbe des vertèbres. Barbara remarque les mains gantées de Magda. Bien qu'attachées, ces dernières reposent devant elle dans un simulacre de pénitence. Au moins lui aura-t-on épargné les contorsions douloureuses qu'on lui inflige.

Croisant le regard de Barbara, Magda fait non de la tête. Ses yeux horrifiés anticipent la fin. Elle qui a eu toute une vie pour s'y préparer, perd un temps précieux, parce qu'on ne s'habitue pas à l'idée de la mort avant qu'elle vienne nous cueillir. Parfois sans prévenir. Et même en s'annonçant, le passage paraît toujours trop étroit, trop sombre ou trop froid.

Barbara pourrait en témoigner. Pour être morte en dedans depuis si longtemps.

Le gardien du feu souffle doucement sur les braises. Il n'a pas l'air si méchant – la brute, le cinglé –, quel que soit le nom qu'on donne à un homme qui séquestre les gens en regardant des bûches flamber.

« Où sommes-nous ? Qu'est-ce que vous voulez ?! Hé ! C'est à vous que je parle ! »

Il marque un temps d'arrêt. Dans le prolongement de son bras, le tisonnier chauffe à blanc. Il l'agite à la manière d'une épée qui s'apprête à combattre et transpercer l'impudeur des chairs molles. D'une pirouette étonnamment chevaleresque, il se retourne, les lèvres incurvées par la tension.

Mourir ne lui fait pas peur. Ce serait même un soulagement.

Tout vaut mieux que souffrir.

Le bourreau braque devant lui son étrange menace. Dans l'incandescence de ses yeux flamboie une cruauté animale.

Certaines choses ne trompent pas. Cet homme n'en est plus un. C'est une gueule pleine de crocs prêts à la déchiqueter, un monstre tapi sous son lit d'enfant, un ogre échappé d'un conte sans fées.

Barbara ferme les paupières et l'écoute approcher dans les fluctuations de l'air. Derrière le rideau illusoire qu'elle se crée flotte le souvenir de mille bonheurs accrochés au sourire d'Emma. Auxquels se conjuguent autant de regrets de ne pouvoir les retenir. Quelque part dans l'obscurité, Magda sanglote.

L'homme sifflote. Une comptine, un air tout doux, décalé. Barbara s'arrache au trouble du fredonnement accompagnant sa lente avancée. Si elle prononce son nom, peut-être que ça le rendra plus humain. Peut-être qu'il déviera de sa trajectoire, rengainera ce pic de malheur dont la pointe cuisante cible son ventre.

« Monsieur Marlois, ne faites pas ça... »

45

La voiture s'engage sur l'étroit passage dévoré par la végétation.

Retour à la case départ. Retour à la maison de l'impasse.

Arnold Gabe se désinsère d'un carrosse à quatre roues pour s'installer dans un autre. Il allume toutes les lumières pour chasser le jour délavé. Lizzie est vivante, c'est tout ce qui devrait compter, pourtant, il ne sait pas quoi faire des informations glanées auprès du jeune brigadier. Un homme est mort là-bas.

Arnold ne s'était pas arrêté à la Haute-Barde depuis des années. Si ce n'est pour descendre vers le lac ou rejoindre la forêt, mais à peine lançait-il un regard à l'édifice abandonné. Non qu'il morde affreusement le paysage, cependant la proximité d'un tel endroit le dérangeait. L'exploitation touristique du massacre n'avait fait que le détourner des immenses façades aux célèbres horloges. L'orphelinat portait en lui les superstitions du village et, pour diverses raisons, chacun s'y sentait relié. Mais, à force de le regarder mourir, c'est une part d'eux qui périssait.

Son estomac se met à grogner. Gabe réchauffe son déjeuner, trempe sa fourchette dans la sauce comme s'il passait à la moulinette chacune de ses pensées. Installé devant les étagères surchargées de DVD, il effleure du doigt les tranches plastifiées. Entre deux bouchées, il s'adresse à son vieil ami le silence. À bien y songer, c'est drôle que ces deux-là se soient juré fidélité. L'un est bavard. L'autre est avare.

Gabe l'interroge à haute voix :

« Comment en est-on parvenu à la conclusion que les disparitions d'Emma Blair et de Lizzie étaient liées ? Par quel sortilège mon esprit s'est-il laissé gangrener par cette chasse aux sorcières ? »

L'autre chuchote sans un son :

L'orphelinat, le Val, les enfants de Sinestra, l'horreur, tout se mélange dans les affres de reportages qui jamais n'aboutiront.

Et le silence a raison de le lui rappeler.

Lizzie est vivante.

Comme l'enfant de la lande.

Comme le garçon de la province de Burgos.

En poussant le raisonnement *trop* loin, Emma devrait l'être aussi.

Gabe lorgne son téléphone.

Aucun appel. De Suisse ou d'ailleurs. Rien. Pas même un SMS publicitaire. Il termine son repas comme il l'a commencé, le ventre noué et la tête à mille lieues des talents culinaires de Cathy.

N'y tenant plus, il appelle Sandra Lamourelle.

Il veut savoir comment va Lizzie, ce qui lui est arrivé. Il veut être là pour elle, pour elles deux. Pour la fratrie.

Sandra ne décroche pas.

Peut-être qu'elle ne décrochera plus jamais. Il l'aurait bien mérité.

Puis non, Gabe l'imagine hanter les couloirs de l'hôpital où survit sa fille. Elle ne dormira plus tant qu'elle n'aura pas la preuve que ce cauchemar est fini. Elle n'en partira pas sans la promesse d'un avenir, même amer, pourvu qu'il y en ait un.

En milieu d'après-midi, on frappe à la porte.

« Cathy ?

— On vous a aperçu là-haut. Qu'est-ce qui vous a pris ?

— Ils ont retrouvé Lizzie.

— D'après ce que j'ai entendu, c'est une chance qu'elle soit en vie. Ce ne sera pas longtemps votre cas si vous vous obstinez à prendre le volant. Que vous a dit le médecin déjà ?

— Que je vieillis.

— M'en parlez pas.

— Que je ne pourrai bientôt plus quitter ce fauteuil.

— Et donc vous auriez dû m'appeler. Je vous aurai accompagné.

— Que ferais-je sans vous, Cathy ?

— Un tas de conneries. Et vous le faites très bien.

— Vous vous êtes déplacée pour m'engueuler ? Ça pouvait attendre lundi, vous savez… »

Elle retire son manteau et l'accroche à la patère. Acte symbolique qui présage une intention de s'éterniser.

« Arrêtez de vous plaindre.

— Je ne me plains pas !

— Vous croyez que je n'entends pas ? Vous êtes là à me dire que je devrais être ailleurs parce que vous ne méritez pas mon attention.

— Pas du tout.

— Parfait. Parce que je ne suis pas venue pour vous écouter pleurnicher sur votre sort.

— La raison, alors ?

— Où donc avez-vous planqué votre esprit brillant ? Le cadavre, évidemment. »

Arnold agrippe les accoudoirs du fauteuil, prêt à connaître le miracle d'une motricité retrouvée, mais ses jambes demeurent tristement desséchées.

« L'individu retrouvé à l'orphelinat ? s'enquiert-il.

— Il est à la morgue. En attente d'autopsie.

— Le médecin qui a procédé à la levée de corps...

— Mon mari, confirme-t-elle. Pour le moment, il n'a fourni qu'un compte rendu oral. Contrairement à ce qu'on voudrait nous faire croire dans les séries télévisées, ces trucs-là prennent du temps. Je ne vous apprends rien. »

Gabe boudait précisément la fiction pour ses incohérences qui résolvaient une enquête criminelle en deux heures au mépris de la réalité. Il paraissait évident que l'industrie du cinéma serait morte depuis longtemps sans un condensé nécessaire au suspense. Loin de critiquer cet effeuillage indispensable au public, Gabe se considérait simplement trop impliqué pour adhérer à la simplicité de tels arrangements.

« On a pu identifier la victime, poursuit Cathy. Grâce aux papiers d'identité retrouvés dans la dépendance qu'elle occupait. Il s'appelait David Loubéry.

— Ce nom me dit quelque chose… »

Il actionne les roues de son fauteuil.

« Attendez, voilà ! lance-t-il, brandissant la jaquette des grottes de Burgos. C'est écrit là, en tout petit… *Ingénieur du son : David Loubéry.*

— D'après l'examen préliminaire – que je vous défends d'ébruiter – mon mari réfute l'hypothèse d'une mort naturelle.

— C'est certain. Un homicide ?

— Non.

— À ce qu'on m'a dit, les gendarmes ont retrouvé la victime éventrée, souligne Gabe.

— Salement.

— Alors quoi ? Une rixe qui aurait mal tourné ?

— Un suicide. »

Une faille en lui s'élargit, pompant le sang de ses joues.

« Pardon, mais j'ai du mal à suivre.

— D'après la température du corps, le décès est survenu durant les vingt dernières heures. Aucune plaie défensive. Tout porte à croire que la victime s'est lardée de coups sans preuves d'une intervention extérieure – si ce n'est pour ce qui concerne le déplacement du corps. Ses deux paumes présentaient de profondes lésions correspondant à la forme de l'arme utilisée – à savoir un bris de verre d'une taille démesurée. D'après ce que j'ai compris, la structure tissulaire était sectionnée… On a également prélevé des fragments de silice dans le derme.

— Il a tenté de retirer le morceau de verre avec ses mains ?

— Au contraire. Il l'a enfoncé. Les angles de perforation montrent que les coups ont été portés de haut en bas. Voyez… Comme ça ! »

Elle mime. Une reconstitution grotesque en apparence, mais d'un réalisme inouï.

« Je vois. Continuez, s'il vous plaît.

— Les lacérations abdominales indiquent que les coups n'ont pas été portés avec force. Des examens toxicologiques sont en cours pour déterminer si l'homme a agi sous l'influence de substances. À ce stade, c'est tout ce j'ai pu soutirer à mon cher époux qui, au passage, vous salue. »

Arnold ne le connaissait pas personnellement. Ils n'avaient jamais bossé ensemble sur une enquête, ni trinqué devant un match télévisé, encore moins partagé un repas dominical. Pourtant, de tous les hommes qu'il avait jamais rencontrés, le légiste détenait une place à part dans son estime. D'une certaine manière, tous deux partageaient l'essentiel. L'ineffable bienveillance de Cathy.

« Saluez-le pour moi », dit-il, replongeant instantanément au cœur de la discussion.

Gabe connaissait parfaitement la procédure. Dans les cas évidents de décès résultant d'une cause non naturelle, la nécessité d'exclure l'intervention d'un tiers conduirait à pratiquer une autopsie.

« On a pu déterminer l'origine de l'éclat de verre utilisé ?

— Une vitre a explosé au rez-de-chaussée. Des éclats jonchaient le sol. Il n'avait plus qu'à en ramasser un.

— Une arme d'opportunité. Ce n'était donc pas un geste prémédité.

— C'est insensé. Qu'est-ce qui pousse un homme à s'infliger sciemment une telle souffrance ? »

Arnold convient qu'il y a des manières plus douces de mettre fin à ses jours. Pour certains, le processus d'autodestruction peut prendre des années. Mais qu'il soit bien réel ou produit d'un psychisme perturbé, tout commence toujours dans un fossé. C'est au fond d'un gouffre que naissent et meurent les idées noires.

« Merci pour ces confidences, Cathy. Vous n'étiez pas obligée.

— Sale gosse. Vous m'auriez torturée. Avouez. »

Gabe esquisse un franc sourire. Sa spontanéité, si pleine de fraîcheur et de vérité, renforce chaque jour le ciment de leur entente. Ils ont besoin l'un de l'autre. Comme le silence appelle le bruit pour exister.

« Puisque vous êtes là, j'ai un service à vous demander, dit-il.

— Han han. Pas question de vous laisser me soudoyer ! Je préférerais mourir que vous révéler où j'ai planqué votre satané diabète en sachet !

— Dans le placard à balais.

— Arnold ! lance-t-elle, indignée.

— Je n'y ai pas touché. Toutefois, je crains que vous ayez laissé une fenêtre ouverte à l'étage.

— Sûrement pas.

— Voulez-vous bien vérifier ? Avec toute cette pluie… Et pendant que vous y serez, pourriez-vous aérer le grenier ?

— Faut savoir. J'ouvre ou je ferme les fenêtres ? Pourquoi vous ne me dites pas ce que vous voulez au juste ? On gagnerait du temps. »

Arnold claque du bec. Cathy maîtrise l'art de déstabiliser.

« Il y a un tas de vieilleries entreposées là-haut, dit-il. Des affaires ayant appartenu à mes parents. Je n'ai jamais réussi à m'en défaire. J'avais presque oublié qu'elles prenaient la poussière. Jusqu'à ce que vous découvriez cette clef au fond de ma commode...

— Et donc ? Vous me demandez de chercher la partie manquante de cette clef, à savoir la boîte ou le coffret qu'elle permettrait d'ouvrir ?

— À vrai dire, je ne suis pas certain que vous trouverez quoi que ce soit d'approchant.

— Donnez-moi ça. Je vais d'abord vous préparer un bouillon de légumes. Vous êtes pâle comme un linge. »

*

Les heures s'égrènent sans grande satisfaction. Sandra ne rappelle pas. Adrienne Meier non plus. À la radio, les informations régionales focalisent l'actualité sur les ravages causés par les intempéries. Toitures envolées, véhicules emportés, maisons inondées, coupures d'électricité. Rien au sujet d'une petite fille retrouvée dans les sous-sols d'un orphelinat abandonné, d'un suicidé ni d'un suspect placé en garde à vue.

Au-dessus de sa tête s'enchaînent les bruits des cartons qu'on renverse ou qu'on traîne, les meubles qu'on déplace, les exclamations victorieuses bien vite remplacées par des monologues de frustration.

Les heures s'égrènent, et le jour décroît. Par la fenêtre, Arnold observe la course des nuages qui s'acheminent lentement vers le Jour des morts, quand retentit la voix de Cathy dans son dos :

« J'ai une bonne et une mauvaise nouvelle. Par laquelle je commence ?

— À votre guise.

— Votre grenier est infesté de rats.

— Passons à la bonne nouvelle.

— Je viens d'en parler. J'ai tué trois de ces bestioles. Si vous ne voulez pas finir vos jours prisonnier d'un gruyère, je vous suggère de faire intervenir des professionnels. Ça bouffe tout, les rats. Jusqu'au dernier souvenir.

— Je redoute la mauvaise…

— Votre fichue clef n'ouvre ni boîte ni coffret. Dieu sait pourtant si votre mère les collectionnait ! C'est un véritable bazar là-haut !

— Je suis désolé de vous avoir fait perdre votre temps.

— Qui a dit ça ?

— Vous avez trouvé quelque chose ?

— Un journal intime relégué au fond d'une malle, répond-elle en lui tendant un carnet cadenassé.

— C'est plutôt une *excellente mauvaise* nouvelle !

— Pas si on considère son contenu, Arnold. Non, pas si considère ça… »

Il saisit avec précaution le paquet de feuilles brunes reliées par une couverture en cuir patiné. Il ne blâme pas Cathy d'y avoir plongé son nez.

Après tout, il l'a littéralement précipitée au centre d'une lointaine époque oubliée de lui-même. Il ôte le cadenas.

La vision de sa mère abonde par flashes. *Maman* défaisant d'un même geste quantité de secrets, *maman* s'emportant dès lors que son petit garçon la surprenait, diluant l'encre sur le papier avec ses larmes. *Maman* cachée. *Maman*, la clef de ses malheurs pendue à son cou.

« Je prépare du café, dit Cathy.

— Non, merci.

— Ce n'est pas pour vous. La soirée promet d'être longue. Je ne partirai pas avant que vous m'expliquiez les horreurs décrites là-dedans. »

46

Il ne l'a pas transpercée avec le tisonnier, mais son petit jeu pervers l'a manifestement bien amusé. Instaurer la terreur est un plaisir qu'il s'autorise en toute impunité.

Sans se départir de sa condescendance, le châtelain s'éloigne en souriant. Il redresse la pointe rougeoyante vers le plafond bas puis la replonge dans le feu. À l'angle opposé, la silhouette de Magda s'affaisse dans la poussière dispersée. Les yeux baissés, elle tripote les plis de son manteau que leur bourreau n'a pas eu l'indécence de relever sur ses cuisses.

Barbara se souvient de leur première rencontre devant l'orphelinat, lorsque, encore remplie de fierté, la vieille dame avait assuré que *monsieur Marlois n'autoriserait personne à marcher sur ses terres sans un accord préalable*. Aucune peur ne faisait chevroter sa voix. Barbara s'était aperçue qu'il incarnait un membre éminent de la communauté, un pilier auquel s'amarrait un village tout entier, un marginal perché dans sa tour d'ivoire.

L'aspect inoffensif d'un animal ne le rend pas moins imprévisible. Le châtelain était de cette race de monstres qui, derrière des apparats pompeux, enfermaient leurs propres ténèbres. Il n'avait certainement jamais quitté Beaumont-la-Ronce, et pourtant, d'une certaine façon, lui et ses bonnes manières s'en étaient allés.

Dans la lueur mordorée, il fait les cent pas, indécis quant au choix de sa prochaine action. Ses doigts effleurent une batterie d'instruments alignés dans les compartiments d'une ceinture de menuiser qu'il a pris soin de dérouler sur une petite table située près du feu. L'inclinaison du plateau offre à la vue un large panel d'armes potentielles. *Un arsenal de torture*. Barbara s'acharne sur ses liens en gémissant. Les nœuds de chanvre se resserrent, ne lui accordant aucune délivrance.

L'homme tapote un ciseau à bois, soupèse un maillet, s'abîme sur le tranchant d'une scie, opte finalement pour une longue tige cylindrique.

« Savez-vous ce que c'est ? » demande-t-il en retroussant sa manche.

Barbara cherche un soutien auprès de sa codétenue. Magda, si prompte à prononcer le bon mot au bon moment, ne bronche pas. En état de choc, elle dessine avec ses doigts d'étranges arabesques sur un lit en bouclettes de laine blanche fermé jusqu'au col. Elle évite les regards, réfugiée dans un monde imaginaire et vaste d'espoirs où raccommoder les pans de sa vie éloignera peut-être le spectre de la mort.

« Un trusquin à roulette ! » clame-t-il d'un ton professoral en se rapprochant de Barbara.

Elle considère la tige graduée pourvue d'une roulette en acier. Pas de pointe tranchante ni de longue lame aiguisée. Un bon présage, sans doute.

Mais, lorsqu'il tend son bras, Barbara se tétanise. À la pliure du coude, des mouchetures lie-de-vin dessinent une ancre marine.

« Savez-vous à quoi ça sert ? Non ? On l'utilise pour marquer le bois. La roulette biseautée tranche la fibre plutôt que de la déchirer, produisant une ligne incroyablement précise. Observez la graduation sur la tige, poursuit-il. Son diamètre est de huit millimètres. C'est important. Vous vous en apercevrez rapidement. Jouons, voulez-vous ?

— Non !

— Vous n'êtes pas en position de refuser, madame Blair. Voilà en quoi consistent les règles. Je pose une question, vous répondez. Si vous mentez, j'enfonce la tige d'un centimètre. Sachant qu'elle en compte vingt, à votre avis, combien de mensonges supportera votre rectum ? »

En dépit de ses hurlements, il se vautre à quatre pattes sous la chaise percée en son centre. Il se meut comme un ver tortillant son gros corps flasque, cherche à introduire l'extrémité de la tige dans l'orifice. Barbara redoute l'imminence d'une atroce déchirure, la verticalité du viol, l'abomination.

« Arrêtez de brailler. Je place seulement l'engin dans l'axe. »

Il ne lui a pas fait mal. Pas encore.

« Première question.

— Je ne veux pas. »

Il tourne autour d'elle, insensible vautour parmi les ombres.

« Pourquoi faites-vous ça ? s'écrie Barbara.

— Pourquoi je fais quoi ? Oh, ça… »

Il balaie l'air avec sa main, comme s'il repoussait un insecte insignifiant.

« Quelle est la *vraie* raison de votre venue à Beaumont-la-Ronce ? »

Barbara ne comprend pas. Tandis que sa bouche s'assèche, la sueur recouvre son front et ses paumes.

« Le tournage d'"ENIGMA"…

— Réponse incomplète. »

Il se penche, prêt à mettre sa menace à exécution.

« Les enfants du Val Sinestra ! s'époumone-t-elle avant que l'horreur la pénètre d'un bon centimètre.

— Pourquoi sont-ils importants à vos yeux ?

— J'ai sacrifié ma fille pour eux.

— Emma, précise-t-il sans ciller.

— Qui vous a parlé d'elle ?!

— Désolé, le jeu ne prévoit pas que vous posiez des questions. Contentez-vous de répondre aux miennes. A-t-elle chuté du haut d'un torrent ?

— Oui. Mais vous le savez déjà. À quoi ça rime ?

— A-t-on retrouvé son corps ?

— Non. Et je voudrais qu'on me le rende. »

Le regard appuyé du châtelain force son âme autant qu'un trusquin le ferait de son corps.

« Étiez-vous une bonne mère ? »

Barbara se débat contre la férocité qui suggère le contraire. Un frisson la traverse comme une coulée de neige. Les premiers flocons tombent-ils hors de son cachot ? L'hiver est-il déjà là ? Sa conscience se heurte aux parois qui délimitent l'espace d'un cœur vide.

« Oui, une bonne mère, répète-t-elle mécaniquement. J'ai tout fait pour la protéger.

— C'est aussi ce que pensait son père ? Que vous étiez une bonne mère ?

— Allez vous faire foutre !

— N'inversez pas les rôles.

— J'aimais ma fille.

— Vous mentez. Une bonne mère n'abandonne pas son enfant. »

Une main noueuse glisse sous l'assise. Il cherche à boulonner le cylindre. Elle se démène dans la mesure de ses entraves, hurle à l'injustice qui la condamne au supplice. Comment ce parfait étranger peut-il se targuer de mesurer son amour de mère ? Qui est-il pour s'octroyer le droit d'enfoncer son ignorance en elle ?

Soudain, il cesse de s'agiter, se redresse et se dirige vers l'âtre. Il tend l'oreille. Pourquoi fait-il ça puisque aucun son n'entre ou ne sort ? Pourtant, quelque chose l'attire au-dehors.

Derrière lui, la porte chuinte comme un couvercle molletonné se refermant sur un piège à insectes. De combien de temps dispose-t-elle pour agir ? D'abord, réfléchir. Sonder d'éventuelles issues découpées dans la pierre. *Il n'y en a aucune.* Relever un détail permettant de localiser l'endroit. *Il n'y en a aucun.*

Au fond de la pièce, retranchée sous une voûte, l'autre détenue soulève le menton, sa nuque craque, elle a l'air d'avoir cent ans.

« Magda, vous êtes blessée ? »

Sans prononcer un mot, la vieille femme baisse à nouveau la tête.

« Je trouverai un moyen de nous sortir de là, assure Barbara. Savez-vous où nous sommes ? Vous m'entendez, Magda ? Répondez-moi ! »

Magda se tait, tout à son patchwork qui s'effiloche sous ses doigts.

Barbara crie plus fort, s'égosille de questions qu'un faible écho lui renvoie comme autant de réflecteurs d'angoisse. Elle sent venir la crise de panique, le malaise. C'est peut-être mieux comme ça. Ne rien ressentir d'autre que la chute. Se relever. Retomber. Enchaîner les pirouettes dans l'instable réalité, tourner sans bouger, s'essouffler à force de respirer et tendre les bras à l'évanouissement qui jamais ne vient la délivrer. Elle veut que cela cesse. Elle n'attend plus que lui. Qu'il revienne et l'achève.

Lorsqu'il réapparaît enfin – des heures, des jours, des années plus tard ? –, elle a perdu la notion du temps, quelque chose dans son attitude a changé. L'allure moins assurée, les épaules tombantes, il affiche un air contrarié qui empeste l'alcool. Barbara avise alors un fusil de chasse qu'il porte en bandoulière. Il s'encombre inutilement. Aucune d'elles ne représente une menace. Sa mise en scène a pour seul but de les réduire à l'état de gibier. Il n'est plus vraiment d'humeur à s'amuser et semble même oublier son instrument de torture.

Sa voix grave résonne sous le plafond trop bas, cogne contre les murs infectés de champignons.

Il dit qu'ils ont retrouvé la gamine. Dans les sous-sols de son orphelinat. C'est embarrassant. Ça n'aurait jamais dû arriver. Pas sur sa propriété. Pas maintenant. Pas comme ça. Qu'ils découvrent un cadavre était déjà problématique, mais là !

Barbara tente de trouver un sens à ce déballage. *Gamine. Sous-sol. Orphelinat.* S'il dit la vérité, des jours durant, elle a piétiné le cercueil au fond duquel gisait une autre *Emma*.

Le châtelain geint à la manière d'un homme trompé. Il vocifère contre des murs sourds. Mais, dans cet étrange monologue, Barbara entend la détresse d'un monstre que ses propres mots tentent d'innocenter. Elle le ressent dans sa chair maltraitée, ce monstre-là n'a pas touché un cheveu de l'enfant. Ni assassiné David. S'il pleure, c'est uniquement sur son sort.

Un frémissement inattendu s'élève au fond de leur cachot.

« Lizzie va bien ?

— Vous entendez ça, Barbara ? J'ai bien cru que la vieille avait perdu sa langue !

— Quelqu'un lui a fait du mal ? » insiste Magda, nullement impressionnée par son ton méprisant.

Il marque un temps d'arrêt. Comme si l'envisager le répugnait.

« La gamine n'est pas en bon état. Mais votre protégée sait peut-être ce qu'il lui est arrivé ? Si j'allais fouiller profondément en elle pour m'en assurer ? Et ne comptez pas sur monsieur Tasselier pour jouer les sauveurs, dit-il en se tournant lentement vers Barbara, dont les yeux sont rivés au fusil. Un imprévu le retient ailleurs.

— Ça suffit. Laissez-la tranquille.

— Sinon quoi ? »

Il a hurlé, enjambant la distance qui le sépare de Magda. Sa posture menaçante augure un accès de violence.

Revenue d'entre ses morts, la vieille dame soutient le regard du châtelain. Des décennies de combativité renaissent sous ses paupières rougies par le vacillement des flammèches.

L'homme incline légèrement la tête. Il semble avoir déposé sa colère en lieu sûr, oublieux des conséquences préjudiciables qui pèsent sur son patrimoine, et plus encore sur son intégrité.

Son visage s'éclaire d'un sourire triste.

« Très bien, dit-il posément. Passons à l'étape suivante. »

47

La nuit a déjà étendu son royaume lorsque Arnold referme le carnet. La reliure crisse sous ses doigts comme un interminable écho à son contenu.

« Il reste du café ? »

Cathy hoche sombrement la tête et s'éclipse à la cuisine.

L'excuse ronronne encore sur la plaque chauffante. Il a besoin d'être seul quelques minutes.

Une pluie d'étoiles perle sur le carreau. La nuit pleure ses morts. Et pourtant, la nuit est étrangement belle. Dans l'allée, les branches frémissent doucement. Elles ont repoussé les assauts de vent, survivant aux orages avec leurs corps de bois. Il trouvera les ressources pour en faire autant. Prendre exemple sur leur solidité. Affronter une tempête après l'autre.

« Avec deux sucres. Profitez-en, je ne serai pas toujours aussi magnanime, assure Cathy en lui tendant une tasse en porcelaine.

— Merci. »

Arnold se brûle les lèvres au contact du nectar fumant pour s'envelopper d'une chaleur qui l'a déserté dès les premières lignes.

« Vous voulez qu'on en parle ? » demande Cathy.

Elle s'est déjà installée sur le canapé, sirotant un liquide ambré aux couleurs de l'ivresse.

« Qu'est-ce que vous buvez ?

— De l'armagnac.

— Où l'avez-vous trouvé ? Pas chez moi, en tout cas.

— En magasin. J'ai acheté une bouteille la semaine dernière pour relever ce fameux sauté de veau aux champignons que vous avez dévoré. Voyez-vous un inconvénient à ce que j'en abuse autrement ? J'ai besoin de digérer.

— Du moment que vous ne vomissez pas sur mon tapis.

— Sûrement pas. Rappelez-moi qui nettoie ici ? »

Une heure durant, penchée sur son épaule, Cathy s'est abîmée dans la lecture de la trentaine de pages manuscrites noircies d'ignominies. Au grenier, elle n'en avait lu que les terrifiantes prémices avant de renoncer à poursuivre seule cette descente aux enfers.

« L'esprit est une incroyable machine, dit Arnold. Le mien avait effacé l'ardoise du traumatisme. Jusqu'à ce qu'une clef réécrive l'histoire. »

Il raconte ce terrible soir d'orage qui avait tout déclenché, lorsque son père et sa mère s'étaient violemment disputés pour ce bout de métal. Elle l'arborait autour du cou comme on porte sa croix, lui tentait de l'arracher, et même s'il y était parvenu, jamais son père n'aurait eu raison de l'infâme secret prisonnier de ce carnet.

« Je viens d'avoir soixante-neuf ans, Cathy. Et je ne dois ma vie qu'à une succession d'horreurs.

— Ne dites pas ça…

— Pourtant, c'est écrit là. Mais vous savez ce qui m'effraie le plus ? Je n'ai jamais cru au massacre des orphelins de Beaumont-la-Ronce. Je pensais qu'il servait de prétexte aux affaires juteuses de nos politiciens. Une légende urbaine destinée à cueillir les touristes égarés et les curiosités morbides. Finalement, le bouquet est encore plus pourri vu de l'intérieur.

— Vous pensez vraiment qu'un village entier aurait conspiré à tuer des innocents ?

— Pas tous, non. Seulement une poignée d'hommes. Regardez. »

Arnold rouvre à regret le carnet. Pointant du doigt une liste de cinq noms, il les énumère l'un après l'autre comme si prononcer à haute voix l'identité des bourreaux pouvait amoindrir le choc de la révélation. Tous lui étaient familiers. Deux, particulièrement. Dont celui d'Étienne Marlois. Le père du châtelain de la Haute-Barde.

« Ces gars-là n'ont jamais quitté Beaumont. Ils y sont morts.

— Comment le savez-vous ?

— Grâce aux rubriques nécrologiques. »

Cathy secoue la tête.

« Croyez-moi, reprend Gabe, ma mère n'aurait pas eu l'intelligence d'inventer les détails. La chronologie est si parfaitement retranscrite que j'en ai la nausée. À l'époque, l'épidémie de phylloxéra terrorisait les habitants. Tous craignaient que la contagion se propage dans les foyers.

— Au point d'exterminer les pensionnaires ? Seigneur !

— C'est ce qu'ils ont fait... L'Avenir du Prolétariat. Quel joli nom pour un charnier. »

Arnold s'abîme à nouveau entre les lignes consignées par sa mère. Soixante-neuf ans après le massacre, la vérité éclatait au grand jour alors même qu'il ignorait l'existence de ces terribles mémoires à l'origine de son pire souvenir d'enfance.

Ils étaient cinq. Des hommes décidés à exterminer les résidents de l'orphelinat pour préserver familles et récoltes. Ils avaient planifié l'attaque la veille d'un jour saint. Espéraient-ils ainsi qu'un dieu les absolve de leurs péchés ?

Le 31 octobre 1950 célébrait déjà la nuit des monstres.

Forts d'une détermination destructrice, les membres de l'expédition s'étaient rassemblés après le coucher du soleil, grimpant vers la Haute-Barde, fusil en bandoulière, hache à bout de bras, couteau au ceinturon. Bouches et nez couverts d'une protection, mains glissées dans des gants épais, ils avaient envahi les jardins silencieux, progressant à l'instar d'une armée de soldats convaincus d'agir pour le bien de l'humanité.

Et la leur, où était-elle donc passée ?

Ils s'étaient dispersés pour couvrir toutes les issues, attendant le signal du ralliement convenu à vingt et une heures. Puis, dans un élan collégial de sauvagerie, la meute s'était déployée pour frapper, égorger, éventrer, éradiquer le mal en de si petits corps qui s'effondraient sans trop d'efforts. Quand leur sale besogne ne laissa plus que des soupirs affleurer à la surface du sang, ils se mirent à découper les vivants et les morts, détachant de leurs troncs les têtes, les bras et les jambes. Certains hurlaient encore tandis qu'on leur sciait les os.

Enterrer leur funeste butin aurait contaminé les terres qu'ils cultivaient, l'eau qu'ils buvaient, l'air qu'ils respiraient. Alors, ils jetèrent les morceaux dans de grands bacs acheminés au sous-sol. Voyage après voyage, les pièces sanguinolentes s'amoncelèrent et, progressivement, les hurlements cessèrent. Dans un désastreux désordre, on brûla les membres amputés, nourrissant de chair et d'os brisés un four au sourire d'acier. C'est ainsi que la « bravoure » de cinq hommes mit un terme à l'épidémie.

Quand les derniers morceaux de peau furent consumés, ils collectèrent les fragments de squelettes, qui serviraient à nourrir les cochons. Puis ils rentrèrent auprès de leurs femmes et de leurs enfants qui sagement attendaient. Le père d'Arnold figurait sur cette liste.

Comme les autres, il était retourné auprès de son épouse, son ventre débordant de vie soudain soufflé par le récit de la nuit. Une heure plus tard, elle accouchait d'un fils.

Le miracle de sa naissance, tant de fois contée, tenait à la malédiction d'un carnage.

« Ça expliquerait qu'on n'ait jamais retrouvé les corps, consent Cathy. Mais un détail me chagrine. Votre mère précise qu'ils ont assassiné une trentaine d'adultes et d'enfants cette nuit-là. Comment une poignée de mercenaires aurait-elle pu maîtriser autant de gens ? Les cris des uns auraient dû alerter les autres et, vu l'étendue de l'édifice, je doute qu'ils aient pu couvrir l'ensemble sans laisser échapper quelque malheureuse victime.

— Vous soulevez un point pertinent, Cathy.

— Quant à forcer les issues à coups de barre ou de hache, je n'y crois pas. Ce n'était pas le bâtiment tel qu'on le connaît aujourd'hui. Je suppose qu'il était pourvu de portes solides et non de trous béants camouflés par des bardeaux.

— Il faut croire qu'ils ont trouvé un autre moyen d'entrer », déplore Arnold.

Cathy avale cul sec le contenu de son verre.

« Et ce jeune homme qui se suicide précisément à la même date, reprend-elle. Sans compter la pauvre Lizzie… C'est affreux. À croire que cet endroit rend fou. Au même titre que le Val Sinestra, d'ailleurs.

— Je me base généralement sur des faits, Cathy. Mais vous n'avez pas tort. Mis bout à bout, ces évènements renforcent ma théorie selon laquelle tous ces drames sont liés. Davantage encore après ce que nous venons d'apprendre… »

Le portable de Gabe vibre au creux de sa poche. L'écran d'accueil affiche 21 h 00. Apparemment, une force supérieure le met à l'épreuve de reconsidérer ses principes cartésiens. Il s'en moquerait peut-être si l'appel n'émanait pas de Sandra Lamourelle.

Sous le regard inquiet de Cathy, il écoute attentivement, pinçant de ses doigts libres le velours sur sa peau insensible. Malgré la fraîcheur de la nuit, ses joues s'empourprent, et un sourire apparaît timidement sur ses larmes.

« Bon Dieu, Arnold, que se passe-t-il ? demande-t-elle après qu'il a raccroché.

— Lizzie s'est réveillée. »

48

Les murs, les blouses, les draps, les gens, tout est blanc, étincelant, comme les nuées cotonneuses d'un ciel d'été. La pièce est carrée. Le lit rectangulaire. Les meubles absents. En marge du décor, une fenêtre rappelle la consistance de l'automne dans le ventre gonflé de la nuit. Maman est appuyée contre la vitre. *Maman !* Elle ne l'a pas abandonnée. Elle l'aime. Plus que tout. C'est ce qu'elle lui dit, des larmes dans la voix.

Il ne pleut plus. Elle entendrait les gouttes tomber dans ses yeux. Tout entre par là. Et ses yeux lui font mal. Le monde qui l'entoure est aveuglant, bombardé d'informations complexes qui doivent trouver leur place dans un environnement inconnu.

Son ventre la gratte. Sa jambe gauche est surélevée. Sa tête est sur le point d'exploser. Il s'en faut de peu qu'elle ne hurle, impuissante à trouver des repères dans une chambre aseptisée. On lui dit qu'elle est en sécurité à l'hôpital, que tout ira bien désormais. C'est un médecin. Pas le sien, un autre, plus vieux. Il a l'air gentil. Maman lui sourit. Il lui demande si elle peut parler. Elle essaie.

« Oui. »

Une porte – blanche elle aussi – s'ouvre derrière lui. Elle l'entend coulisser sur ses gonds laqués. Un homme entre, coloré de la tête aux pieds. Le médecin lui parle « en privé », comme c'est souvent le cas avec maman après une consultation. Il chuchote, mais elle comprend tout. *Fracture ouverte à la jambe. Morsures d'origine animale au niveau du ventre – probablement un rat. Absence de commotion cérébrale. Choc pouvant toutefois entraîner un état de confusion. Trois dents cassées. Pas de traumatisme sexuel.*

Maman se met à pleurer.

Ça ressemble pourtant à de bonnes nouvelles puisque, se tournant vers elle, les deux hommes sourient.

« Lizzie, ce gendarme aimerait te poser quelques questions. T'en sens-tu capable ?

— Si tu es fatiguée, ajoute l'intéressé, tu n'auras qu'à répondre par oui ou par non, tu comprends ? »

Elle hoche doucement la tête. Elle est différente, pas idiote. Si les gens écoutaient autrement qu'avec leurs oreilles, ils feraient la distinction.

« Bien. Te rappelles-tu l'endroit où mes collègues t'ont retrouvée ?

— Oui.

— Où ça ?

— À l'orphelinat. »

L'homme a l'air satisfait. Ce premier contact s'avère encourageant.

« Exact. Quelqu'un t'a emmenée là-bas ? »

Elle hausse les épaules, plus impressionnée par l'existence des rats que par la question.

« Tu étais seule ?

— Non.

— Il y avait quelqu'un avec toi ? »

Lizzie réfléchit.

« Non.

— Tu viens de dire que tu n'étais pas seule. Qui d'autre était là ?

— Le géant.

— Il était avec toi ?

— Non. En haut.

— Il était en haut, et toi, en bas ?

— Oui.

— D'accord. Est-ce qu'il t'a fait du mal ? »

Du mal ?

Elle se souvient du géant arpentant les jardins, de sa course effrénée dans les escaliers. Du tour de clef. Elle se remémore sa propre descente infernale dans les sous-sols, l'eau flattant ses chevilles, l'huisserie riant sur son passage comme une horde de hyènes. Elle visualise les poutres terrassées par l'humidité, les planches affaiblies, le désastre dans lequel elle s'enfonce en battant des poings l'éternité noire qui se resserre. Les craquements de tous côtés, le bois qui casse, percute sa tête, broie sa jambe. L'eau qui monte. Les choses qui flottent en surface et qu'elle mord à s'en briser les dents. Mais pas de rat.

« Mal ? Non.

— Tu l'avais déjà vu ?

— Oui. Le 7 septembre. Il était perdu.

— C'est très précis, Lizzie, merci. Tu l'as aidé à retrouver son chemin, ajoute le gendarme après avoir consulté ses notes.

— Oui.

— Est-ce que ce géant te faisait peur ?

— Un peu.

— Pourquoi ?

— La fenêtre. Il était derrière.

— Tu étais dedans et tu l'as aperçu dehors ?

— C'est ça.

— Il faisait jour ou nuit ?

— Nuit.

— Qu'est-ce qui t'a effrayée ?

— Papa marchait comme ça parfois. Pas droit. »

Maman sanglote.

L'homme en blanc se penche à nouveau vers l'homme en bleu. Il lui glisse un secret au creux de l'oreille. Ils sont au courant pour son papa, ses cris, ses coups, chaque fois qu'il rentrait saoul à la maison.

« D'accord... Tu connais le nom du géant ?

— Les autres l'appellent Warren.

— Les autres ?

— Les gens de la télé.

— OK... Donc il avançait vers l'orphelinat, et toi, où étais-tu à ce moment-là ?

— Dans l'escalier. Il a tourné la clef. Alors je me suis cachée en bas.

— Il t'a vue ?

— Non.

— Il ne savait donc pas que tu étais là ?

— Non.

— Lizzie, écoute-moi bien. Je sais que ton frère et toi avez accroché une poupée dans l'arbre cinq jours avant le...

— Oui. C'était le 26 octobre.

— C'est ça, dit-il en souriant. Alors, j'ai besoin de savoir : pourquoi es-tu retournée à l'orphelinat ? »

La respiration de Lizzie s'accélère.

Celle de maman aussi.

« Vous avez retrouvé mon bracelet ?

— Ton… ? Non, pas encore… Tu l'as perdu ? C'est pour ça que tu es revenue là-bas ?

— Non. Non… Non !

— D'accord, Lizzie. On va faire une pause. »

L'homme en bleu devient blanc. C'est étrange la manière qu'ont les gens ordinaires de réagir à ce qui les dépasse.

« Je suis revenue parce qu'ils me l'ont demandé, murmure-t-elle.

— Qui ? interroge à son tour le médecin.

— Les enfants. »

La porte s'ouvre à nouveau.

Frémissement dans l'air blanc du soir.

Son grand frère approche. Il cache sa bouche avec ses doigts, mais tout sort par ses yeux. Antoine pleure. Lizzie voudrait pleurer aussi. Quelque chose l'en empêche. Une barrière invisible séparant l'information du sentiment. Ses larmes s'expriment autrement, ses doigts froissant compulsivement les draps pour y laisser l'empreinte d'une émotion. Ses bras affectueux se tendent vers elle, se rétractent et s'éloignent. Il sait qu'elle n'est pas prête pour ça. La tendresse exige trop d'intimité, trop de sensations, trop de tout. Lizzie abandonne le contact des draps pour marteler son propre visage. Et ceci s'apparente à l'expression d'une profonde consolation à l'idée que sa famille ne l'a jamais abandonnée, qu'elle a toujours été là, dans l'étroitesse de son cœur plein d'effroi, chaleureusement nichée au cœur de sa différence.

Alors elle martèle jusqu'à ce que la douleur d'aimer s'éveille.

49

Il a étouffé le feu. Allumé une veilleuse qui ressemble à un jouet d'enfant. Si sa lumière fragile chasse les monstres au-dehors, elle entretient le pouvoir de ceux qui errent en dedans. L'air glacé cueille les captives à l'orée d'un jour qui ressemble à la nuit. Les heures se confondent, barrières pulvérisées par l'absence de repères. Monsieur Marlois compte les laisser crever de froid ou d'une multitude d'autres insanités imaginées par sa psyché dérangée.

Barbara en est réduite à croire à ce scénario jusqu'à ce que le châtelain déroule un rideau blanc, ses pans évasés couvrant le jambage de la cheminée.

Qu'est-ce que...

Il passe derrière elle.

Bon Dieu, qu'est-ce qu'il fout ?

Elle perçoit un clic. Peut-être deux.

Les torsions limitées de son cou l'empêchent de comprendre ce qui se trame dans son dos. Elle anticipe le supplice, l'humiliation promise par sa perversion, s'en remet à la volonté d'une vision réduite à quatre-vingt-dix degrés.

Quelque chose effleure ses poignets.

Le contact calleux la paralyse.

Barbara attend la douleur pareille à l'évidence. Il pourrait lui ouvrir les veines, la saigner à blanc, disposer de son corps comme d'une bête à vider.

La douleur ne vient pas. Au contraire, elle décroît tandis que des doigts moites desserrent les liens d'un cran. Suffisamment pour que le sang circule. Pas assez pour la libérer de son trône puant.

« Taisez-vous », murmure-t-il.

Il n'a pas besoin de répéter l'injonction. *À quoi joue-t-il ?* Si c'est une ruse pour l'amadouer, elle y consent. Elle ne tentera rien. Pour l'instant.

Il s'affaire à nouveau dans l'ombre du cachot.

Les sons métalliques résonnent sous terre. Elle les sent vibrer dans sa chair. C'est certain, ils viendront bientôt se repaître de sa raison nécrosée et d'elle, il ne restera rien.

Le temps de sonder l'inéluctable, et la lumière d'un projecteur l'aveugle. Le rectangle blanc, distant d'une dizaine de mètres, s'anime d'une succession d'images. Une enceinte invisible crache les sons en décalé. Le châtelain dit qu'il ne faut pas s'attendre à des miracles avec du matériel amateur. Puis l'œuvre décousue du cinéaste se met à défiler.

Happée par l'enchaînement des séquences, Barbara assiste à la projection d'une vision revisitée d'elle-même.

Étrangement, l'orphelinat s'immisce en arrière-plan, personnage secondaire qu'on a pris soin de flouter, comme pour le priver du droit d'exister. Quelqu'un a filmé la réalisatrice à son insu, et celui qui tient la caméra prend un malin plaisir à zoomer sur l'expression de son mal-être. Elle se souvient de ce moment, au lendemain de leur arrivée, quand, encore possédée par ses cauchemars de poupées, elle avait senti une présence avant qu'un chat ne fuie les bosquets de ronces.

Ce n'était pas une illusion. Ce cinglé m'épiait.

La scène est coupée. Une autre la remplace.

Cette fois, Barbara avance dans le couloir des filles, son ombre errant le long des tags aux couleurs fanées. Les bribes de sa conversation privée avec Magda grondent dans l'espace clos.

« Je vous épargnerai les conditions abjectes dans lesquelles ces enfants ont été conçus... D'autant que je n'en connais pas les détails moi-même. Un jour, Colette s'est confessée auprès de ma mère au sujet d'agressions répétées... D'après elle, les forêts de mélèzes encerclant le Val abritaient autrefois des hommes peu recommandables. On les appelait "les ravitailleurs". Ils ne se contentaient pas de nourrir des bouches... Inutile de vous faire un dessin. Bref, si vos caméras acceptent de l'entendre, je suis prête à vous livrer les faits notables, tels qu'on me les a relatés. Ainsi que ceux auxquels j'ai assisté... Avec l'âge, ma mémoire s'étiole. Pas au point d'oublier certaines images, malheureusement. Car, entendons-nous bien, ce que je m'apprête à raconter n'a rien d'un conte de fées. »

Au bout du couloir, le plancher craque. Comme lesté d'un poids mort. Barbara s'était bêtement mis en tête que l'orphelinat manifestait son assentiment à la poursuite de son projet. Elle se souvient : l'analogie les avait fait rire. Comme on s'esclaffe devant un déguisement terrifiant sans imaginer un seul instant la nature véritable du monstre caché derrière.

Elles s'étaient trompées. L'orphelinat souffrait du poids des vivants.

« Arrêtez ça, dit-elle, bataillant des poignets pour défaire les nœuds qui l'immobilisent.

— L'objectif est comme un miroir, rétorque le châtelain. Il ne triche pas. Vous pouvez fermer les yeux sur la réalité, ça ne la rendra pas plus supportable. »

Une troisième prise l'observe à travers le rideau du pavillon qu'on lui a attribué.

Assise dans son salon temporaire, elle parle à sa fille morte. Par écran interposé. Ses doigts s'agitent mécaniquement pour scander un amour silencieux. L'angle choisi estompe le visage d'Emma pour se focaliser sur le profil d'une femme dans laquelle elle ne se reconnaît pas.

Une étrangère.

L'objectif est un violeur d'intimité. Un leurre sans piété ni cœur.

C'est fascinant comme tout prend un sens différent à travers une vidéo. Les yeux captent les détails insignifiants, quand la caméra dévoile un ensemble bien plus complexe. La suite du film est d'autant plus déroutante. Troublée, Barbara assiste aux prémices d'une attaque de panique déclenchée par son évolution dans des couloirs sans âme. Elle apparaît de dos. L'œil de la machine se rapproche, enregistrant les paroles échangées au fond du couloir. Les voix de David et Warren sont plus distinctes que dans ses souvenirs, comme débarrassées d'un filtre.

« Tu voulais me parler de quoi ?

— J'ai rencontré un type. Il s'appelle Arnold Gabe. Il enquête sur la gamine disparue. Il m'a posé un tas de questions au sujet de ce qu'il s'est passé au Val Sinestra…

— Pourquoi ?

— Je ne sais pas exactement.

— Tu lui as répondu quoi ?

— Rien.

— Alors, quel est le problème ?

— J'ai l'impression qu'il ne lâchera pas.

— Qu'est-ce qui te fait dire ça ?

— La manière dont il parlait d'Emma… J'ai eu la sensation qu'il m'accusait de quelque chose. Quelque chose que j'aurais reproduit avec Lizzie…

— Comme quoi ?

— Des trucs dégueulasses.

— Ce type est barré. Il faut à tout prix le tenir éloigné de Barbara.

— Ce sera difficile. Ce gars occupe son temps de manière sordide. Il remuera la merde jusqu'à ce qu'un filon en émerge.

— On doit trouver un arrangement pour le faire taire. Nous savons qu'Emma est morte… Ce qui n'est pas le cas de Lizzie.

— Tu es sûr de ça, David ?

— Chut… »

Barbara n'a pas senti les larmes monter. Elles roulent sur ses joues comme des cristaux liquides. Elle voudrait gommer l'ambiguïté entretenue en secret par ces hommes qu'elle considérait encore récemment comme des fidèles compagnons de route.

Tu es sûr de ça, David ?

Sûr de quoi ? De la mort de sa fille ? De la survie de Lizzie ? Comment diable David aurait-il pu répondre à ça ? Et pourquoi craignaient-ils tant ce Gabe ? Ils avaient prétendu vouloir la préserver de lui, mais, à la lumière de leur complicité, c'est indéniablement pour eux-mêmes qu'ils s'inquiétaient. Barbara voudrait réécouter l'enregistrement. Les entendre à nouveau parler d'Emma. Mais le châtelain la prive de ses dernières volontés en laissant le film défiler.

La séquence suivante se déroule de nuit. Barbara reconnaît la façade extérieure de l'orphelinat balayée par les feuilles mortes. La foudre claque, et le vent siffle dans les enceintes. L'œil de l'objectif plonge à travers une fenêtre du hall, zoome sur la cage d'ascenseur, puis descend d'un cran pour enfin se stabiliser. *Sur elle, agenouillée près du cadavre de David. Dans une mare de sang.* Barbara détourne le regard pour échapper au supplice de l'image figée à l'écran.

« Qu'est-ce que vous attendez de moi ?! s'écrie-t-elle.

— Les aveux d'une meurtrière. *Vous*, Barbara.

— Quoi ? Non ! Magda, dites-lui ! »

Marlois éteint son matériel. Les plonge dans l'obscurité. La manœuvre ne lui a pris que quelques secondes. Un moment d'inattention durant lequel une forme fugace file dans le noir. Une petite chose voûtée et sans canne dont les liens défaits pendent encore à ses poignets.

Conscient de son erreur, le châtelain rallume précipitamment le projecteur. Il est déjà trop tard pour supplier. Dans le faisceau fantomatique orné de poussière, la vieille dame épaule le fusil de chasse qui le tuera. Pas le temps pour des adieux. Dans l'intimité du cachot, la détonation explose sans un écho.

50

Il s'est écroulé, visage arraché, mâchoire pulvérisée ne laissant qu'un puzzle impossible à reconstituer.

Barbara peine à croire qu'il lui faudra vivre, manger et se coucher chaque soir avec cette image en arrière-plan. Des bouts d'homme ont atterri sur sa joue, son cou, matière visqueuse dont elle n'oubliera jamais l'odeur soufrée. Elle pourrait presque entendre les bruits de succion tandis que le sol gorge ses aspérités de fluides qui s'écoulent d'une tête massacrée.

L'arme braquée dans le vide qu'elle a laissé, Magda maintient sa position de tir comme si le fusil de chasse ne pesait rien. Ses bras ont absorbé le recul avec une force telle qu'on les croirait rompus à l'exercice de tuer. Il ne s'agit pas d'un acte héroïque destiné à recouvrer leur liberté. Magda a commis un meurtre de sang-froid.

« Je l'ai fait pour nous sauver », se justifie-t-elle.

Barbara a cessé de respirer, incapable de reconnaître la femme rencontrée sur une route de campagne. La crosse a remplacé le bouquet de roses jaunes et, à la fragilité inhérente à son âge, s'est substituée une étonnante robustesse. Magda abaisse l'arme et prend appui sur le canon long. Là encore, la stabilité habituellement conférée par sa canne semble illusoire.

On prétend que l'adrénaline sécrétée par l'organisme décuple les capacités physiques. De nombreux témoignages à travers le monde rapportent des faits extraordinaires. Une femme de faible constitution soulèvera une voiture pour libérer son enfant écrasé sous les roues. Une fille libérera son père coincé sous les chenilles d'un tracteur. Les cas recensés sont légion. Auxquels s'ajoute désormais celui de Magda.

Campée sur des jambes d'acier, une vieille dame retrouvera sa motricité d'antan pour exécuter le type qui séquestrait deux victimes.

Le cauchemar est fini. Elles n'en connaîtront jamais la raison. Peut-être qu'il n'y en a pas. Le mal n'a pas besoin d'excuse. Il frappe par plaisir. Par nature. C'est ce que se dit Barbara, les yeux baissés vers le cadavre dont les secrets ont volé en éclats.

« Le jeune garçon tombé sous l'emprise de Colette... Celui à l'ancre marine, précise Barbara. Je pense que c'était Marlois. Vérifiez la marque au creux de son bras...

— Inutile. Je vous crois. »

Il faut fuir cet endroit où tout pourrit. Se remplir les poumons d'air sain, garnir sa tête des couleurs de l'automne. Laisser les monstres derrière soi.

Fuir.

« Détachez-moi ! »

Magda ne bouge pas. Ça n'augure rien de bon. Sans son aide, Barbara mettra des heures à dénouer les cordes vaguement desserrées par le châtelain. Elle ne comprend toujours pas pourquoi il a fait ça. Elle s'en fout. Sa démence n'a plus d'importance dès lors qu'elle se répand par terre.

« Détachez-moi ! » hurle-t-elle.

Il semble évident que Magda ne l'entend plus. Son enveloppe corporelle se tient à quelques mètres, mais son esprit se soustrait à la vision horrifique de son crime.

Repoussant d'une voix calme l'échéance de sa libération, Magda demande :

« Et qu'arrivera-t-il après ? »

Barbara ne comprend pas sa réserve. L'après ne sera jamais pire que maintenant.

« Après, on sort d'ici et on raconte tout aux flics.

— J'ai tué un homme.

— C'était un cas de légitime défense. Vous n'aviez pas le choix. Par pitié, posez ce fusil… »

À la lumière du projecteur, le regard de Magda gagne en intensité. Barbara prend alors conscience que la vieillesse est un masque changeant conçu dans les craquelures de l'âme.

« Je ne peux pas faire ça, lâche Magda. Pas avant que vous sachiez toute la vérité. Ensuite, vous seule déciderez de ce qui doit être fait. »

51

Magda a réactivé le feu à coups de tisonnier, isolant les cendres tièdes du foyer ardent. Elle n'a plus prononcé un mot, s'est assise sur le lit, fusil posé en évidence sur une courtepointe où la moisissure étend son nid. Barbara sonde l'arc de ses yeux. À la compassion s'est substitué le vide. Entre elles coule une barrière humide à ne pas franchir. Un rempart qui n'a plus rien d'humain.

Pantalon aux genoux, ses cuisses nues piquées par le froid, Barbara mesure l'humiliation, rigide comme le bâton gradué qui effleure ses parties intimes dès qu'elle tente de se mouvoir.

La pauvre femme est devenue folle. On le serait à moins. Il faut la ramener d'où elle vient – autant dire de très loin. Tout commence par rétablir le contact.

« La vérité sur quoi, Magda ? »

La voix forte de Barbara semble la troubler dans son sommeil.

« Hum ? Ah, oui… La vérité… Eh bien, je connaissais monsieur Marlois. Mieux que personne, en réalité. Un enfant perturbé devenu un homme instable et impulsif, mais parfaitement inoffensif. »

« Inoffensif ? Il était prêt à m'enculer avec un trusquin !

— Inutile d'être vulgaire.

— Revenez sur terre, Magda ! Quel genre de terrain de jeu croyez-vous qu'il ait aménagé en vissant des chaises au sol ? Regardez cet endroit ! Ce n'est pas l'œuvre d'un esprit *inoffensif*… Si vous le pensiez vraiment, pourquoi l'auriez-vous tué ?

— Vous avez raison. Cette chambre infecte trahit un goût douteux. Toutefois, je ne saurais vous le dire autrement… Vous êtes ici chez moi. »

Chez elle ?

Magda n'est plus en mesure de distinguer le vrai du faux. *Syndrome de Stockholm*. La réalisatrice avait parcouru nombre d'articles à ce sujet. Les otages développaient une sorte d'empathie au point de sympathiser avec leur geôlier. Dans un mécanisme de survie, ils adoptaient leur point de vue, se ralliaient à leur cause et, dans de rares cas, reproduisaient leurs actes. Personne n'évoquait le sort réservé aux potentielles victimes collatérales de ce trouble psychotique – en l'occurrence, celles qui partageaient la même cellule, le même calvaire.

Alors qu'un tour de clef suffirait à mettre fin au supplice, Barbara n'envisage qu'une seule issue à ce désastre. Fraterniser avec sa codétenue, qui, de toute évidence, s'est involontairement transformée en ennemie.

Voûtée comme une bête torturée, Magda la devance sans trop d'efforts.

« Laissez-moi vous raconter une histoire, dit-elle. Vous aimez les histoires qui font mal, n'est-ce pas ? »

À son corps défendant, pleurant la métamorphose d'une femme admirable, Barbara accepte tout ce qui sort de sa bouche. Magda entend par là souligner son goût pour le drame. Elle fait erreur. « Ces histoires qui font mal » la suivent partout, depuis toujours. Ce sont elles qui aiment Barbara plus que tout.

« Notre rencontre n'est pas le fruit du hasard, jeune fille. Je savais précisément l'heure à laquelle vous emprunteriez cette route. On m'avait largement vanté votre fascination pour les vieilles pierres... Vous ne résisteriez pas à la tentation d'approcher ce lieu croulant. Et je me trompe rarement sur la personnalité des gens. »

Barbara n'en croit pas un mot. Magda inventait au fil de l'eau, portée par une aliénation mentale foudroyante. Avait-elle également menti sur tout le reste ? L'histoire de sa vie n'était-elle qu'un tissu de mensonges ?

Insensible à son désarroi, Magda s'enfonce dans l'aberration.

« Il y a environ deux ans, on m'a informée de votre intention d'inclure l'orphelinat à la longue liste de vos reportages. Dès lors, j'ai pris la décision de revenir m'installer temporairement à Beaumont-la-Ronce. Je n'avais malheureusement nulle part où loger. Le village avait tant changé depuis mon départ... Par chance, monsieur Marlois a accepté de m'héberger gracieusement. Sa générosité très limitée m'a simplement permis d'utiliser ce taudis. Aménagé sous la noble vitrine de son château. Je n'étais pas autorisée à entrer dans ses appartements privés, aussi fallut-il bricoler ces… commodités. »

Abasourdie, Barbara passe en revue le lit crasseux, le réchaud usé par la rouille, le lavabo, l'insalubrité d'une chambre comme unique lieu de vie. D'une oreille distraite, elle écoute Magda pérorer sur la manière dont elle a convaincu le châtelain de leur ouvrir les portes de l'orphelinat, l'assurant qu'une publicité gratuite, bien que tapageuse, garantirait la réussite des négociations auprès des acheteurs – avec, à la clef, une flambée de l'offre financière.

« Afin de rendre l'expérience inoubliable, je l'ai persuadé d'orchestrer quelques mises en scène. L'idée de démembrer une poupée lui est venue lorsqu'il a entraperçu Lizzie accrochant la sienne dans l'arbre. Quant à la sonnette de nuit, elle fonctionnait bien autrefois, mais sa version actuelle relève également de son invention. C'était une façon de tester votre réceptivité émotionnelle. Merci, ce fut un franc succès. »

Barbara se concentre sur l'agilité de ses doigts à glisser entre les nœuds, les pouces prêts à se déboîter si seulement la douleur se portait garante de sa survie. Elle entend la détermination de deux inconnus à l'attirer dans un piège élaboré. Elle maîtrise ses angoisses. Parce que sombrer maintenant scellerait définitivement son sort. Et parce que, en dépit de tout, elle veut connaître les raisons de ce cauchemar.

Main gantée caressant la crosse du fusil, la vieille femme déroule le fil de son récit.

« J'avais insisté pour qu'il s'implique totalement en vous filmant à votre insu. Je voulais savoir qui vous étiez. Et j'ai vu ce que d'autres ne remarqueront jamais. »

Barbara serre les mâchoires pour ne pas hurler. Malgré la douleur qu'elles lui infligent, ses phalanges empêtrées distendent à peine le cordage. À force de maintenir la même position, son corps est une plaie à vif. Au même titre que son esprit, irradié par l'incompréhension.

« Mais votre quête arrogante est devenue intolérable, explique Magda. Vous étaliez votre souffrance sans aucune considération pour les enfants du Val. En dépit des apparences, ils n'étaient que des jouets nécessaires à votre reconstruction. Pauvre mère endeuillée en recherche d'enfants à sauver… »

Lui reprochait-on le deuil impossible de sa fille ?

Après son attaque de panique, Barbara s'était livrée sans pudeur sur la difficulté de remplir son rôle de mère, dénonçant les contraintes d'un métier itinérant, l'éloignement inévitable perçu comme un coup de poignard chaque fois qu'Emma pleurait. Sa vie réduite à de l'automutilation morale. Une lacération après l'autre. Un mal-être compensé par l'absorption massive d'anxiolytiques, ces pansements dissimulant les bleus de l'âme. Et misère si leur pouvoir addictif rendait le sevrage infernal ! Tout valait mieux que souffrir.

Barbara lui avait offert sa confiance. Elle s'était mise à nu, dépouillée de tout, puisant la force dans l'écoute bienveillante de cette femme qu'elle ne reconnaît plus.

Magda balance désormais son mépris comme on jette aux ordures un fruit pourri.

« Quand Marlois a débarqué à l'orphelinat après l'interpellation de votre caméraman, il ne s'attendait pas à filmer un cadavre...

— Quoi ? Où est Warren ?

— Votre ami a frappé à la mauvaise porte. C'est une longue histoire... Bref, les échanges auxquels Marlois venait d'assister l'avaient profondément contrarié. Au point qu'il perde le sens de la mesure. Il vous a vue, *vous*, penchée sur ce pauvre David... Et il a disjoncté. Non de colère ou de tristesse, il ignorait qui il était. Marlois détestait les problèmes. Et la mort d'un homme en était un. Il savait pour le Val. Et pour votre fille. Vous m'aviez d'ailleurs confié un terrible secret, un peu plus tôt... C'est inexact, bien sûr. Un autre que lui se serait sans doute méfié. Mais pas Marlois. Alors, je l'ai convaincu de vous transporter ici pour vous soutirer des aveux complets.

— Vous lui avez fait croire que j'avais assassiné David ?

— Pas exactement..., élude-t-elle. Vous fouiniez beaucoup trop, reprend la conteuse. Votre caméraman devenait soupçonneux et ne s'en cachait pas. Dès lors, j'ai su que vous n'abandonneriez jamais. Vous finiriez par découvrir ce que nous avons fait cette nuit-là. Si l'information était rendue publique, le nom du châtelain serait entaché au point qu'il perde absolument tout. Vos aveux constituaient une monnaie d'échange pour vous réduire au silence. »

Barbara s'inflige un effort mental pour donner sens à ce qui n'en a pas. Ça tourbillonne dans sa tête. Ça n'arrête pas. Les nuits se mélangent. La nuit d'Emma. Celle de Lizzie. Tant d'heures sombres qui ne portent pas de noms, tant d'horreurs éclipsées par les suivantes.

Vous finiriez par découvrir ce que nous avons fait cette nuit-là.

« Bon Dieu, Magda, de quoi parlez-vous ?

— Du massacre de l'Heure fantôme, jeune fille !

— Vous êtes dingue…

— Jugement hâtif de la part d'une femme lobotomisée par les benzodiazépines, vous ne croyez pas ? »

52

« Vous avez faim ? »

Magda lui tend du thon en boîte. Barbara est prise de nausée.

« Finissons-en. »

Le visage de la vieille dame s'éclaire d'un sourire triste. Elle dépose leur ultime repas au bord du lit. Excitée par l'odeur, une mouche se pose sur le tas de miettes en conserve. Barbara se focalise sur son abdomen gonflé pour éviter d'assister à la ponte de ses congénères qui ont investi le cadavre du châtelain.

« En finir ? s'étonne Magda. Nous sommes encore loin du compte, jeune fille… J'ai tellement à vous dire. À commencer par les liens qui m'unissaient à ce pauvre homme. »

Elle observe la dépouille à ses pieds.

« Enfant, il ne se plaignait jamais, confie-t-elle. Au début de l'automne 1950, un couple du village m'a grassement rétribuée pour que je leur fournisse un jeune garçon en bonne santé. Le père adoptif tenait un commerce d'antiquités qui a fructifié jusqu'à sa mort, vingt ans plus tard. La nuit où son épouse et lui l'ont emmené, notre futur maire n'a opposé aucune résistance. Imaginez le soulagement de ses camarades quand ils ont appris la disparition de ce jeune tortionnaire ! Il s'est engouffré dans l'obscurité sans manifester la moindre émotion. Grâce à moi, il venait incidemment de grimper dans l'échelle sociale, mais en ce temps-là, bien sûr, il l'ignorait. J'aime à penser que je l'ai sauvé de l'existence misérable promise par un séjour prolongé dans ce maudit orphelinat.

— Vous accusiez Colette Hoffman de baigner dans un trafic d'enfants..., se rappelle Barbara.

— À proprement parler, c'est exact.

— Ce que vous dites n'a aucun sens ! Y a-t-il seulement une once de vérité dans vos témoignages ?

— À une exception près, je ne vous ai jamais menti, se défend-elle. Laissez-moi vous éclairer. Peu de temps après la "transaction" s'est déclarée la maladie des vignes. La rumeur fut aussi virulente que le mal. C'est alors que la peur a gagné le village. On craignait la contamination comme si la lèpre venait de hisser un drapeau au sommet de la Haute-Barde. La paranoïa fut telle que, par un frais matin d'octobre, ce père adoptif, en tous points respectable, est venu me trouver. Porte-parole d'un commando improvisé, il souhaitait à nouveau conclure un marché. Leur projet était d'éradiquer les miasmes et, par extension, tous les porteurs. Parmi son cercle d'amis siégeait la crème d'une microsociété. Des hommes sans antécédents de violence, pourtant prêts à tuer. Boucher, antiquaire, armurier, boulanger, joaillier, tous unis par un pacte tenu secret. Mon rôle était de faciliter l'accès à l'orphelinat contre la promesse que trois d'entre nous seraient épargnés. Il me suffisait de faire en sorte que la majeure partie des résidents dorme profondément au moment de l'attaque et le tour était joué… »

Barbara frémit. Au ton de sa voix, Magda n'éprouve aucun remords. Pire encore, ses traits se détendent sous l'emprise d'un souvenir délectable.

« Pour répondre à un projet d'une telle envergure, nous devions convenir d'une date. Il nous fallait disposer de moyens. Et de temps. Sur le calendrier, nous cochâmes d'une croix rouge le mardi suivant. Ainsi se profila le massacre du 31 octobre 1950. Le lendemain, jour de Toussaint, personne ne s'étonnerait de la fermeture des commerces. Ironie du sort, ces assassins comptaient sur des rideaux baissés pour récupérer de leur veille sanglante et laver leur conscience, si toutefois il en restait quelque trace. Mais, pour que l'opération soit couronnée de succès, il fallait qu'ils sachent à quel moment frapper. À l'époque, les quatre faces indiquaient midi, du matin au soir et du soir au matin. Alors je leur ai dit que, lorsqu'ils verraient les aiguilles pointer à vingt et une heures, ce serait le signal que j'avais accompli ma mission. Ils ont dû rester poster un très long moment dans les taillis. Ce soir-là, je me suis portée volontaire pour officier aux cuisines. L'amant de la pendue n'était déjà plus en deuil, croyez-moi… Il a accepté mon aide au prix de faveurs abjectes. La chose faite, je n'ai eu qu'à saupoudrer discrètement le ragoût du soir d'une dose massive de barbituriques. J'ai apporté leurs gamelles aux malades qui ne pouvaient pas quitter le lit. Je me suis occupée du couloir bleu avant de poursuivre mes promesses de sommeil dans le dortoir opposé. Au rez-de-chaussée, ils tombaient déjà comme des mouches, somnolant au-dessus de leurs assiettes ou chutant littéralement de leur chaise. Le réfectoire s'est transformé en un immense dortoir. Quand tout ce petit monde fut résolument endormi, je suis montée jusqu'au clocher. J'ai réglé les quatre faces de l'horloge. Et dans la profondeur de la nuit, j'ai vu débarquer cinq hommes, armés de lames plus tranchantes que le fil d'un rasoir. La suite, vous la connaissez. Elle n'est ni belle à voir ni à entendre.

— Ils ont massacré ces gens dans leur sommeil, lâche Barbara.

— Globalement, non, s'en excuse Magda. Pour ceux qui avaient boudé le ragoût, ce fut une autre affaire.

— Warren avait raison. Votre mère vous a rendue folle.

— Vous n'avez toujours rien compris… Vous ne savez donc pas qui je suis ? »

53

Lizzie s'est réveillée. Arnold n'en dort pas.

Il s'est posté derrière la fenêtre du salon, guettant la prochaine tempête qui balaiera le village et ses habitants. La brise du soir est paisible, le ciel dégagé. Cette impression de calme devrait le rassurer, éloigner le spectre d'une catastrophe imminente. Mais il manque à sa sérénité la confirmation que la petite va bien. Qu'elle se remettra de son expérience dans les sous-sols de l'orphelinat. *Saleté d'endroit*. D'après la mère de l'enfant, les médecins écartaient toute agression sexuelle ou violence volontaire causées par un tiers. Par habitude, Lizzie s'était enfuie pour échapper au mystère de sa différence. Personne ne l'y avait forcée. Elle s'était mise en danger. Quitte à mourir pour ce qu'elle était. Lizzie possédait une richesse dont elle ignorait l'existence, une intelligence du cœur qui l'élevait bien au-delà de tous ces clones formatés par l'intolérance.

Pourtant, rien ne soulage Gabe dans cette évidence. Il attend des conclusions officielles d'enquêtes qui ne tombent pas. Quelles sont les probabilités que se produisent au même endroit un accident, un suicide et une disparition ? Après tout, Cathy avait peut-être raison au sujet de l'influence des lieux. Peut-être ne s'agissait-il que de cela ? D'un mauvais karma ?

Arnold s'évertue à chasser le rationnel en tentant une approche moins conventionnelle. Il fait plusieurs fois le tour de son cerveau. Sans succès. Il ne croit pas à ces choses-là. Le monde va mal, et le mal est humain. Voilà le genre de raisonnement tangible qui n'a définitivement rien d'irrésistible.

La nuit s'éternise sans qu'il se passe rien. Sans Cathy pour le divertir. Sans réprimandes ni chamailleries. Il aimerait qu'elle ne soit pas rentrée auprès des siens après l'appel de Sandra. Se défend de son mieux contre son égoïsme, qui souvent la retient.

Le silence a repris sa place aux côtés de Gabe, comme un vieil ami sur qui on peut toujours compter. Arnold replonge entre les pages jaunies d'un carnet dont il demeure le seul héritier. Il cherche des incohérences dans le déroulement du massacre, se disant que, peut-être, toute cette histoire finira par voler en éclats. Mais il ne décèle aucune faille dans le récit de sa mère. Il entend les os craquer entre les lignes, sent l'odeur des chairs calcinées tandis qu'elle décrit le four digérant des restes humains.

Ils ont assassiné une trentaine d'adultes et d'enfants cette nuit-là. Comment une poignée de mercenaires aurait-elle pu maîtriser autant de gens ? Les cris des uns auraient dû alerter les autres et, vu l'étendue de l'édifice, je doute qu'ils aient pu couvrir l'ensemble sans laisser échapper quelque malheureuse victime.

La remarque pertinente de Cathy l'interroge sur l'éventualité d'un complice à l'intérieur même de l'orphelinat. Quelqu'un susceptible d'ouvrir intentionnellement les portes à une meute de notables. Si c'est le cas, sa mère ne le mentionne pas.

Arnold écume les pages jusqu'aux larmes. Des rapports plus sordides, il en a épluché à la pelle. Des comptes rendus détaillés mettant en scène les pires atrocités. Mais aucun ne touchait à l'intime, cette sensation étrange d'être embarqué malgré soi dans les fondements de sa propre histoire. Dévasté par l'horreur trop proche de lui, son regard dérive au-delà de la vitre.

Quelqu'un avance dans l'allée. Une silhouette que les ombres recouvrent d'un suaire. Dans un mouvement de panique, Arnold laisse échapper le carnet. Il aura beau se tordre le tronc, son fauteuil est trop haut et ses bras trop courts. La fange est à terre, inaccessible pour lui. Cruellement à la portée de tous. L'individu cogne à la porte. Arnold actionne les roues et bloque son fauteuil contre le battant qui vibre sous les coups.

« Je sais que vous êtes là. Ouvrez. S'il vous plaît. »

Cette voix familière a perdu sa hargne.

« Warren ? »

L'homme sur le seuil lui ressemble. Mais quelque chose en lui a changé. L'affaissement des épaules diminue sa taille démesurée. Son visage anguleux, souligné d'un collier sombre, accuse les heures d'interrogatoires et la privation de sommeil. Il semble avoir traîné sa parka à travers un abattoir qui conserve si bien l'odeur du sang.

« J'espérais ne jamais vous revoir, annonce Warren sans préambule. Mais je n'avais nulle part d'autre où aller. »

Arnold ne s'en offusque pas. Leur premier contact n'engageait pas à d'amicales retrouvailles. Cependant, il n'hésite pas à faire entrer l'auteur présumé de lettres obscènes retrouvées à l'arrière d'un véhicule saisi pour expertise. Un homme soupçonné du dépeçage d'une poupée. Ordinairement, à part un psy, personne ne s'en serait inquiété. Mais voilà, une enfant du village était portée disparue au moment des faits. Et ça changeait considérablement la donne. Interprétation des preuves, accusations infamantes, on ne lui avait certainement rien épargné. Ça se voyait comme un pavé dans une mare asséchée.

Jambes repliées, le géant s'assoit au bord du canapé. Il adopte la posture d'une proie prête à bondir au moindre signe de danger. Ses mains sales se tordent autour d'un sentiment de vulnérabilité. Cet état intérieur le détourne du carnet qui dépasse des pans d'un rideau. Arnold a bloqué ses roues devant pour qu'il ne le voie pas. Il espère que ça suffira.

« J'ai besoin de prendre une douche.

— Sans aucun doute. »

Un trait d'humour détend l'atmosphère. Pas assez pour qu'ils se livrent entièrement l'un à l'autre. C'est un début. Gabe lui propose à boire. *Servez-vous. La cuisine est à votre droite.* Warren tuerait pour une bière. Il se contentera d'un Coca.

« Ils ont cru que j'avais touché à la gamine, dit-il en se rasseyant.

— Ça, je le sais.

— Ils ont interrompu ma garde à vue après avoir entendu la petite, ajoute Warren.

— Les conclusions médicales plaident également en votre faveur. Lizzie n'a pas subi de violences volontaires. »

Warren observe son verre. Les bulles remontent à la surface avant d'éclater. Il ne sait pas pourquoi cette image le perturbe. Autant qu'un message codé impossible à déchiffrer.

« Je vous ai pris pour un cinglé, avoue-t-il enfin.

— J'ai l'habitude.

— C'était bizarre, l'autre jour. Votre fascination pour la violence, l'intérêt malsain pour la mort d'Emma, je ne comprenais pas. *Je ne voulais pas comprendre*. »

Arnold aimerait nuancer son portrait. Il n'est pas fasciné par la violence, mais en colère contre un système tout en failles qui tolérait des actes condamnables. D'autant que, en matière d'étrangeté, Warren ne déméritait pas. Effrayer un garçon de douze ans entrait dans cette case singulière. Il y avait de quoi s'interroger sur le bonhomme. Cependant, le moment était mal choisi pour évoquer sa santé mentale. Personne ne s'en était pris à Lizzie, et aucun démon ne logeait à l'orphelinat pour *faire de très vilaines choses* aux petits enfants.

« Comprendre quoi ? s'enquiert Arnold.

— Votre insistance à propos du Val. De ce qui s'est passé là-bas.

— Qu'est-ce qui vous a fait changer d'avis à mon sujet ? s'enquiert Arnold.

— Les lettres.

— Celles trouvées dans votre camionnette ?

— Vous en savez beaucoup pour un flic à la retraite.

— Disons que j'ai mes entrées. »

Arnold invite le silence à s'installer entre eux. Un instant hors du temps.

« Ils les ont étalées sur la table comme un jeu de cartes plastifiées, reprend Warren. J'ai dû lire les lettres à voix haute plus d'une dizaine de fois… Le mec en face de moi jaugeait mes réactions. Quoi, il s'attendait vraiment à ce que ces merdes me fassent bander ? »

Plus tôt dans la journée, le jeune brigadier avait évoqué le contenu à caractère pédopornographique des lettres. Pourtant, si répugnants soient-ils, comment les mots pouvaient-ils ravager un colosse tel que Warren ?

« Leur technique n'a pas fonctionné. Parce que vous n'en êtes pas l'auteur, c'est ça ? »

Warren ne répond pas. Affirmation passive d'un homme fragilisé par autre chose. *Une chose qu'il garde pour lui.* Il dépose son verre sur la table basse. Les bulles sont moins nombreuses à la surface, et pour une raison inexplicable, ça le rassure.

« Vous les avez lues ?

— Non. Mes entrées restent limitées, relativise Arnold.

— Tant mieux.

— Et les enveloppes ? Que disent-elles ?

— Je n'ai vu aucune enveloppe.

— Alors, comment sait-on qu'il s'agit d'une correspondance ? Ce pourrait être les pages arrachées d'un journal ? L'ébauche d'un roman malsain ?

— Demandez à vos anciens collègues ! En tout cas, le malade qui a écrit ça partageait ses fantasmes pervers avec une tierce personne.

— Et cette personne n'est pas vous ?

— Certainement pas. Croyez-moi, si j'avais reçu un seul de ces foutus courriers, j'aurais immédiatement alerté les flics. Je suis timbré de bien des façons, mais pas de celle qui s'imagine violer des gamines.

— Alors, comment se sont-ils retrouvés dans votre véhicule ?

— Je n'en sais rien.

— Et la poupée ? »

Un soupir échappe à Warren. Comme s'il reprenait enfin le contrôle de la situation. Il raconte la mise en scène orchestrée dans l'une des chambres de l'orphelinat. Un délire imputé à des junkies ou à la folie d'adeptes de magie noire. La nuit suivante, Warren avait enveloppé les linges souillés, la poupée décapitée, ramassé la merde et fourré le tout dans des sacs-poubelle avant de les larguer près d'un buisson. Il s'était juré qu'à la première occasion il s'en débarrasserait au fond d'une benne à ordures. Plus tard, le tournage avait débuté. Finalement, il avait oublié l'existence de ces monstruosités.

Jusqu'à son interpellation sur les terres du châtelain.

« On les a donc délibérément placés dans votre camionnette, observe Arnold. Où rangiez-vous les clefs ?

— Dans le pavillon.

— Celui que vous partagiez avec David, c'est exact ?

— Oui. Mais n'importe qui aurait pu entrer. J'oubliais souvent de verrouiller la porte. »

Arnold décide de tenter une autre approche.

« Selon vous, qu'est-il arrivé à votre collègue ? »

Tant que le légiste n'aurait pas rendu son rapport définitif, Gabe refusait d'infliger frontalement la violence de l'adjectif « suicidaire ».

Warren retrace les évènements définitivement inscrits dans sa mémoire. La violence de l'orage ; la séquence dans le hall interrompue par des vandales en mal de sensations fortes ; sa traversée de l'orphelinat destinée à filer la frousse de leur vie à ces demeurés. Le tintement qui semblait provenir de l'intérieur. Pas celui du vent, non, un son plus aigu, insistant, comme celui d'une sonnette déréglée. Son retour précipité sur le tournage. Barbara penchée sur David.

« La dernière fois que je l'ai vu, il avait le bide ouvert en deux. »

Voilà qui expliquait les éclaboussures sur sa parka.

« Nous devons nous concentrer sur Barbara. Étudier ses habitudes, examiner son attitude en situation de stress, relever tout ce qui vous vient à l'esprit. Même les détails qui vous paraissent insignifiants ont leur importance.

— Je l'ai laissée avec cette femme qui témoignait de son expérience à l'orphelinat, enchaîne Warren, orientant la conversation dans une direction inattendue. Elle s'appelle Magda Dumortier. Peut-être savez-vous où nous pourrions la trouver ? »

Arnold réfléchit à ce nom qu'il n'a plus entendu depuis des années. Comme si tout le ramenait à ce maudit carnet. De dix-huit ans son aînée, Magda avait longtemps tenu le rôle de nourrice après que la veuve Dumortier avait démissionné de son poste d'infirmière à l'orphelinat.

Oui, il savait précisément où la trouver.

« Au cimetière. Enterrée à côté de sa mère. »

54

Vous ne savez donc pas qui je suis ?

Barbara penche la tête sur le côté. C'est tout ce que son corps s'autorise encore. Bras et jambes ont déjà capitulé. Le sang fourmille aux extrémités, gonfle ses chevilles, ses poignets. Son monde intérieur fonctionne en circuit fermé. Son cœur s'accélère. À l'inverse, son cerveau n'est plus une éponge absorbant des informations sans les traiter. Elle observe le visage de Magda, ne saisit pas la raison de son sourire. Elle sent l'odeur putride. Entend la moisissure derrière les murs. Voit le fusil posé sur le lit. Comprend que le canon est à la fois *vie* et *mort*. Tout dépend de quel côté de l'arme on se place. Mais ça, *vous ne savez pas qui je suis ?*, elle ne le comprend pas.

« Vous êtes coriace, ma douce enfant. »

Peut-être qu'elle l'est, ça non plus, Barbara ne sait pas.

Elle écoute la suite. Il n'y a rien d'autre à faire.

« Je m'appelle Colette Hoffman. Je suis votre obsession. Votre pardon. À cette exception, tout ce que je vous ai raconté est vrai. À l'été 1950, nous avons quitté l'enfer du Val pour rejoindre ce coin de paradis. Nous n'avons rien laissé derrière nous. On nous avait déjà tout pris. Notre enfance, nos jouets, nos corps, tout. Nous aurions pu survivre à la folie des Grisons, mais quelque chose en moi ne le voulait pas. J'ai toujours été différente. Ma mère disait que ça me rendait mauvaise. Dans ces moments-là, elle oubliait sans doute qu'elle en était la cause. J'étais ce que j'étais. J'étais comme on m'avait fait. »

Barbara songe à sa propre fille. À cette culpabilité qui ne la quitte pas depuis qu'elle l'a mise au monde. Emma était telle qu'elle l'avait faite. Vulnérable.

« Je connaissais bien Magda. Elle accompagnait souvent sa mère, l'infirmière. À raison, celle-là se méfiait de moi. Surtout après le suicide de la bigote en blouse blanche qui se faisait sauter par le cuistot. Et puis la maladie des vignes s'est déclarée. Elle et Magda ont pris leurs cliques et leurs claques. Bon vent. La suite, vous la connaissez. Je parle du massacre. »

Elles se lâchent un instant du regard. L'une porte son attention sur le fusil. L'autre sur un angle de la pièce. Là où une bâche informe épouse le sol inégal.

« J'avais négocié leur mort contre l'assurance que trois d'entre nous seraient épargnés. Vous saisissez, maintenant ? »

Non, Barbara ne saisit pas. Il est trop tôt pour ça.

« Je suis partie avec mes jumeaux sous le bras, reprend-elle. Nous avons reconstruit nos vies ailleurs. Mais fuyez le mal autant que vous voulez, s'il est en vous, à moins de vous tuer, jamais vous le ne distancerez. On dit souvent que les chiens ne font pas des chats. C'est curieux d'ailleurs, comment pourrait-il en être autrement ? Joseph était bien le chiot d'une chienne. Petit déjà, il montrait les crocs. C'est comme je vous l'ai dit. En grandissant, il a appris à mordre. À l'époque, nous vivions de mes économies. Un gain substantiel acquis sur le dos des orphelins. Ou, devrais-je dire, grâce à la générosité de leurs nouveaux parents – je ne serais pas partie sans vider le coffre de cette noble institution, évidemment. Nous restions coupés du monde, car, par définition, le monde isolait les gens comme nous. Mais la promiscuité d'une existence à trois a eu raison de l'harmonie. Mes enfants se sont aimés. Je désapprouvais leurs fornications sous mon toit. J'ai su maintenir l'ordre un certain temps. Joseph devenait un homme robuste et colérique, tandis que, vieillissante, ma colonne vertébrale se ratatinait. Il tenait sans doute de ses *pères*. Je serais bien en peine de vous dire lequel des ravitailleurs aurait pu revendiquer ce statut. Je n'avais plus de prise sur Joseph. Alors ils l'ont fait. Caroline est tombée enceinte. J'avais échoué. Leur rejeton est né sur une paillasse et tous criaient ; la mère, le bébé, le père. Et moi, silencieuse, je réfléchissais déjà au moyen de faire disparaître ce monstre de nos vies. Lui donner un nom me semblait inutile puisqu'il mourrait bientôt. J'ai insisté pour qu'ils le noient ou l'abandonnent, en soutenant qu'il nous faudrait renouer avec le monde s'ils ne s'en débarrassaient pas. Ils m'ont tenu tête. Ils avaient un plan sur lequel je n'aurais pas misé un kopeck. Pour taire d'éventuelles rumeurs d'inceste, les jumeaux ont tout mis en œuvre pour que Caroline rencontre un *gentil* mari. Là, encore, ils ont réussi. Un vieux chirurgien de campagne a littéralement succombé au charme contestable de cette sotte. Aveuglé par ses attraits de jeunesse, il n'a pas rechigné à accueillir son beau-frère sous leur toit. Il m'a aussi dotée d'une main artificielle dont je cache l'aspect rudimentaire, ajoute-t-elle en désignant ses gants. C'est devenu une extension imparfaite de moi-même. Comprenez qu'à l'époque les greffes n'existaient pas. Cet idiot est allé jusqu'à adopter officiellement l'enfant ! Il lui a même donné son nom. *Loubéry*, a-t-on idée d'autoriser un patronyme pareil ? »

Barbara se recroqueville en elle-même. C'est insensé. Qu'est-ce que vient faire David dans cette histoire ? Il connaissait déjà le nom des jumeaux. Et pour cause, ils étaient ses parents. Il l'avait toujours su.

« Ma fille a dû l'épuiser de mille façons, car, un soir, son cœur a lâché. La providence nous souriait enfin. C'est du moins ce que nous avons cru. Un an après l'infarctus de son mari, Caroline l'a suivi dans la tombe. Une méningite foudroyante. Joseph se retrouvait avec un fils qui n'était plus officiellement le sien, et moi, avec une descendance que je n'avais pas désirée. Profitant de la maison léguée par le chirurgien, nous cohabitions sans nous soucier l'un de l'autre. Joseph enchaînait les boulots mal payés. Puis son comportement a commencé à changer. Au début, il ne faisait que se désintéresser du garçon. Celui-ci n'était pas encore en âge de parler qu'il nous cassait déjà les oreilles. Le gosse insistait pour qu'on lui accorde un peu d'affection, du temps pour jouer, et je ne sais quel autre caprice auquel des parents ne devraient jamais céder. Joseph ne l'a pas supporté. Alors, un soir, ce petit monstre – que j'avais pourtant conseillé de noyer – a terminé sa course au fond d'un placard fermé à clef. Plus tard, on le jeta à la cave où ses cris ne troubleraient plus notre tranquillité. Quand Joseph l'autorisait à remonter, le morpion courait sous mes jupons pour pleurer. Même si j'avais su l'aimer, je n'aurais pas pu le protéger de son père, mon fils, mon enfer incarné.

« Dieu sait quel monde imaginaire s'est inventé le gosse sous nos pieds. Il a poussé comme de la mauvaise herbe nourrie à l'obscurité. Il affirmait qu'un démon résidait en bas. Et qu'il entrait en lui, parfois. Selon ses jérémiades, il prenait la forme d'une voix qui lui soufflait de mauvaises pensées. À six ans, il se masturbait déjà en se frottant contre son matelas. À douze ans, nous avons dû changer la literie. À quinze ans, il réclamait un magnétophone. L'année suivante, un album dans lequel entasser sa collection de cartes postales anciennes représentant des fillettes joufflues, un bouquet de fleurs à la main – une lubie née au milieu d'un vide-greniers où nous l'avions emmené. Ma santé se dégradait. Il m'arrivait fréquemment de saigner du nez. Ce spectacle le fascinait. Nos vies dissociées suivaient leur cours, sans joie ni amour. Jusqu'à ce que Joseph s'écrase au bas d'un immeuble de douze étages. Il ne restait pas grand-chose à enterrer de l'homme qui, vingt-cinq ans plus tôt, avait lynché une fillette dans l'étang.

« Hormis cette abomination que l'on prénommait David, je n'avais désormais plus d'engeance pour me rappeler la madone aux cheveux roux qui avait échappé au Val Sinestra. Par chance, à sa majorité, l'oiseau de malheur a quitté le nid. Sans jamais couper le cordon. Il m'écrivait régulièrement. Étalant son quotidien insipide. La reprise des études. Son diplôme de fin d'année. Son intégration dans une école d'audiovisuel. Sa vie parisienne. Autant d'évènements insignifiants que je brûlais. Le corbeau s'était envolé de sa cave. Mais le démon l'avait suivi. La fréquence des lettres s'est espacée. Je recevais désormais deux ou trois lettres par an. Cette fois, dignes d'intérêt. Mon seul héritier vivant y décrivait des ressentis que j'avais moi-même éprouvés plus jeune. Ce n'était pas suffisant pour l'aimer.

« Malgré mes silences, il a continué à m'envoyer ses expériences "intérieures", comme s'il réclamait quelque chose en retour. Cette chose, il ne l'aurait jamais. Ni affection, ni reconnaissance, ni rien.

« Ensuite, il vous a rencontrée lors d'une projection privée. Vous lui avez offert une place au sein de votre équipe. Et là, tout a basculé. Voilà que les lieux lui parlaient ! Pour commander à ses instincts de s'extérioriser ? Un peu de sérieux. Il refusait d'assumer sa vraie nature. C'était un garçon mauvais. Aucune force ne l'obligeait. Le mal était en lui comme il existe en chacun de nous. Mais je le savais trop lâche pour passer à l'acte. À part baiser son matelas, il n'avait témoigné d'aucune violence jusque-là.

« Ses voyages m'ont transportée d'Espagne en Angleterre, sans que j'aie à quitter mon canapé. Tenter de s'introduire dans la chambre d'un gosse ne m'impressionnait pas. Obliger une gamine attardée à se déshabiller non plus. C'est à ce moment-là, je crois, qu'il a commencé à collectionner les trophées. Comme cette boîte à musique rapportée de Suisse.

« À travers lui, j'ai fait la connaissance de votre petite Emma. *Son papillon ans ailes. Son sucre d'orge.* Il était remonté aux origines de ma vie pour tenter d'atteindre mon cœur – mieux vaut viser la tête dans mon cas, plaisante-t-elle. Mais, bien que je me sois régalée de cet épanouissement surprenant, je l'ai laissé sur sa faim. Encore une fois.

« J'ai reçu quatre lettres en sept jours. *L'Approche. La Traque. L'Attaque. L'Aveu.* Il me décrivait les sévices qu'il comptait infliger à ce cher ange. Je ne l'ai pas cru. Jusqu'à ce que j'apprenne le décès "accidentel" d'Emma. »

À l'évocation de sa fille, Barbara ferme les portes de sa conscience. Cette femme est une sorcière. Et son venin devient amer. C'est impossible. Pas David. Jamais il n'aurait touché un cheveu d'Emma.

Tu es bien sûre de ça ? Qui peut savoir ce que renferme le regard d'un homme lorsqu'il se pose sur un ange ? Tu voulais protéger ton enfant de la laideur du monde, mais il était déjà trop tard !

55

À cinq heures du matin, Arnold Gabe ne dort pas, il pense. À ce qu'aurait été sa vie sans l'accident, à quoi elle ressemblera maintenant qu'il est en possession du carnet. Cette existence redéfinie par des lignes absconses le torture.

La veille, il avait offert le gîte au caméraman. Celui-ci avait accepté. De toute façon, il n'avait nul endroit où loger. À l'étage, sa chambre d'enfant, toujours propre et ordonnée, résonne de ronflements ahurissants. Ce n'est pas la raison de son insomnie. À ce stade, Arnold suppose qu'on ne parle même plus de veille prolongée, mais d'une approche expérimentale de la folie.

Il songe aux lettres, dont on ne déterminerait jamais la provenance, puisqu'elles n'avaient plus valeur de preuves. À cette femme qui se faisait appeler Magda, mais qui – de source sûre – ne l'était pas. D'après sa description, rien de significatif ne la différenciait des vieillards qu'il croisait parfois au village. Cou tordu par l'arthrose, regard baissé pour déjouer les obstacles, canne greffée au bout d'un bras parcheminé. Avec plus ou moins de regrets, l'arrière-saison était la même pour tout le monde.

Il faut dire qu'en matière de sociabilité son ermitage n'aidait pas à confondre l'usurpatrice d'identité.

Décidément, non, il ne se souvenait pas de cette femme. Mais, selon Warren, elle le connaissait. Ça ne relevait pas de l'exploit. Tous les Beaumontois connaissaient Arnold. Un enfant du cru revenu tardivement sur ses terres. Un retraité en fauteuil roulant. Un excentrique, pour certains. Un cinglé, pour d'autres. Les commérages allaient bon train.

Leur « témoin » avait emprunté l'identité de la « vraie » Magda.

D'après Warren, la précision chirurgicale de ses déclarations et sa connaissance parfaite des lieux démontraient que cette femme avait séjourné à l'orphelinat à l'époque où celui-ci était en activité. Elle avait côtoyé les enfants du Val – sur ce point, le caméraman était formel.

Mais, alors, qui était-elle ?

Et, surtout, *où* était-elle ?

Pourquoi cette femme ne s'était-elle jamais manifestée auprès des autorités ?

Arnold passe en revue les photographies épinglées au mur. Père et mère, immortalisés le jour de leur mariage, une assemblée d'invités en arrière-plan. Père et mère posant fièrement avec leur nouveau-né. Anniversaires soufflés, repas de Noël, évènements couronnés de feux d'artifice. Tous les clichés célèbrent le bonheur d'une famille parfaite. Des leurres en papier glacé. Si c'était à refaire, il dévorerait de l'intérieur le ventre de sa mère.

Arnold n'a plus qu'une envie. Décrocher des murs blancs l'illusion du bonheur. Tandis qu'il songe au moyen d'atteindre des cadres inaccessibles, il prend conscience que les roulements de tambour provenant de l'étage ont cessé. Une marche grince. La rampe crie. L'homme qui descend l'escalier ressemble à un géant fait d'un étrange alliage de carton et d'acier.

« Un café ?

— Oui, merci. »

Warren le préfère noir et corsé. Arnold ajoute au sien un nuage de lait, trois sucres et du miel – *si Cathy savait !*

Le silence s'installe à nouveau. Prend ses aises de la cave au grenier. Dehors, une pluie fine arrose les couleurs de l'automne. Le décor en trompe-l'œil suggère un jour ordinaire. Bien vite démenti par la sonnerie du téléphone.

« Oh… D'accord. Oui, tout va bien. Merci, Cathy. »

Arnold raccroche. Les conclusions officielles de l'autopsie viennent de tomber.

Suicide confirmé.

Voilà, finalement, ses recoupements s'effondrent. Tout ce en quoi il avait cru s'envole. Dans cette histoire, aucun crime n'a été commis : Lizzie s'est blessée accidentellement ; David Loubéry s'est tué intentionnellement. Ses fabuleuses théories sur des liens de cause à effet partent en fumée.

Non, réfléchis mieux. Toutes les pièces du puzzle sont là. Tu n'arrives pas à les assembler, c'est tout !

Il repense à la tentative d'effraction dans une chambre d'enfant alors que l'équipe tournait en Espagne. L'enfant de la lande en Angleterre. Emma en Suisse. Lizzie ici. David. Marlois. Tous ces évènements sont *forcément* liés. Nourri par son indécrottable besoin de justice, il avait décelé en Warren un profil psychopathique, établi des concordances fragiles, décrypté des signes inexistants. Il s'était trompé. On pouvait seulement lui reprocher une aversion pour les femmes, excepté une. *Barbara*.

À force de regarder l'abîme, l'abîme regarde en vous.

Habituellement, Arnold abhorrait ce genre d'expression-cliché. Pourtant, l'espace d'un instant, celle-ci résonne autrement. Il plante son regard dans celui de son invité.

« L'examen du corps confirme le suicide de votre ami. »

Cri de porcelaine. Sa tasse lui a échappé. La soucoupe est cassée. Warren s'en excuse, il ne s'attendait pas à ça.

« C'est incompréhensible…

— Avait-il déjà attenté à sa vie ? enchaîne Arnold. Souffrait-il de dépression ? »

Muscles tendus, buste penché vers l'avant, Warren se replace en position de défense. Le langage corporel est un formidable délateur. Il exprime ce que retiennent des lèvres fermées. En l'occurrence, dans son cas, l'utilisation du mot « dépression » s'avère perturbante.

« Dépressif ? *Lui* ? Non. Croyez-moi, l'horreur que j'ai vue ne ressemblait pas à un acte volontaire. »

Et pourtant si, songe Arnold.

« *Lui*, non ? Qui, alors ? »

Warren abaisse sa garde. Le secret qu'il s'efforce de préserver tombe en ruine.

« Barbara. »

Arnold s'étonne qu'il ait tant de mal à lâcher l'évidence. Un trouble mental n'est pas une maladie honteuse. Après la perte d'un enfant, il n'y a rien d'étonnant à ce que cet état perdure. Même quatre ans après les faits. Il y a autre chose.

« Le soir présumé de l'accident, Barbara était à Sent avec la directrice de l'hôtel. Une localité située à moins de dix kilomètres du Val. Elles ne sont rentrées que le lendemain matin. Je crois que Barbara ne se pardonnera jamais d'avoir incité Emma à rejoindre le campement. »

Il crache tout ce qu'il sait.

La descente infernale de Barbara depuis leur séjour au Val Sinestra. L'hospitalisation au retour de Suisse. Les bonbons bleu plénitude, ce bleu qu'elle n'a jamais retrouvé ailleurs que dans les yeux d'Emma. L'obsession nourrie par les violences faites aux rescapés du Val. Mais plus encore par le sort effroyable qu'on réservait aux mères. « Un traumatisme qui en réveillait un autre, comme deux pierres tombales imbriquées par erreur. » C'est ce qu'il dit. Avec ses mots. Parce qu'il ne connaît pas d'image plus forte pour décrire l'état de Barbara.

Arnold fronce les sourcils. Il devine l'ampleur de la vague qui le submerge déjà.

Warren remonte le temps. Énonce froidement les faits tels que Barbara les lui a rapportés à l'issue d'une projection privée. C'était il y a huit ans. Ils se connaissaient à peine et, pourtant, un verre de vin en entraînant un autre, sa langue s'était déliée sur les circonstances de sa rencontre avec son mari, Alexander. Les bancs de la faculté. Leurs sourires échangés. Amour consumé. L'équilibre parfait d'une relation en tout point satisfaisante. Jusqu'à cette nuit de septembre 2004.

L'air était encore chaud, collant, étouffant. Barbara rentrait seule de son cours de théâtre. Deux pâtés de maisons à traverser pour regagner leur modeste pavillon de banlieue. Une distance insignifiante qui avait modifié le cours de sa vie.

Tout avait commencé par une sensation d'insécurité. Les ombres projetées par des lampadaires maladifs, les insultes murmurées dans son dos, la pression sur ses bras, les forces plaquées contre son corps, et ces rires qui n'en finissaient plus de tourbillonner tandis que la ruelle sordide où on l'entraînait révélait un ciel sans étoiles. Sans rien dedans. Les doigts nerveux qui glissent sous les plis de sa jupe et ceux qui emprisonnent ses poignets, écartent ses cuisses, enfoncent en elle un mal qui ne la quittera jamais. En rentrant, elle n'avait rien dit. S'excusant même auprès d'Alexander de ne l'avoir pas prévenu de son retard.

Les répétitions ont duré plus tard que prévu. Les hématomes ? Oh, une chute sur le trottoir. Sa robe déchirée ? Une bouche dégoût encrassée. L'emmener aux urgences ? Pour une malheureuse côte fêlée ? Non, non, c'est inutile. Oui, tout va bien. Elle promet.

Neuf mois plus tard, Barbara mettait au monde leur premier enfant.

« Alexander n'a jamais su pour Emma », conclut sombrement Warren.

Taire le viol revenait à garder auprès d'elle un mari attentionné, faire de lui un père comblé. Quand bien même tout cela n'était pas vrai.

Elle avait dû vivre avec ce mensonge, porter seule sa souffrance, peut-être même endosser la responsabilité du handicap de sa fille. La douleur s'était escamotée à mesure qu'Emma grandissait. Mais pas suffisamment. Ses tournages à travers le monde exprimaient une nécessité de fuir. Elle ne fuyait pas Emma, non ! Au contraire. Elle l'épargnait de l'attachement excessif qui l'amenait parfois à lui interdire de quitter la maison pour aller jouer avec ses amis, par crainte que sa fille ne termine à son tour au fond d'une ruelle. Sans connaître ses vraies motivations, Alexander soutenait que, à trop vouloir la protéger, elle l'étouffait. Alors, Barbara s'est éloignée. Jusqu'à ce que le sort lui arrache Emma.

Arnold avise la reliure patinée glissée sous les pans d'un rideau.

À travers le monde, il existera toujours d'autres *Barbara*, d'autres *massacres*, d'autres crimes impunis. Il n'est plus très sûr qu'en perpétuer le souvenir soit vraiment salutaire. Il hésite, lui, le fils d'un criminel. Ces criminels dont parlent les livres d'histoire, ceux qu'on oublie de mentionner. Ceux cachés entre les pages d'un carnet.

Il s'apprête à passer le flambeau. Se persuade que Warren saura quoi en faire. Après tout, ils sont venus élucider le mystère de l'Heure fantôme. Éterniser les hurlements des orphelins à travers le silence. Filmer les vestiges d'un carnage dont ils ignorent la portée.

Non. Il est trop tôt pour ça.

Entre les pages se cachent encore tellement d'énigmes.

Des énigmes qu'Arnold entend bien élucider.

56

Les flammes vacillent dans l'air humide et projettent des ombres inquiétantes sur le visage de Colette. Quatre lettres en sept jours, répète-t-elle, en regardant mourir le feu. *L'Approche. La Traque. L'Attaque. L'Aveu*. C'est au-delà de ses forces. Barbara refuse d'écouter. L'impuissance, la déchirure, la volonté de disparaître pour se soustraire à la douleur, tout est profondément inscrit dans sa chair, comme si le diable l'avait marquée au fer. Emma n'a pas subi ces choses ignobles ! Et David ne les a pas commises… *NON !*

« Le doute s'est immiscé, reprend la vieille Hoffman. Mais, au fond, tout cela m'indifférait. Il fallait en finir avec l'attachement obsessionnel et malsain de cette créature qui me servait de petit-fils. Pour la première fois en vingt ans, j'ai pris la plume, pour convenir d'une ultime rencontre – qui, je l'espérais, mettrait un terme à tout ça. D'après David, vous étiez tellement fascinée par les enfants du Val ! Je ne lui avais épargné aucun détail sur cette période de ma vie, ni caché le désordre contre-nature penché sur son berceau. Alors, il a délibérément orienté vos recherches afin que vous découvriez leur point de chute. Ici, à l'orphelinat. »

Tiraillée entre l'horreur et la soif la vérité, Barbara sent le venin parcourir ses veines. Amer, brutal, efficace, charrié par des réponses qu'elle n'espérait plus.

« Lorsque Lizzie a disparu, j'ai bien cru que ce crétin avait récidivé. Il allait finir par plonger et nous entraîner dans sa chute ! Il soutenait que ce n'était pas lui, qu'il n'avait rien fait – comme s'il regrettait qu'un autre monstre l'ait devancé. Dans le doute, j'ai jugé prudent de détourner les soupçons en les reportant sur quelqu'un d'autre. Ce grand gaillard de Warren cochait toutes les cases. Antipathique, violent, solitaire. David a eu tout loisir de déposer trois de ses lettres dans la camionnette. L'illusion durerait le temps qu'elle durerait. Et puis est venue l'heure des adieux.

« Un magnifique concours de circonstances a voulu que l'orage frappe en plein tournage. La sonnette de nuit vous a éloignée. J'ai bien cru que David cherchait à vous retenir. Comme s'il avait perçu la ruse dans cette diversion. Mais vous lui avez tourné le dos. Comme toutes les femmes qu'il a aimées. L'irruption des jeunes casseurs occupait déjà votre caméraman. Vous pouviez revenir à tout moment. Le temps m'était compté. Nous étions seuls. Lui. Ma monstrueuse créature. Et moi.

« Il me suppliait de l'aimer. *Tu vois ? Je suis comme papa !* qu'il disait. *Es-tu fière de moi ?* J'ai ri. Il n'avait rien de comparable à Joseph. Quand j'ai eu fini d'étouffer ma pitié, je lui ai fait signe d'approcher. *Raconte-moi. Qu'as-tu ressenti quand la vie s'est échappée du corps d'Emma ?* Sa bouche s'est tordue. Il est demeuré silencieux un instant.

Puis il m'a raconté ce qu'il avait fait, ce soir-là. J'avoue que je ne m'attendais pas à une telle chute ! L'épilogue était grandiose ! Mais cela n'a rien provoqué en moi. Pas l'ombre d'un sentiment pour lui. Je crois qu'il le savait. Ça l'a anéanti. *Mon amour est soumis à condition*, ai-je alors murmuré. Ses grands yeux émerveillés m'ont transpercée. *Tu dois chasser le démon en toi*, ai-je ajouté. Il m'a regardée sans comprendre. S'est avancé un peu plus. La solution tenait en deux mots soufflés à son oreille : *Tue-toi*.

« J'ai lu la déception dans ses yeux, comme celle d'un enfant qui s'attend à recevoir un cadeau, pour finalement déballer un paquet vide. Il s'éloignait à reculons quand j'ai perçu un crissement sous sa semelle. Il a baissé le regard sur les éclats de verre. Je suppose que l'idée de s'embrocher avec un morceau plus conséquent résulte de là. C'était la seule manière de mettre fin au calvaire d'une vie sans amour. Mais pendant qu'il s'ouvrait le ventre, cherchant à gagner mon admiration, votre caméra continuait à filmer. »

Mentalement hors d'atteinte, Barbara observe la femme déplier sa carcasse. Elle a vraiment l'air d'avoir cent ans. Quatre-vingt-sept pour être exacte. Elle marche jusqu'à un angle de la pièce. Là où s'étale une bâche informe. Ses bras ne tremblent pas lorsqu'elle soulève le matériel de tournage subtilisé par Marlois. Jette au feu mourant caméra, console, appareil photo, dans un concert d'arcs électriques et de plastique fondu.

« J'ai un dernier aveu à vous faire, Barbara. Au départ, je vous imaginais comme une femme sans substance. Mais plus je vous observais, apprenant à vous connaître, plus j'étais convaincue du contraire. J'avais commis une erreur de jugement. Une erreur de vieillesse. Oubliant de sonder au-delà des apparences, de relever les mots qui trahissent, les attitudes à contresens, autant d'indices révélant la face sombre de votre personnalité. J'ai su alors que quelque chose s'était réveillé en vous, là-bas. C'est ainsi que fonctionne le Val Sinestra. Il happe. Mastique. Recrache. Vous savez de quoi je parle. Nous sommes pareilles, vous et moi. »

Pareilles ?

Barbara ne saisit pas. Elle tousse. Ses poumons brûlent. L'intérieur de son crâne aussi. Elle est meurtrie, condamnée à vivre avec l'image du monstre qui s'est attaqué à sa fille. Elle ne connaîtra jamais de répit. Les enfants du Val lui ont tout pris. Sans eux, Emma aurait quatorze ans aujourd'hui. Sans eux, elle serait encore une bonne mère. Et maintenant que Colette se tient devant elle, plus vivante que n'importe qui, Barbara se sent coupable et sale.

« Il y aura d'autres lieux. D'autres projets. La vie ne s'arrête pas là, Barbara.

— Alors détachez-moi.

— Si je le faisais, vous me tueriez sans hésiter.

— Je ne vous ferai aucun mal. »

La femme rit. Un rire bref et sans joie.

« Je vais partir, maintenant.

— Vous ne pouvez pas me laisser ici !

— Rassurez-vous, à force de torturer vos liens, ils sont sur le point de céder. Marlois vous a mâché le boulot. Il n'était pas très discret. Je présume qu'il s'est mis à douter de ma sincérité. Donc, en cas d'échec, la fumée noire qui s'échappe du conduit attirera l'attention. Et si ça ne suffit pas, l'odeur de décomposition alertera les promeneurs. »

Barbara songe à l'odeur de son propre cadavre. Elle va crever par asphyxie, son cul plein de merde exposé au tout-venant. Voilà ce qu'ils découvriront lorsqu'ils défonceront la porte !

« Avec l'agitation suscitée par l'orphelinat, la Haute-Barde doit grouiller de patrouilles en ce moment même, poursuit Colette. Vous ne resterez plus très longtemps dans ce trou. Mes empreintes ne sont pas sur l'arme. Mettez-y les vôtres. Vous avez agi en état de légitime défense. Compte tenu des récents évènements, ils n'auront aucun mal à le croire.

— Et qui vous dit que je ne vous dénoncerai pas ? »

La vieille dame hausse les épaules, comme si la suite ne la concernait pas. De la poche de son manteau, elle tire un bout de papier froissé qu'elle dépose près du fusil. La quatrième lettre. *L'Aveu*. Celle qui murmure, encore et encore… *Emma*.

Puis, se dirigeant vers la porte au bras de sa canne, elle ajoute sans se retourner :

« J'emporte avec moi vos secrets. Et vous les miens. C'est à vous de décider ce qu'il convient d'en faire. »

*

Tout s'est déroulé comme elle l'avait prédit.

À dix heures et huit minutes du matin, alertée par des randonneurs, une escouade défonce la porte et s'engouffre dans un capharnaüm qui empeste la pisse, le plastique brûlé, la moisissure, les chairs en décomposition. Ils affrontent une vision d'horreur à laquelle on ne s'habitue jamais. Évaluent le danger. Quadrillent. S'occupent d'elle et du mort sans aucune distinction de traitement…

Recroquevillée sur un matelas crasseux, Barbara serre le fusil de chasse contre sa poitrine. On les désolidarise avec précaution. Et c'est un peu comme si on lui arrachait un bébé des bras. Barbara se laisse emporter par ces gens venus la sauver. Quelque chose au fond d'elle leur crie que c'est impossible. *Qu'il est trop tard pour ça !* Pourtant, ils semblent si sûrs de leur exploit qu'elle refuse de les décevoir.

Rapide examen visuel. Poignets et chevilles conservent les meurtrissures de son acharnement à défaire ses liens. L'entaille à l'arrière du crâne cicatrise sous les croûtes. Pronostic vital encourageant. Sa vie n'est pas en danger. Ça ne la rassure pas. Ils ne comprennent pas. *Sa vie EST le danger !*

Eux pensent que la menace vient des deux chaises percées, du trusquin en érection, de la cervelle répandue sur le sol, de l'air toxique. Ils veulent l'en écarter.

Pantalon remonté sur sa dignité, elle s'abandonne aux mains qui se tendent. Elle peut marcher. Elle *veut* marcher. Pour sentir le flux sanguin irriguer son corps maltraité. RESPIRER !

Elle devance les questions pour s'en débarrasser. *Je n'ai pas eu le choix… J'ignore pourquoi il a fait ça… C'était un malade ! S'il y avait quelqu'un d'autre ? Non, non, personne ! Comment ? Ah oui, la seconde chaise... Vraiment, elle ne sait pas. Nous étions juste lui et moi, ici, en bas. À l'hôpital ? Oui, allons-y.*

Sa bouche en carton exhale une odeur de vieux papier. Elle espère qu'ils ne vérifieront pas le contenu de son estomac. Elle n'a pas encore digéré. Ne digérera jamais ce que cette lettre contenait.

Les chaînes nationales la cueillent à la sortie d'un enfer dans lequel on les empêche d'entrer. Micros tendus, objectifs braqués, les journalistes, couvrant initialement l'affaire de l'orphelinat, bénéficieront de deux scoops pour le prix d'un. Elle sait exactement ce qu'ils ressentent quand, si près d'atteindre leur but, la proie leur échappe.

L'ambulance s'éloigne dans l'air frais du matin. À travers la bruine se reflète la couleur du gyrophare. Un bleu plénitude.

À l'arrière, Barbara respire enfin. On a couvert son nez et sa bouche d'un masque à oxygène. Quelqu'un prend soin d'elle.

Merci.

Et Warren ? Quelqu'un sait où est Warren ?

Ils se renseigneront. Ils disent que tout ira bien.

Et pour la première fois, elle y croit.

57

Sous le haut parrainage de sa voisine, la nouvelle s'était propagée dans des proportions folles. C'était un choc. Un scandale qui animerait les repas de famille jusqu'à la prochaine célébration de l'Heure fantôme. Le traumatisme s'inscrivait dans l'histoire de Beaumont-la-Ronce. Une aberration. Monsieur Marlois était un monstre. Un pervers. Le genre à séquestrer et torturer une femme dans son sous-sol. Pas n'importe laquelle, la réalisatrice, Barbara Blair, « l'étrangère » ! Plus sauve que saine, à ce qu'on disait.

Que son collaborateur ait mis fin à ses jours était relégué au second plan. Puisqu'on ne pouvait plus rien en tirer, la tragédie du suicide n'irait pas au-delà.

Au téléphone, Cathy l'affirme, les consciences vont mal. Les esprits s'échauffent. C'est tout un village qui aboie. Le bourreau de la Haute-Barde est mort d'une balle tirée en pleine tête avec son propre fusil de chasse. *C'est étrange qu'on n'ait pas retrouvé son chien*, soulignent certains. *Chopper a disparu, comme ça, du jour au lendemain ! Tout le monde sait qu'un chien fidèle n'abandonne pas son maître !* Son maître. Un notable craint et respecté, de surcroît. Demeure la question du « pourquoi » son acte insensé ? Arnold a bien quelque vague idée à suggérer. Le déshonneur, l'opprobre, la honte. La réponse se trouve dans les pages d'un carnet.

Qui creuse l'abîme ne remonte jamais.

À trop fouiller le passé, Barbara s'était mise en danger. Et puis, mince, peut-être l'orphelinat rendait-il fou, après tout ?

Cathy débarque chez Gabe trente minutes plus tard. La table du petit déjeuner n'est pas débarrassée. Plus perturbant encore, un inconnu s'est invité au milieu des miettes et des confitures.

Arnold juge préférable de faire les présentations.

Cathy, Warren Tasselier.

Warren, Cathy ma bonne fée.

Chacun annonce son pedigree : le suspect relâché, l'épouse du légiste. *Enchanté.*

« Comment va Barbara ? s'inquiète celui qui, hier encore, croupissait en garde à vue.

— Je comptais vous véhiculer jusqu'à l'hôpital de Tours, élude Cathy en se tournant vers Arnold. Mais ma présence n'est plus requise apparemment. »

Gabe n'en croit pas ses oreilles. C'est une scène de jalousie en bonne et due forme. Décidément, cette femme le surprendra toujours. C'est peut-être une forme d'amour.

« On ne m'a pas encore autorisé à récupérer ma camionnette, intervient Warren. Question de lenteur administrative.

— Alors, qu'attendez-vous ? Venez ! »

Les couloirs de l'hôpital ont la teinte verdâtre d'un jour nauséeux. Derrière le plexiglas de l'accueil, une jeune femme observe l'improbable trio traverser le hall. *Le géant, le paraplégique et la femme habillée en noir.* Un vrai cliché cinématographique. Les révolvers en moins.

Barbara Blair ?

Impressionnée par l'imposante carrure de Warren, elle indique la chambre 202.

Arnold tente une approche moins convaincante.

Lizzie Lamourelle ?

L'employée administrative lui lance un regard soupçonneux. L'homme en fauteuil n'a rien d'une brute ou d'un truand. Mais elle se méfie de son apparente bonté. Lien de parenté ? Aucun ? Là, ça devient suspect.

En l'absence de réponse, Cathy reprend les rênes, décline son identité. Sa qualité d'« épouse de » retient l'attention. Mais sa bienveillance demeure leur meilleur laissez-passer.

« Avez-vous des enfants, mademoiselle ?

— Non…

— Je vous souhaite sincèrement de connaître ce bonheur. Mais s'il arrivait quelque chose de terrible à votre fille, n'auriez-vous besoin de personne pour vous soutenir ? Refuseriez-vous qu'on entoure cette enfant d'affection ? »

La jeune femme se mordille les lèvres.

« Chambre 102. Un seul visiteur autorisé », précise-t-elle en lisant la fiche inscrite sur son écran.

L'ascenseur renferme une odeur d'ammoniaque. L'odeur d'un souvenir dont Gabe se serait bien passé.

Clic ! Deuxième étage. Les portes coulissent, déjà sur le point de se refermer.

« Allez-y, dit Cathy. J'aimerais saluer quelques vieilles connaissances. Ne vous réjouissez pas trop vite, Arnold. Je garderai un œil sur le distributeur. Au cas où vous décideriez de vous remplir les poches de diabète en sachets… »

Chambre 202.

Warren ouvre la porte, la retient afin que Gabe s'engage dans un espace tout juste conçu pour laisser passer un fauteuil. La pièce est surchauffée. Arnold a l'impression d'étouffer. Calée contre un oreiller immaculé, Barbara garde les yeux fermés. Un bandage comprime sa tête. Tout est trop serré ici. Les draps, l'air, les gorges.

« Warren ? »

Elle ne dit pas *Warren !* Mais bien : *Warren ?* Comme si elle doutait de la réalité véhiculée par son cerveau anesthésié. Les calmants déposent un voile sur son regard mi-clos.

« Salut, BB. »

Il ne pose aucune question sur ce qu'elle a subi, sur le geste fou du châtelain. On a déjà dû l'épuiser de mille questions.

Arnold se racle la gorge.

Warren fait un pas de côté.

« Je te présente Arnold Gabe. »

Il s'est toujours demandé ce qu'il ressentirait en rencontrant la réalisatrice. Mettre un visage sur le talent, c'est prendre le risque de lui ôter son caractère sacré. La vision d'une apparente banalité aurait pu souffler l'écho de son admirable capacité à dévoiler l'âme des lieux. L'amputer d'une part de mystère. Maintenant, il sait ses craintes infondées. Même allongée sur un lit d'hôpital, il émane de cette femme une aura exceptionnelle.

« C'est donc vous… »

Elle ne dit rien d'autre. Juste ça. Warren a dû le dépeindre sous un jour peu reluisant. Arnold hoche la tête. À quoi, il ne sait pas.

Une ombre fond sur le visage de Barbara. Puis il s'éclaire à nouveau. Comme l'horizon après l'orage.

« Croyez-vous que ma fille est vivante, monsieur Gabe ? »

La question le désarçonne. Il ne s'attendait pas à une entrée en matière aussi directe.

« Ils n'ont jamais retrouvé Emma. Les probabilités sont infimes, nuance-t-il. Mais pas impossibles.

— Je voudrais qu'on me rende son corps. »

Arnold tique. Dans le deuil d'un enfant, l'espoir n'est pas une option. Il s'accroche au doute et ne s'en défait jamais. Cette femme *sait* que sa fille est morte. Elle ne dit pas « retrouvez-la ». Elle veut qu'on lui rende *son corps*. Il s'engueule intérieurement. Que sait-il de ce qu'on ressent après la perte d'un enfant, lui qui n'en a jamais eu ? Du bordel qui survient dans la tête des parents ? Les mécanismes décrits dans les manuels seraient-ils duplicables d'une personne à l'autre, sérieusement ? Mettant de la distance avec ses émotions, il enchaîne sans transition.

« Warren m'a parlé d'une vieille femme interrogée dans le cadre de votre reportage… »

Le caméraman le fusille du regard.

L'instant est mal choisi, c'est vrai. Mais Gabe manque de temps. D'après Cathy, les éléments recueillis sur place plaidaient en faveur de la légitime défense. Le matériel de tournage incendié. Le fusil de chasse utilisé. Les traces visibles de tortures physiques et mentales. Cela signifiait que dans quelques heures, talonnée par Warren, Barbara quitterait l'hôpital. Désengagée de sa responsabilité pénale dans la mort du châtelain, la réalisatrice disparaîtrait du panorama.

Un panorama qu'Arnold considérait comme incomplet.

« Magda ? s'étonne-t-elle. La dernière fois que je l'ai vue, je tenais un ami mort dans mes bras. C'est tout ce que je sais, monsieur Gabe. »

Son phrasé assuré, ses prunelles froides, le point final qu'elle met à une discussion à peine ébauchée sont de menus détails sur lesquels repose une évidence. Elle ment.

« Magda Dumortier est morte il y a presque vingt ans, insiste Gabe. Reconnaissez que c'est déroutant…

— Seigneur… Je ne sais pas quoi vous dire…

— Vous traversez une terrible épreuve, enchaîne-t-il. Votre agression, le suicide inexplicable de votre confrère… Vous le connaissiez depuis, quoi…

— Six ans.

— C'est ça ! Son nom apparaît au générique à partir de 2013. Vous tourniez dans le sud de l'Angleterre, si j'ai bonne mémoire. Vous avez exploré les grottes de Burgos en Espagne l'année suivante.

— Peut-on savoir où vous voulez en venir ? s'agace le caméraman.

— C'est un peu délicat... Saviez-vous que deux faits divers impliquant des enfants ont été rapportés à proximité de vos lieux de tournage ? Précisément à la même époque ? »

Barbara et Warren échangent des regards stupéfaits. Non, ils ne sont pas au courant. Quel rapport avec eux ?

« Vous pensez que David aurait pu s'en prendre à ces enfants ? demande Warren. Qu'il serait aussi l'auteur des lettres ? »

Barbara ne l'interroge pas sur ces dernières, constate Arnold. C'est surprenant. À moins que quelqu'un lui en ait parlé avant leur arrivée ? Un gendarme ? Un membre du corps médical ? Un bruit de couloir ? Les commérages allaient si vite dans la région qu'il devenait impossible de les maîtriser.

« Je n'exclus aucune hypothèse, répond-il. Mais cela soulève un questionnement douloureux... au sujet de la disparition d'Emma. »

Arnold en est convaincu. Il touche à la vérité. Une vérité qui finira par lui échapper, faute de preuves.

Barbara étouffe un sanglot. Elle ne dit pas « vous vous trompez ! ». Ne s'indigne pas de telles accusations. *Elle sait.* Mais pourquoi protégerait-elle l'homme qui lui a arraché sa fille ?

« Vous devriez partir, monsieur Gabe. »

Warren le chasse de leur intimité. Arnold n'a pas sa place entre ces deux êtres qui partagent de lourds secrets. Et qui – c'est une certitude – en partageront d'autres après son départ.

58

Arnold quitte la chambre 202 pour se rendre à l'étage inférieur. Le distributeur est là. Cathy n'y est pas. Une femme épuisée cogne contre la vitre de l'appareil qui l'escroque de deux euros de friandises.

Sandra Lamourelle abandonne à regret le Bounty coincé dans une spirale métallique. Son désappointement descend d'un cran. Focalisé sur l'homme qui n'a pas su tenir sa promesse. Il mérite sa rancœur, son dégoût. C'est du moins ce que pense Arnold. Car si son enfant est en vie, ce n'est pas grâce à lui. Pire, Lizzie aurait pu mourir de son incompétence.

Oui, il mérite qu'elle le déteste. L'accable de son mépris. Il est prêt. Mais, contre toute attente, Sandra se penche, l'enlace sans un mot, parce qu'à elle seule l'étreinte pardonne tout. Arnold étouffe un sanglot – lui qui n'a plus pleuré depuis qu'il est en âge de s'abstraire d'un monde dans lequel un père bat sa femme sous les yeux de leur fils. Sandra se détache, laissant une empreinte chaleureuse le marquer durablement. Son regard est doux, apaisé.

« Lizzie sera contente de vous voir. »

Arnold songe aux tourments qui guettent son foyer. Évaluation des services du conseil départemental, rencontre de la famille et des enseignants avec des travailleurs sociaux, préconisations écrites qui détermineront l'avenir d'une famille entière. Il sera toujours là pour elle, pour eux, pour défendre la fratrie. Cette fois, il honorera sa promesse.

La chambre 102 n'est pas si différente des autres. Seules les dizaines de dessins et de jouets reçus en témoignages de soutien procurent une source de gaîté, là où, bien souvent, la vie se bat.

« Bonjour, ma puce. »

Il ne s'approche pas. Il sait. La manière dont fonctionne le cerveau de Lizzie nécessite de garder ses distances pour éviter le contact physique.

En le voyant, Lizzie sourit. Comme on devrait toujours sourire à ceux qu'on aime.

« Tiens, j'ai quelque chose pour toi. »

Arnold tire un bracelet de sa veste. Les insomnies servent parfois à raccommoder ce que le destin a défait.

Émerveillée, Lizzie contemple la nacre qu'elle glisse à son poignet. Sur sa joue pâle roule une unique larme. Arnold mesure la valeur de ce joyau éphémère qui vient remplacer les gestes répétitifs et les cris. Son corps et ses émotions se synchronisent. Au fil du temps, ils finiront par vivre en harmonie. Ce jour-là, Lizzie sera guérie – si tant est qu'on puisse assimiler sa différence à une quelconque maladie.

« Promets-moi de ne plus t'enfuir. De ne plus approcher ce genre d'endroits. Ils sont dangereux pour toi, tu vois ?

— Les enfants me l'ont demandé. »

Ses mots sont étonnamment matures pour une fillette de dix ans. Ils traduisent la souffrance en filigrane d'une conscience qui grandit trop vite.

« Quels enfants ?

— Ceux de l'orphelinat. »

Arnold songe aux conséquences de son trauma. Hallucinations, confusion, après un choc, les troubles pouvaient durer plusieurs mois. Les enfants dont parlait Lizzie n'existaient pas.

« Ils avaient peur, tu sais, confie-t-elle.

— Peur de quoi ?

— De la veuve. Je crois qu'elle leur a fait du mal. »

Arnold se fige.

« La veuve ? Qui est-ce, Lizzie ?

— La vieille dame est partie maintenant. Elle ne reviendra plus. »

Les doigts refermés comme des serres, Arnold se cramponne aux bras de son fauteuil. Le monde n'est peut-être pas si linéaire que ça.

« Tu connais son nom ?

— Pour moi, c'était la veuve, parce qu'elle déposait souvent des fleurs au cimetière. Mais les gens de la télé l'appelaient Magda. »

59

L'automne a cédé la place à l'hiver. Les premiers flocons s'effilochent sur les toits de Beaumont-la-Ronce, recouvrant les imperfections du monde d'une cape blanche.

Posté derrière la fenêtre du salon, Arnold découpe les articles de presse publiés à la suite des conclusions de l'affaire « Barbara Blair ». *L'affaire Barbara Blair*, répète-t-il comme pour se convaincre d'une pilule qui décidément ne passe pas. Une ordonnance de non-lieu exonérait la réalisatrice de sa responsabilité pénale dans la mort du châtelain. Elle n'avait fait que se défendre contre un homme qui la séquestrait. Relayées à l'échelle nationale, les conditions détaillées de son enfermement soulevaient l'estomac. Le notable de la Haute-Barde l'avait frappée, attachée, humiliée, affamée, torturée, lui promettant plus de souffrance qu'un être humain n'est capable d'en supporter. L'expertise du sous-sol le confirmait. *C'était lui ou moi*, déclarait-elle dans la rubrique fait divers du *Parisien*.

Interrogée sur ses projets, elle déclarait poursuivre sa carrière, visant à rendre leur essence véritable aux lieux abandonnés. En exclusivité, elle confiait entamer un nouveau projet de tournage en

Allemagne. Le lieu, tenu secret, suscitait déjà un vif intérêt. Certains tabloïds misaient sur l'inaccessible « pont du Diable », quand d'autres pariaient sur l'exploration d'un camp désaffecté.

Où qu'elle aille, Arnold la suivrait par article interposé. Il gardait de leur brève rencontre un goût d'inachevé. Une frustration inexplicable. La sensation d'être passé à côté de la vérité.

Insérant les récents encarts dans l'album consacré aux affaires non résolues, il songe à la veuve mentionnée par Lizzie. Fort de son opiniâtreté, il avait bien tenté de se renseigner à son sujet, mais personne au village ne se souvenait précisément de cette vieille dame discrète qu'on croisait bien peu souvent. Et lorsque cela se produisait, on passait à côté d'elle sans lui prêter beaucoup d'attention. Elle assistait aux enterrements, aux mêmes loges que la majeure partie des habitants. La pipelette de la rue Saint-Armel n'aurait pu mieux formuler l'indifférence vis-à-vis de cette femme sans âge. *Allez savoir ! Sans doute est-elle parente avec un Beaumontois ? Sûrement l'un de ceux qui habitent de l'autre côté du village, là-bas, vers l'étang !* Si les commérages brûlaient parfois les lèvres, aucun ne survivait plus d'une journée.

Ils avaient peur d'elle.

Les mots de Lizzie le hantaient. Cette femme qui avait usurpé l'identité de Magda Dumortier resterait à jamais un être évanescent, fondu dans le décor d'un orphelinat abandonné.

Je crois qu'elle leur a fait du mal.

Et si c'était elle, la clef de tout ?

Gabe se remémore les propos échangés avec Cathy après la lecture du carnet funeste.

Comment une poignée de mercenaires aurait-elle pu maîtriser autant de gens ? Les cris des uns auraient dû alerter les autres et, vu l'étendue de l'édifice, je doute qu'ils aient pu couvrir l'ensemble sans laisser échapper quelque malheureuse victime. Quant à forcer les issues à coups de barre ou de hache, je n'y crois pas. Ce n'était pas le bâtiment tel qu'on le connaît aujourd'hui. Je suppose qu'il était pourvu de portes solides et non de trous béants camouflés par des bardeaux.

À moins de bénéficier d'une complicité à l'intérieur même de l'orphelinat.

Une femme qui aurait déverrouillé les issues. Une femme qui aurait cautionné le massacre d'innocents.

« Vous devriez tourner la page. J'ai préparé un cassoulet. Allégé en graisse d'oie. Cela va de soi. »

Frottant ses mains sur un torchon, Cathy reluque par-dessus son épaule. Arnold s'abstient de souligner que tourner la page le confronterait à des feuilles blanches. Or, par une triste vérité, la noirceur humaine légitimait son existence.

« Elle leur a ouvert les portes de l'orphelinat. Elle connaissait probablement l'identité des coupables… Dont celle d'Étienne Marlois. À supposer que le châtelain ait eu connaissance du crime commis par son père et que Barbara l'ait découvert, cela expliquerait qu'il ait voulu la faire taire. Mais pourquoi la torturer ? Notre inconnue a forcément joué un rôle crucial dans cette affaire. Suffisamment pour disparaître.

— Là, ça tourne à l'obsession.

— Non.

— Si.

— On touche au but, Cathy… Mais il me manque un élément essentiel.

— Lequel ?

— Son nom. »

Sa bonne fée le gratifie d'un sourire triste. Elle sait qu'il ne lâchera jamais. Pas tant qu'il lui restera un souffle de vie.

« Allez. Le dîner va refroidir.

— Que ferais-je sans vous, Cathy ?

— Un tas de conneries… Comme répondre au téléphone au moment de vous mettre à table ! » fulmine-t-elle en entendant la sonnerie.

Sous son regard courroucé, Arnold décroche. Il n'est plus à une engueulade près.

« Madame Meier ? »

La directrice du Val Sinestra confirme dans un français parfait.

Dommage, son appel arrive trop tard. Les protagonistes ont tous quitté la scène. Il ne reste plus que lui. Et sa ténacité.

« En effet, je vous ai contactée afin de vous poser une ou deux questions concernant Barbara Blair. Oui, oui, je suppose qu'elle va bien ! Non, je ne suis pas journaliste. Mais je présume que vous vous êtes déjà renseignée à mon sujet. Ex-psycho-criminologue, c'est ça. Oui, c'est à propos du tournage qu'elle a entrepris au Val en 2015. De l'accident de sa fille, plus exactement. Vous accompagniez Barbara Blair à Sent quand le drame s'est produit. On a déjà dû vous interroger à ce sujet… »

Arnold inspire profondément pour évacuer l'étrange pressentiment qui lui noue l'estomac.

« Oui, je suis toujours en ligne. Donc, vous êtes partie pour le village de Sent ce matin-là. Accompagnées d'un guide ? D'accord. Quel était le but de ce voyage ? »

Dotée d'un accent charmant, l'hôtelière explique. La réalisatrice cherchait des informations susceptibles de retracer l'itinéraire de trois jeunes réfugiés français après leur évasion du Val. Elle-même comptait profiter du déplacement pour se procurer de vieux luminaires et autres babioles chinées chez des antiquaires. Elles étaient convenues d'un point de rendez-vous pour rejoindre l'auberge où deux chambres leur étaient réservées pour la nuit. Au dîner, Barbara lui avait semblé soucieuse. Elle avait erré dans les ruelles, frappé aux portes, discuté avec des autochtones, notamment une femme qui prétendait être la nièce des ravitailleurs – *des monstres, croyez-moi !* Ce bref échange l'avait apparemment bouleversée. Barbara disait qu'elle ressentait si fort la détresse de ces mères impuissantes à sauver leurs enfants ! Les abus, la violence, la torture, comme les trois crans d'une roue qui ne cessait de tourner dans sa tête depuis trop longtemps ! Au cours du repas, Barbara s'était excusée avant de regagner sa chambre. Cette journée l'avait épuisée émotionnellement. Une bonne nuit de sommeil l'aiderait peut-être à chasser les mauvaises pensées, avait-elle rassuré l'hôtelière. Mais le matin suivant, à l'heure convenue du départ, la réalisatrice ne s'était pas présentée dans le hall. Leur guide informa Adrienne qu'il s'était vu contraint de la raccompagner au Val durant la soirée. Elle avait insisté pour ne pas déranger l'hôtelière. Il assurait que Barbara allait mal. Et c'est vrai que son teint était pâle. *Les bonnes mères n'abandonnent pas leur enfant aux mains d'inconnus ! Qui sait ce qu'ils pourraient lui faire ? Comment avait-elle pu ? Les bonnes mères font ce qu'il faut pour les protéger !* Voilà ce qu'elle répétait durant le trajet qui la ramenait auprès de sa fille. « Comme une prémonition, vous voyez ? » Quoi qu'il en soit, en regagnant son établissement, la directrice du Val avait trouvé Barbara dans le jardin d'hiver. Mais, un peu plus tard, la police du comté s'était déplacée pour leur apprendre l'effroyable nouvelle. Le superviseur du campement venait de signaler la disparition d'Emma et les pistes conduisaient déjà au bord d'un précipice. Barbara s'était effondrée dans ses bras. On ne devrait jamais vivre ça. Ma foi, cette terrible histoire s'arrêtait là.

Au cours du dîner, Arnold reboucle mentalement le déroulement des évènements. Sa fourchette creuse une tranchée graisseuse entre haricots blancs et saucisses, tandis que son cerveau compile les informations glanées auprès d'Adrienne Meier. Quelque chose ne cadre pas. La version de Warren diffère sensiblement.

« Le soir présumé de l'accident, Barbara était à Sent avec la directrice de l'hôtel. Une localité située à moins de dix kilomètres du Val. Elles ne sont rentrées que le lendemain. Je crois que Barbara ne se pardonnera jamais d'avoir incité Emma à rejoindre le campement. »

« Vous n'auriez pas dû prendre cet appel, gronde Cathy. Vous ne mangez rien. C'est usant à la longue.

— La chronologie ne tient pas.

— Seigneur, c'est reparti !

— La directrice de l'hôtel m'a affirmé que Barbara était retournée au Val en milieu de soirée. Elle voulait rejoindre sa fille. Pourquoi ne l'a-t-elle pas fait ?

— Qu'en savez-vous ?

— La disparition d'Emma n'a été signalée qu'à l'aube. Aucun témoignage ne fait mention du passage de Barbara au campement. Warren était lui-même persuadé qu'elle avait passé la nuit à Sent.

— Et alors ?

— Alors la police du comté n'avait aucune raison de vérifier l'emploi du temps de la mère, ni celui d'Adrienne Meier. Le témoignage du gamin interrogé sur place appuyait déjà la thèse de l'accident.

— Ce qui sous-entend ?

— Quelqu'un ment, Cathy. À propos de ce qu'il s'est passé cette nuit-là.

— Qui ?

— Je ne sais pas encore. Mais ça viendra... »

Dehors, la brise fraîche de l'hiver se met à souffler. Tout ce qu'elle touche se transforme en givre. Elle essaye d'entrer par les fenêtres et les portes. Mais la douce chaleur des fourneaux repousse le froid et l'obscurité. Ce sont deux monstres qui s'affrontent. Deux monstres au milieu desquels Gabe s'entend murmurer.

Je te chercherai, Emma.

C'est une promesse.

Et je te trouverai, où que tu sois.

60

4 ANS PLUS TÔT.

Et la boîte à musique ? Ah oui ! Sous le lit de David !

Demain, maman a prévu de s'absenter. Elle part chercher des réponses au village de Sent. Elle dit qu'elle ne peut pas l'emmener. Ce serait trop dangereux. Emma comprend. Maman ne fait que son travail. Et ça la rend heureuse.

Pendant son séjour, elle ira camper au milieu de la nature sauvage où gronde le torrent de Dischma. *Tu veux ?* Emma crie « oui » du bout des doigts. Le fracas des chutes effraiera les ours. Et puis, là-bas, il y aura peut-être des sabots de Vénus ?

David affirme qu'il sait où en trouver. Emma prie pour qu'il ne plaisante pas – après tout, elle a caché la boîte à musique sous son lit, peut-être qu'il la taquine à son tour ? Il parle d'une grotte située à dix minutes à pied du campement. Elle ne peut pas se tromper. En longeant le précipice, c'est tout droit.

« Rendez-vous à vingt-deux heures. Je t'emmènerai cueillir des fleurs. »

Le jour suivant, maman prépare son sac. Et celui d'Emma. Du linge frais et des jouets. Un baiser. Au revoir, maman.

Emma grimpe dans le bus. Elle rit aux blagues. Elle lit sur les lèvres. L'ont-ils oublié ? Arrivés à destination, les animateurs déploient des tentes, à distance raisonnable du vide qui, en un instant, avalerait tout ce petit monde.

Au programme de l'après-midi, atelier créatif, randonnée au cœur des Grisons. Emma sort des sentiers, on la ramène sur le droit chemin. *Non, des sabots de Vénus, il n'en pousse pas ici.*

Elle s'ennuie. Heureusement, la journée se termine autour d'un feu de camp où les yeux papillonnent de fatigue sur fond de légende et de chant collégial. Guettant l'heure promise, elle s'allonge au milieu de ses camarades, leur sommeil vibrant jusque dans sa chair. Quand elle les sent endormis, Emma se faufile hors de la tente. Un voile s'étend au-dessus de la vallée. Surprise par la pluie, elle hésite. Se met à courir. David avait raison. La grotte n'est pas loin. Emma se réfugie à l'intérieur, s'abrite de la tempête. La nuit est tiède, mais la voûte est glacée. Elle n'a pas longtemps à patienter.

Portée par le vent, une ombre se découpe à l'entrée de la caverne. La foudre éclaire celui qu'elle attend. Emma sourit. David aussi. Il avance. Quelque chose d'étrange assombrit son regard. Il n'est pas comme d'habitude, mais il est là. Il approche encore. Si près… *Trop près.* Sa main lui caresse la joue, glisse sur son épaule. Elle n'aime pas ça. Ce qu'il fait n'est pas normal. Pourtant, elle ne bouge pas. Bientôt, il arrêtera. Mais non, il grogne. Elle le voit à sa gorge qui tremble et se tend. David est un ours. Ou un loup. Voilà qu'il pleure à présent. Par sa faute ?

Il recule d'un pas. Enchaîne sur un second. Emma ferme les yeux. *Un, deux, trois, soleil !* David n'est plus là. Emma ne comprend pas. Elle devrait peut-être le suivre ? Non. Elle sent qu'il ne faut pas. Alors, elle se replie au fond de la cavité, où ne poussent que champignons et saletés. L'orage éclate. Le sol glaiseux vibre sous ses fesses. Elle attend. Compte jusqu'à dix… *Impact !* Les secousses se rapprochent. 1, 2, 3, 4, 5, 6, 7, 8, 9… *Impact !*

Il y a du mouvement dehors. *Une bête ?* Elle a peur. Ne s'habituera jamais à la présence des ours. Elle veut rentrer. Pour ça, il faut sortir. Mais, derrière le rideau brouillé de pluie, la chose bloque le passage. *David ?* Il est revenu. Il voulait seulement jouer. Maintenant, il va l'emmener cueillir des sabots de Vénus et…

Maman ?

Emma sait qu'elle ne devrait pas être là. Elle est en voyage. Emma est heureuse. Elle réclame un câlin à la chaleur de ses bras. Ces bras qui l'enlacent. Si fort, qu'elle étouffe. Maman relâche l'étreinte.

Mains frottées l'une contre l'autre. Bien à plat.

Elle demande pardon.

Maman l'entraîne sous le déluge. Elles vont prendre froid ! Elles s'enfoncent dans la nuit. Où les ours rôdent.

Où les monstres voient.

À travers les larmes du ciel, maman dit qu'elle ne peut pas. Qu'elle ne peut plus. Vivre avec ça. Ça fait trop mal. Alors elle pleure. Elle dit qu'un jour sa petite fille partira, rencontrera des obstacles et des hommes. Alors elle aussi aura mal. Elle aussi pleurera. Comme les enfants du Val. Comme tous ceux qu'on ne protège pas. Elle doit réparer ça. Tout le mal qu'elle fait. Tout le mal qu'elle *lui* fait. Ça doit s'arrêter. Parce qu'elle étouffe à force de respirer. Elle dit qu'elle est venue la sauver. Qu'elle n'a jamais fait ça avant. Qu'elle ne sait pas comment on s'y prend. Qu'elles ne se quitteront plus jamais.

Pouce, index, auriculaire. Trois doigts levés.

Je t'aime, Emma.

Ses bras se tendent. Ça ne veut rien dire. En langue des signes. Ça la pousse vers l'arrière. Les branches la griffent, cherche à la retenir. Sur le flanc rocheux, le sabot de Vénus est là. Il s'éloigne. Et le ciel aussi s'éloigne.

Maman est en haut.

Emma est en bas.

Emportée par des tourbillons bouillonnants.

Emma se noie.

Maman, pourquoi ?

Emma est un ange.

Emma ne veut pas.

Elle ouvre les yeux.

NOTE DE L'AUTEUR

Si vous n'avez pas terminé *Enigma*, je vous déconseille la lecture de cette note. Elle gâcherait le plaisir de la découverte…

La genèse de ce roman tient à la volonté de faire vivre des enfants de *Sinestra*. Je leur devais au moins ça… Vous l'aurez peut-être compris, dans ce contexte de fiction, l'orphelinat de Beaumont-la-Ronce est l'exact contraire de son homologue suisse. L'un incarne l'antre du mal quand l'autre cherche à rétablir la justice. Ce sont deux monstres sacrés qui s'affrontent, des personnages à part entière.

Pour les besoins de l'histoire, j'ai pris quelques libertés quant à la topographie de Beaumont-la-Ronce (ou Beaumont-Louestault, si vous préférez). J'espère que ses habitants – au demeurant très accueillants – me pardonneront de m'être égarée loin des sentiers battus.

Quant à Emma, je lui souhaite d'enterrer ses souvenirs, comme je l'ai fait à l'âge de cinq ans, le jour où, du haut d'une falaise, j'ai senti cette main imaginaire dans mon dos. Elle n'était pas réelle, bien sûr, et j'ignore pourquoi cette pensée m'a traversée, alors que ma mère et moi longions le vide. Comme quoi, les perceptions de l'enfance sont tenaces, au point qu'elles ressurgissent quarante-trois ans plus tard dans un roman...

Pouce, index, auriculaire. Trois doigts levés. Dix qui se rejoignent du bout des ongles.

Je t'aime aussi, maman.

REMERCIEMENTS

Je commencerai par remercier le déclencheur de cette histoire, j'ai nommé l'orphelinat de l'Avenir du Prolétariat. Mais rien n'aurait été possible sans l'intervention de son propriétaire, monsieur M., qui m'a ouvert les portes de ce lieu magnifique pour me permettre de l'exploiter… à ma manière !

À mon fils Adrien, toujours. Mon petit bonhomme devenu si grand.

À ma lignée dotée d'un amour héréditaire pour les mots.

Une pensée particulière pour ma sœur, Sidonie, pour Carole et Lisa, qui m'ont accompagnée dans l'exploration de cet incroyable édifice.

Toute ma gratitude à l'équipe des Éditions Fayard, et particulièrement à Éléonore Delair et Margaux Russo, pour leur confiance.

À tous ceux qui partageront ce bout de moi porté par tant d'autres.

Amis lecteurs, libraires, chroniqueurs, bibliothécaires, amis de toujours, amis d'un jour, je vous adresse mes plus sincères remerciements.

Cet ouvrage a été imprimé en France par
CPI Bussière
Z.I. rue Pelletier Doisy
18200 Saint-Amand-Montrond (France)

pour le compte des Éditions Fayard
en mai 2023

Photocomposition Belle Page

PAPIER CERTIFIÉ

fayard s'engage pour l'environnement en réduisant l'empreinte carbone de ses livres. Celle de cet exemplaire est de : 900 g éq. CO_2
Rendez-vous sur www.fayard-durable.fr

N° d'édition : 27-0927-6/01 - N° d'impression : 2071696